迷失途，
我还有一分钟到家，
出来接我。

失败的止疼药

这就好像他们的人生，
他们终究会在路口再次相会。

失效的止疼药

月下安途

失效的止疼药 著

长江出版社
CHANGJIANG PRESS

图书在版编目（CIP）数据

月下安途 / 失效的止疼药著 . — 武汉 ：长江出版社，2024.5
ISBN 978-7-5492-9431-2

Ⅰ．①月… Ⅱ．①失… Ⅲ．①长篇小说－中国－当代 Ⅳ．① I247.5

中国国家版本馆 CIP 数据核字（2024）第 074718 号

月下安途 / 失效的止疼药 著
YUEXIAANTU

出　　版	长江出版社
	（武汉市解放大道 1863 号）
出版统筹	曾英姿
选题策划	朵　爷　王小明
市场发行	长江出版社发行部
网　　址	http://www.cjpress.cn
责任编辑	陈　辉
印　　刷	湖南天闻新华印务有限公司
版　　次	2024 年 5 月第 1 版
印　　次	2024 年 5 月第 1 次印刷
开　　本	880mm×1230mm 1/32
印　　张	9
字　　数	270 千字
书　　号	ISBN 978-7-5492-9431-2
定　　价	46.80 元

版权所有，侵权必究。如有质量问题，请与本社联系退换。
电话：027-82926557（总编室）027-82926806（市场营销部）

第一章 失忆	001		第六章 秘密	100
第二章 真假	021		第七章 热闹	123
第三章 出门	040		第八章 阴霾	139
第四章 反常	061		第九章 铺网	158
第五章 变数	083		第十章 危险	173

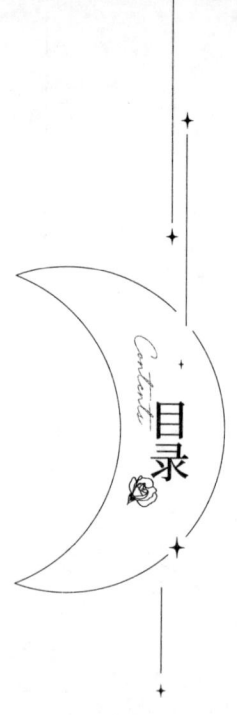

第十一章 过去　186

第十二章 安途　206

第十三章 共演　226

第十四章 今后　240

番外一　度假　255

番外二　与长辈相处的实用手册 259

番外三　兰草和大雨　266

番外四　高中　270

第一章
失忆

Part 1. 他好像真的失忆了

谢铎醒来的时候房间里很暗,厚重的窗帘把光遮得严严实实。他缓了两秒,翻了个身,看见另一张床上的被褥被掀开,隐约能看出之前有人睡过的样子。但现在,空无一人。

谢铎顿时清醒,他翻身下床,来不及管睡衣散开的扣子,推开门直奔楼下。

他们的卧室在三楼,谢铎跑到二楼的时候听见了楼下的动静。于是他放缓脚步,在踩上最后一级台阶的时候,整理了睡衣和头发,脸上只有刚睡醒的慵懒。

客厅里的电视机开着,并没有观众,他要找的人在厨房。

开放式的厨房里,沈安途正背对着他在岛台旁做早饭。他在宽松的米色睡衣外挂了件白色围裙,围裙的系带在腰上打了一个漂亮的蝴蝶结。

全须全尾,安然无恙。

谢铎静静地看了一会儿,抬脚朝厨房走去。穿过客厅时,电视正巧播报起 Z 市的早间新闻——

"一周前,沈氏集团的总裁沈凛和未婚妻乘坐私人飞机不幸失事。飞行员当场死亡,机上四名成员三人受伤,而沈凛本人却下落不明。虽然救援团队没有放弃搜索,但……"

"你醒啦?"

谢铎关掉电视机,看向沈安途。

今天的天气非常好,乳白色的光线从侧窗照进来,落在沈安途身上,让他看起来像光影投射出的虚拟人物。他本来就漂亮得不真实,加上这段时间卧病在床,整个人都透出一股苍白感,仿佛只要光线消失,他也会跟着消失似的。

好在下一秒他就从光里走了出来,端着一盘煎得略显潦草的荷包蛋,一身烟火气地在谢铎面前站定。

谢铎悬起来的心突然就踏实了。

"我不是很会……我不记得怎么做饭了,也不记得你喜欢吃什么了,对不起。"沈安途歪着头不好意思地说。

"我说过,不用道歉。"谢铎接过那盘荷包蛋,低头嗅了一下,给出了肯定的评价,"很香。"

沈安途的双手背在身后攥紧拳头,视线落在谢铎下巴冒出的青色胡楂上:"早饭已经准备好了,你洗漱过了吗?"

"还没,先下来看看你需不需要帮助。"

"哦,没事,我自己一个人能行的。刚开始确实有点手忙脚乱,但现在厨房里的东西我已经差不多都会用了。"

"嗯。"

话说到这里本来应该结束了,谢铎应该上楼去洗漱,沈安途要把煮好的牛奶倒进杯子里。但他们俩谁都没动,就面对面隔着一段礼貌的社交距离,不说话也不动作,气氛突然有些尴尬。

最后还是谢铎把盘子还给沈安途,说马上回来,沈安途这才像是重新按下启动键似的恢复了行动能力,回了厨房。

十五分钟后,谢铎收拾完毕,穿着正式地坐到餐桌前。他等会儿还要去公司,时间已经有点晚了,司机在外面等着,但他不在乎。

长方形的餐桌,谢铎习惯性地坐在窄边的那端。他看见沈安途犹豫了一下,坐在了宽边的中间,是一个离谢铎不太远,同时也不亲近的距离。

早饭是简单的吐司煎蛋和牛奶,沈安途吃东西很斯文,张嘴把吐司咬出一个小小的半圆。他的刘海有些长了,不仅严严实实地遮住了额角的疤,还总是垂下来挡住眼睛。

餐桌上太安静了,谢铎不喜欢这种安静,于是他问沈安途:"昨天睡得还好吗?"

沈安途咽下嘴里的东西,说:"还不错,就是头还有点疼。"

重度脑震荡不可能在一周内痊愈,沈安途今天早上醒那么早,大概也是因为头疼得睡不着。

谢铎很想说点什么安慰他，可惜他在这方面并不擅长，最后也只是说了一句："那待会儿再回床上休息一下。"

沈安途"嗯"了一声，继续安静地低头吃吐司。

两个人很快吃完了早饭，谢铎想把餐盘送去厨房，但沈安途好像就等着这一刻似的，抢先在谢铎伸手拿盘子前站了起来。

"我来。"

谢铎没跟他抢，然而一抬头就看见沈安途定在原地，一头冷汗，脸色苍白，就连原本粉色的唇也变得发紫。

沈安途刚才站起来太快了，那一瞬间他的视线里布满了黑色的光斑，头疼加上耳鸣、心悸、恶心，即便他扶着桌子也腿软得站不住。他以为自己就要倒在地上，结果却被谢铎稳稳扶住。

谢铎的动作很快，搀扶着沈安途送他回卧室。

沈安途虚弱地喘气，朦胧的视野里是谢铎线条凌厉的下巴。他闭了闭眼，再睁开的时候身后已经是柔软的床垫。

谢铎给他盖上被子，用掌心拂掉他额头的冷汗，蹲下身皱眉看着他："有没有好一点？"

沈安途微微点头，眼睛半闭着，一副快要晕过去的样子。谢铎怎么看怎么不放心，掏出手机："我现在就给医生打电话，你撑着点。"

沈安途看着谢铎紧张的样子，突然"扑哧"一声笑出来："真没事，刚才就是起得太急了。"

沈安途的确感觉好很多了，眩晕感减轻不少，就是刚才那一下好像透支了所有的体力，现在困意席卷而上。

谢铎低头凝视着他，没有说话。

于是沈安途闭上眼睛："我想睡一会儿，你快去上班吧，记得早点回来。"

"嗯。"

谢铎没有立刻走,他又整理了一下沈安途的被角,坐在床边等了一会儿。直到听见沈安途的呼吸变得绵长,他才站起身,整理了一下西装和领带。

沈安途好像真的失忆了,他不记得自己叫什么,不记得谢铎叫什么,也不记得他们根本不是什么朋友,而是曾经连坐在一张餐桌上吃饭都没可能的死对头。

谢铎俯视着沈安途的睡颜,仿佛想透过这层美貌的皮看到他的内心。

手机在口袋里振动起来,谢铎知道自己必须走了。他放轻脚步走出卧室,轻轻关上门,坐电梯下到一楼。出了大门后,司机已经打开后座的车门等着他上车。

车发动后,沈安途虚弱的样子始终在谢铎的脑海里盘旋。担心他的安危,谢铎再次掏出手机,熟练地点开某个软件。很快,沈安途在卧室沉睡的影像出现在了屏幕里,谢铎大脑里某根紧绷的神经这才稍稍松了下来。

Part 2. 我是你的至交好友

一周前,沈安途的私人飞机在鄂曼希山失事,附近的度假区有人目睹了这一切。众人拨打了救援电话,有热心的直接去了现场,恰好谢铎的朋友也在场。

认出是沈安途后,他给谢铎打去电话,谢铎给了他两个字——带走。

于是当救援团队抵达时,沈安途已经不见了。

第二天,沈安途从昏迷中清醒,却因为重度脑震荡失去了记忆,连自己叫什么都不记得。但没人相信他说的是实话。

他的主治医师杨宇告诉谢铎,一般来说,脑震荡会出现逆行性遗忘,即患者会失去受伤前和受伤过程中所发生事情的记忆,不会对以前的远期记忆造成影响。

"所以你的意思是,他在撒谎?"谢铎问,但杨宇也不敢百分百肯定。

于是谢铎带着手下一群人浩浩荡荡去了病房,他故意要让沈安途看清自己的处境，不要玩些没必要的小把戏。可当他真看见人气息微弱地躺在床上时，又开始动摇了。

沈安途其实伤得不重，除了一些擦伤，最严重的就是头部遭受撞击造成的脑震荡。但由此导致的心悸和恶心非常不好受，谢铎来之前他刚吐过一次。

"还记得我吗？"谢铎坐在他病床前的椅子上，仔细打量沈安途。

桃花眼，高鼻梁，薄嘴唇，一副很得女人喜欢的漂亮长相。而他确实也是个浪荡子，虽然有未婚妻，谢铎却从未看见他带相同的女人参加宴会。

沈安途在业界很出名，有着和长相非常不相符的狠辣手段，只要能达到目的，什么都肯做。传言他靠女人上位，排挤兄弟、逼死亲爹，一举成为沈氏集团的新任掌门。

但现在，这么个厉害人物正面色苍白地躺在病床上，头上缠着纱布，像一个贵重的瓷花瓶。谢铎在考虑究竟是轻拿轻放，还是趁势捏碎。

沈安途茫然地偏头看他，轻轻地摇了摇头。

"真不记得了？"谢铎看不出破绽。

沈安途为什么要假装失忆呢？这其实没有必要。虽然沈家和谢家因为生意上的缘故经常有摩擦，但他们两个人私下并没有大仇，谢铎不会拿他怎么样，顶多是卖他个人情，逼他放弃几单生意。

谢铎想不通，却也不愿就这么轻易放过他。某个压在心底酝酿了十多年的邪念突然冒头，他在沈安途再一次摇头后说："我叫谢铎，是你的至交好友。"

病房里鸦雀无声，气氛陡然凝重起来。

这偌大的VIP（贵宾）病房里，除了谢铎和沈安途，加上医生总共六人，都是谢铎的心腹手下，所有人都听出来谢铎在骗沈安途。

这两个人在商界水火不容，彼此瞧不起，就算共同出席公开场合，也绝不靠近对方三米内，这算哪门子至交好友？如果心狠手辣、睚眦必报的沈三少没有失忆，现在恐怕得从床上跳起来和谢铎拼个你死我活。

而事实上，沈安途并没有什么反应，他只是睁着一双仿佛无法聚焦的眼睛盯了谢铎几秒，然后轻声说了一句——

"我头疼。"

还没等谢铎有什么反应，他就闭上眼睛昏睡了过去。

等谢铎再抽出时间去医院看他的时候，已经是三天以后。因为沈安途"失踪"后，沈氏集团大乱，连带着Z市整个商界也抖了一抖。

那个时候沈安途的状态恢复了很多，谢铎到他病房的时候，正瞧见他和换点滴的小护士说笑。

谢铎站在门口敲了敲门，小护士立刻低着头一脸娇羞地离开病房。两个人擦肩而过时，谢铎记下了她的胸牌。

"你来啦。"沈安途坐在病床上跟谢铎打招呼，看起来精神不错。

他穿着医院里统一的蓝白条病号服，短发软软地贴在脸上，看上去清纯懵懂，像个刚毕业的大学生。

这次谢铎是一个人来的。他走进病房关上门，在病床对面的沙发上坐下："记得我是谁吗？"

"记得，你是谢铎。"沈安途点头。

谢铎心一提，正要问他更多，却听他又接了一句："我的至交好友。"

说这话的时候沈安途神色安然，倒是谢铎听了很不适应。他转移视线，假装对沈安途床头柜上的果盘很感兴趣："这几天恢复得怎么样？"

沈安途回答："好多了，只是头还一直痛。医生说这是正常的，检查结果显示没有大碍，过几天就会好。但是……"

谢铎抬头："但是什么？"

"但是记忆恐怕不会立刻恢复。"沈安途苦恼地说，"所以关于我的事，你能跟我说说吗？到现在我都不知道自己叫什么，我问了医生和护士，他们说因为有保密协议在，只知道我姓沈。"

谢铎的视线滑向床尾的护理记录单，上面甚至连名字都没有写。

谢铎想了想，拎了一把椅子放在沈安途病床边坐下："你叫沈安途，今年二十七岁，单亲家庭，母亲沈丽君一直抚养你到初中毕业，之后不幸出车祸去世。你父亲有自己的家庭，一直供你读完大学，在前两年也去世了。你二十四岁的时候从国外留学回来，这几年一直在当自由翻译。"

见沈安途没有什么疑问，谢铎又接着说："我和你是高中同学，从那个时候开始我们就是朋友了，后来你出国我们也没有断过联系。直到现在我们依然是朋友，关系很好，你借住在我这里。"

谢铎的声音低沉，气息平稳，咬字清楚，带着点上位者不容置疑的气势。再配上他英俊的长相，沈安途不由得好奇他的身份，于是他也这么问了。

"我在谢氏的瑞乾集团上班。"谢铎说得很含糊。

"肯定是高管吧？部门经理吗？"沈安途问。

"是。"谢铎应得面不改色。

沈安途点头，从床头柜上的果盘里拿过一个橘子。橘子皮上裹了层蜡，他抠了几下都滑开了。正要再抠，橘子已经被人拿走，剥开皮分成正好四瓣放在他手心里。

沈安途又把橘子递过去："给你吃的。"

谢铎愣了一下，一言不发地接过橘子，吃了一半再还给沈安途，沈安途自然地把另一半橘子吃掉。谢铎拿走橘子皮丢在身边的垃圾桶里，顺手抽出一张湿纸巾帮他擦了擦手。

沈安途有些局促地说了声"谢谢"，又说了声"对不起"。

谢铎丢掉纸巾："不用。"

沈安途摇头道："我不是说这个，我说对不起是因为我什么都不记得了，给你添了很多麻烦吧，对不起。"

谢铎是为了观察沈安途的表情所以才坐这么近的，但是直到现在，他看着沈安途脸上的懊恼和尴尬，实在没发现伪装的痕迹。但同样，现在的沈安途和他记忆里沈凛的样子有很大差别。

谢铎至今还记得那一幕——沈安途回国后，他们第一次在宴会上见面，沈安途怀里抱着女人有说有笑，同他擦肩而过时，连一个眼神都没有给他。

但是现在，沈安途乖巧温顺地坐在他面前，接受了谢铎这个朋友，给他剥橘子，吃掉他剩下的部分，向他诚恳道歉……

谢铎的喉结动了动，假装去看手表，然后问沈安途："还有什么要问的吗？"

沈安途知道他要走了："最后一个问题，我什么时候能出院？"

谢铎站起来低头看他："再过两天，我来接你。"

Part 3. 消失的过去

会议室里，各部门主管正在汇报工作。谢铎一边听他们讲话，一边分神看笔记本电脑，屏幕上显示的是家里的实时监控。

沈安途在十点半左右睡醒，起来后先是无所事事地晃悠了五分钟，然后去衣帽间随便找了身衣服穿好下楼，像是打算出门。

谢铎将视线转向自己放在桌上的手机，果然，三分钟之后，沈安途的电话打了进来。

谢铎抬手，示意会议暂停，然后出门接起了电话："喂，怎么了？"

"那个……不好意思打扰你上班了，可是……我不会开大门的门锁，试了好多方法就是出不去，锁是坏了吗？"

沈安途再一次尝试拧门把手开门，还是失败了。这大门就这一个把手可以转动，不拧这个开门难道还有其他机关？

谢铎："你打不开的，我把门反锁了。"

沈安途表示疑惑："为什么？"

"我就知道你要乱跑，忘记之前的车祸了吗？伤没好全之前不许出门。"谢铎的声音从听筒里传来，听上去比他的原声还要冷硬几分。

沈安途解释："我没有要乱跑，我只是想出门买点菜做点吃的，马上就到中午了。"

"不用，你在家里乖乖等着，十一点会有阿姨去家里做饭，她会带食材去。"谢铎说。

"哦……"沈安途妥协了,"那你中午回来吃饭吗?"

谢铎看了一眼手表:"中午时间太赶,晚上我回来。"

挂断电话后,谢铎回到会议室:"继续。"

监控里,沈安途在门口站了片刻,可能还在研究怎么开门。不过他没过多久就回到主卧——他和谢铎一起睡在主卧。虽然这栋别墅卧室很多,却都罩着防尘布,没什么使用痕迹。而且说来也是奇怪,那么大一个主卧,却有两张床,一大一小,沈安途第一次看见时还以为自己进了什么豪华酒店的家庭房。

"你忘了,这张小床还是按你的要求加的,说是晚上可以跟我一起看球。"

沈安途对此毫无印象,但还是对自己当时的无理取闹深表歉意。

也许他们的关系真的很好,谢铎半点不追究,还把大床让给了沈安途,并说在沈安途的伤痊愈之前,他们都可以睡在同一个房间,方便照顾他。

沈安途重新换上睡衣,然后趴在床上玩起了手机。

这部手机是谢铎新给他买的,谢铎告诉他原先的手机在车祸中报废了,根本开不了机,于是给他换了部新的。又因为是新手机,里面所有的联系人和个人信息都丢失了,沈安途"失去"了所有人的联系方式,包括他从事自由翻译以来积攒的客户和人脉。

于是当沈安途打开手机的通信录时,里面只有谢铎一个人。

退出通信录,沈安途点开微信,他想着就算手机号没了,至少能通过微信联系到过去的朋友和客户吧。结果用手机号登录进去之后发现竟然是一个全新的账号,就连谢铎也没有,看样子他之前的微信绑定的不是这个号码。

接下来他又尝试登录了QQ、微博、支付宝、淘宝……甚至是网易云的账号,结果都显示这个手机号没有绑定过任何账户。

沈安途突然意识到，谢铎给他的手机号是个全新的号码，想必是因为之前的旧卡连同手机一起报废了。

去补办一张新的好了，沈安途从床上翻身坐起，却想起刚刚谢铎说的"伤没好全之前不许出门"，顿时又躺回床上。而躺回床上时因为力度过大，脑袋又开始疼了，他没忍住骂了一句脏话。

十一点整的时候，做饭的赵阿姨果然来了，她热情地跟沈安途打招呼，很熟稔的样子。但沈安途完全不记得她，回应起来难免有点局促。不过赵阿姨似乎知道沈安途的情况，主动向他自我介绍，然后便开始做饭。这期间沈安途就一直在她身边好奇地看着，时不时问一些烹饪方面的问题。

赵阿姨问："沈先生是想学做饭吗？"

沈安途诚实地答："是啊。赵阿姨，我以前会做饭吗？"

赵阿姨正在煮黑鱼汤，说是有助于身体快速恢复。她把火调小，然后转身去了水槽边洗菜。

她背对着沈安途说："这我不是很清楚，毕竟有我在的时候你和谢先生都是不下厨的。"

"也对。"沈安途点头。

赵阿姨开始切葱，沈安途慢慢踱步过来，十分认真地盯着她的手法，像个好学的学生。

赵阿姨冲他笑："沈先生想试试吗？"

"我试试吧。"沈安途兴致勃勃地接过刀，按照赵阿姨的指点切好了葱、姜、蒜放进油锅里，扑面而来的香气让他生出一股成就感，"阿姨，我以后能跟你学做菜吗？"

赵阿姨先是愣了一下，然后立刻说："当然可以，沈先生是想学了以后做给谢先生吃吗？"

沈安途回应得有些腼腆："是啊。"

赵阿姨感慨："你们二位关系真好。"

沈安途不好意思地解释："我不是受伤失忆了吗？完全把他忘了，但是他一直这么照顾我，总觉得挺不好意思的，所以想做点什么补偿他。想来想去，可能给他做饭是最快、最简单的了。"

赵阿姨边炒菜边安慰他："忘了就忘了吧，反正总归人还在，想答谢总是有机会的。"

沈安途和赵阿姨越聊越投机，想把她留下来一起吃午饭。但是赵阿姨说他们有规定，不能吃客户家的东西，于是做好饭菜就走了，还说可以把脏碗筷留下来，她晚上来的时候再收拾。

沈安途遗憾地送走赵阿姨，自己一个人孤零零地在空旷的餐厅里吃了饭，洗了碗后就准备上楼。经过客厅的时候，他盯着大门看了几秒，走过去试着拧门把手。大门依然无法打开，可是明明刚才赵阿姨走的时候一拧就开了。

沈安途在原地站了一会儿，他感觉吃得有点撑了，决定在房间里走动走动消消食。

这栋别墅总共有五层，地上三层，地下两层。客厅、餐厅和厨房都在一楼，二楼是客房和书房，主卧和衣帽间在三楼。地下一层是储物室和健身房，还有一个室内游泳池，但里面没水。地下二层是车库，只停着一辆宝马、一辆宾利，都是挺低调的款式。

沈安途把家里的五层仔细转完，总共找到了四个出口，可愣是一个都出不去。

回到主卧，沈安途又进了衣帽间。

打开衣柜，一眼扫过去，根据样式和颜色可以将衣服分为两类：一类以深色西装为主，大概是谢铎的；另一类衣服颜色和款式更丰富一些，应该是属于沈安途的。

沈安途把一件粉色衬衣从衣柜里拎出来看了半天，表情从疑惑逐渐变成嫌弃。他正要将衣服挂回去，突然发现从衣领里掉出一枚吊牌。

Part 4. 我们是不是绝交了

吊牌没剪的确是秘书的疏忽,不过要解释其实也不难——沈安途本来就不喜欢这件衣服,所以他"曾经"一时兴起买下了这件衣服,却从来没有穿过。

但是沈安途太敏锐了。

谢铎调节着监控画面,看见他在衣帽间待了十分钟后,又分别去了主次卧室、浴室、书房和储物间。

然后他就会发现,这个家里,所有关于沈安途的东西都是新的。

衣服是新的,生活用品是新的,书房没有沈安途使用过的痕迹,没有一本书上有他的字迹,储物间里也只堆积着几台新的健身器材。哪怕是最常用的床头柜,上面也没有摆放任何体现他个人习惯的东西。

简而言之,这个屋里没有沈安途生活过的痕迹。

沈安途重新回到卧室的大床上躺下,他把手机举到眼前打量——手机和手机号也是新的。

谢铎放下手里的文件,专心致志地盯着电脑屏幕,等着沈安途的反应。然而出乎他的意料,五分钟后,沈安途把手机放到床头柜上,翻身把被子一盖,开始午睡了。

谢铎的眉头皱起很深的"川"字,他翻出手机通信录,给周明辉打电话。

周明辉是公司技术部的主管,谢铎的下属兼好友,沈安途所住别墅里的摄像头全是由他设计安装的。

周明辉很快接了电话:"喂?老谢,找我有事儿?"

谢铎:"你在别墅里装了多少摄像头?"

周明辉:"我想想,大概八十多个吧,怎么了?"

和谢铎预想中的差不多,正因为这么多角度的摄像头,才能清晰地拍到每一个角度的沈安途。一方面当然是想看看沈安途是否真的失忆,但更多的是为了关注他的安全。他的脑震荡离痊愈还早得很,家里只有沈安途一个人,谢铎始终担心他像那天早饭时一样突然晕倒。此外,他的飞机事故也来得蹊跷……只是,这无疑也增加了沈安途发现监控的概率,他十分怀疑沈安途刚才的行为是因为他发现了什么。

"太多了。"谢铎说。

"啊?"周明辉摸不清谢铎的意思,"所以要拆吗?拆是能拆,但是之前为了藏这些东西,我们把整栋别墅重新装修了一遍,现在要拆,恐怕又得把室内倒腾一次,怪麻烦的。而且话说回来,当初我们不就是为了全方位无死角地监视他所以才装这么多摄像头的吗?怎么好好的又要拆?"

谢铎那头沉默了几秒没说话,周明辉自己悟了:"你是不是觉得看那么多摄像头挺累的?那找我啊,我多派几个人,全天二十四小时盯着所有摄像头,保证一只苍蝇进来也不放过。我早说这种小事交给底下人就行了,哪用得着你亲自费这个神。"

监控画面里,沈安途翻了个身,四肢敞开呈一个"大"字,那是一种完全放松的睡姿。

"不用了。"谢铎挂断电话。

谢铎到家的时候是傍晚六点三十五分,刚好是吃饭的时间,他推门进来的时候沈安途就站在玄关前等他。

沈安途一见到他就笑起来,嘴角上挑的弧度非常好看:"我听见车的声音就知道是你回来了。"

有那么一瞬间,谢铎的脑海里闪过大海里色彩斑斓的珊瑚。它们炫目漂亮,却往往隐藏着可怕的猎食者。

"今天在家做什么了?"谢铎问他。

"什么也没做,有点无聊。不过我有了一个想法,我想跟赵阿姨学做菜,这样以后家里的饭菜就可以由我来做了,好不好?"沈安途接过他脱下的西装外套挂在手臂上,等着他的回应。

"怎么突然想学做菜?赵姨的饭菜不合你的胃口吗?"谢铎松了领

带,也被沈安途顺势接过。

"那倒不是。"沈安途挠了挠下巴,用半开玩笑的语气说,"反正闲着也是闲着,我给你做饭,多少可以当我借住在这里的报酬。"

谢铎盯着他看了一会儿,从他手里拿回了自己的衣服和领带:"以我们的关系,你用不着做这些。"

沈安途愣在原地,看着谢铎上楼的背影,好半天才回过味来。

直到两个人坐在餐桌前开始吃晚饭,沈安途都没有提今天在家里的发现。但谢铎看出吃饭的时候他好几次想说点什么,结果又临时把话题岔开了。

最后还是在睡觉前,谢铎从浴室出来的时候,沈安途盘腿坐在床边,表情凝重地开了口。但他问的问题,完全不是谢铎预想中的那个。

沈安途问他:"我们是不是已经绝交了?在我出事之前。"

"为什么这么问?"谢铎刚洗完澡出来,浴袍的前襟半敞着,水珠顺着发梢从脖颈滚下来滑向结实的胸肌,沈安途只看了一眼就错开目光。

"这房子里没有我的东西,要么我从来没住过,那么我把东西搬走了,我觉得多半是后者。"沈安途伸手捂住额头上的伤口,觉得头又开始隐隐作痛了,"所以我们……是绝交了吗?"

"没有。"谢铎回答得非常干脆,他的确没有说谎,因为他们从来不是朋友,所以自然也没有绝交一说。

沈安途抬头看他,脸上明显写着"不相信"。

谢铎走到他面前,伸手想检查他的伤:"又疼了?"

沈安途避开,低着头不说话。

谢铎只能半蹲在他面前:"好吧,我跟你说实话,当时我们大吵一架,你执意要搬出去住,虽然我没有同意。"

"我就知道。"沈安途愤愤地说,"我出车祸是不是也因为这个?你不是说我是过马路不小心被车撞的吗?我当时就想,我怎么可能这么蠢?现在就说得通了,我那时候多半是情绪低落、心不在焉……"

谢铎没说话，沈安途当他默认了。

"可我们为什么会绝交呢？"沈安途问谢铎，语气里带着满满的疑惑和少许埋怨。

谢铎一边想借口，一边观察他的表情。

他想，这就是沈安途想了一下午想出来的对策吗？如果这些反应和表情都是演出来的，他也许更应该转行去当演员。

"我们没有绝交。"谢铎再次纠正他，"我们只是在某些事情上产生了分歧而已。"

沈安途眉头紧皱，想了一会儿："难道是因为钱？我不会是欠你一大笔钱还不起跑路了吧？"

这样一来，很多事情就合理了。比如为什么他们吵架后会分道扬镳；为什么谢铎找到他后这么紧张，还不让他外出……

沈安途越想越觉得可能性很大。

趁沈安途胡思乱想的时候，谢铎已经吹干了头发，并关了房间的大灯，借着床头灯的光上了床，坐在沈安途旁边："别想了，头不疼吗？"

"疼，但是不能不想。"沈安途的头发完全遮住了他的脸，床头灯的光太暗了，谢铎看不见他的表情。

沈安途的声音同房间一样变得暗淡，他从没想过过去的自己会是如此糟糕的人："也怪不得你这么紧张，如果你没有骗我，我现在已经没有父母，没有兄弟姐妹，职业还是自由翻译。要真欠了你一大笔钱突然消失，你肯定急坏了。要换了是我，搞不好就直接报警了，怎么还会接回家好吃好喝地照顾？我……"

沈安途没有再说下去，可能连他自己也不知道该怎么说了。

谢铎嚼着心里那点罪恶感，再次避重就轻地重复："我们没有绝交。"

沈安途苦笑："是吗？谢铎你不用这么照顾我，如果我之前真做了什么对不起你的事，你就直说吧，我到底欠你多少钱？"

"沈安途，看着我。"

"其实真不用这样，我只是失忆了，又不是残废了。等我过两天身子恢复了，很快就会出去找工作，保证把欠你的钱和所有的医疗费、生活费还给你！"

Part 5. 谎言必须用谎言掩盖

谢铎想让沈安途冷静下来。

沈安途确实冷静下来了，或者也可能是不知道该做出什么反应。谢铎让他和自己对视："我刚才说了什么，重复一遍。"

"看……看着你。"

"不对，上一句。"

"我们，没有绝交。"沈安途机械地重复，一字一字，好像一台没有任何智能功能的复读机。

"嗯。如果你一定要知道，我可以告诉你全部实情。你并没有欠我任何东西，我们的交情依旧深厚，所以你失恋并被女朋友骗走所有财产后第一时间告诉了我。"

"失恋？被女朋友骗钱？"这是沈安途完全没有料想到的展开。

"是。你消沉了很长一段时间，其间，一直跟我住在一起。后来我看不惯你每天酗酒糟蹋自己，语气很差地教训了你几句。你当时的情绪很糟糕，和我大吵一架后提出要搬出去，再后来我就收到了你出车祸的消息。你现在知道我为什么要瞒着你了吧，我很担心你的心理状况。"

谢铎说这些话时表情始终是淡淡的，他天生长着一张过于端正的脸。周明辉曾吐槽，说就谢铎这种长相，哪怕他指着太阳说这是自己家新买的吊灯，别人都会首先怀疑自己的认知。

而现在，谢铎要处心积虑骗一个人。

沈安途吸了吸鼻子，垂下眼睑掩盖住情绪："所以你不让我出门也是因为这个原因？"

谎言必须用谎言来掩盖，谢铎说："这是其一，其二是你的车祸有问题。你一个人出门不安全，所以这段时间都不要出门好不好？"

沈安途表示震惊："不会是我那个骗子前任要杀人灭口吧？"

"有可能，目前还在查。"

谢铎没法解释，他说的有问题其实是指沈安途飞机失事有问题，家里装这么多监控其实也是因为这个。如果有人能神不知鬼不觉地在沈安途的飞机上动手脚，那这个人要摸到这栋别墅来也并非不可能，谢铎需要时不时查看这些监控来确认沈安途的安危。

这几天谢铎派人暗中调查飞机事故的原因，发现了不少疑点——其中最大的疑点是飞机上的黑匣子不见了。不过根据现场调查，还是能看出一些情况的。

当时沈安途带着未婚妻和两个保镖前往海砂岛，最快的方式就是坐飞机穿过大海再飞过鄂曼希山。这段航程本来只需要半个小时，最危险的情况就是遇见雾，严重影响能见度。

但当时驾驶飞机的飞行员有着近十年的飞行经验，来回Z市和海砂岛超过一百次，在雾中飞行必定不是第一次，他应该知道应对方法。

当时调查报告给出的结论是：飞行员驾驶的直升机可能没有安装高科技的雷达、空中防撞系统等，在超低的能见度下，直升机最后撞上了鄂曼希山海拔三百多米高的山腰，但具体原因还需进一步调查分析。

要说沈安途的私人飞机没装最先进的雷达和空中防撞系统谢铎是不信的，一定是有人在飞机上动了手脚，或者干脆就是飞行员被买通了，要以同归于尽的方式害死沈安途。

而至于是谁想要沈安途的命，那人选可就太多了。在外界看来，谢铎就是他最大的死对头。

撇开外人不说，沈安途的三个兄弟就够他受的。这几天沈安途出事的消息一出来，他那一个哥哥、两个弟弟就像闻着腐肉的鬣狗似的，把集团啃得四分五裂。

这些事谢铎自然都不能告诉沈安途，好在沈安途也并不关心。他自从明确了"绝交原因"后就冷静了很多，也不闹了，就乖乖坐着，还向谢铎保证："我会好好待在家里,你自己在外面上班也要小心。"

谢铎"嗯"了一声,凑过来检查沈安途的伤,这次他没躲。

沈安途头上的可见伤在额角,但其实撞得最厉害的位置在右侧头顶,现在摸上去还有个包。

谢铎把手轻轻覆在那个包上："头还疼吗?"

"嗯。"沈安途拖着鼻音,听上去委屈又可怜。

谢铎不敢再碰那一处："早点休息吧。"

"好……"

于是两个人关了灯,躺在各自的床上。

谢铎在黑暗中轻声说："晚安。"

很快,他就得到一句略带疲倦的回应。

沈安途说："晚安。"

第二天沈安途醒来的时候,谢铎已经走了。他坐在床上发了一会儿呆,回忆之前做的梦。他总觉得自己好像隐约梦见了过去的事,可现在又完全想不起来,只好作罢。

洗漱完毕后,沈安途在厨房的保温桶里发现了谢铎给他留的早饭,里面有包子、豆浆和鸡蛋,一看就是在早餐店里买的。

沈安途边吃着早饭边玩手机,他想起昨晚的事,于是在搜索方框里输入了谢铎的名字。

一大堆词条跳出来,沈安途突然觉得手里的包子不香了。

同一时间,谢铎的笔记本自动接收了沈安途的后台浏览数据。他在吃早餐的时间里浏览了以下网页——

谢铎的百科。

深入解读谢氏瑞乾集团和现任总裁谢铎。

谢氏集团继承人能带领瑞乾走向新高吗?

酒会佳人——谢铎好事将近?

……

锦盛集团老板沈凛下落不明,瑞乾或成最大赢家!

沈安途的浏览痕迹到此为止,谢铎调出监控,发现他去厨房洗碗了。

第二章
真假

Part 1. 朋友

接下来的一个星期，沈安途很快适应了宅在家里的生活，并找到了乐子。

他一般上午会在网上看一些美食博主的视频，挑一些想做的菜式，等赵阿姨中午来的时候和她探讨做法。晚上或者第二天，赵阿姨就会带着他想要的食材过来，给沈安途进行实践。如果成功了，他就会留给谢铎尝一尝；如果失败了，他就自己吃掉。

下午睡个午觉起来后，沈安途会去书房看与翻译相关的专业书籍，但今天他有了新的打算，他要去健身房健个身。

原本沈安途短时间内没有健身的打算，一是剧烈运动会引发头痛，二是身上的伤疤还没掉干净，他不敢频繁洗澡。但是自从那天晚上看到谢铎的胸肌以后，他突然产生了危机感，大概是男人的虚荣心作祟，他不想被比下去。所以趁谢铎下班的前一个小时，沈安途郑重地换上一身运动装进了健身房。

五分钟后，他捂着脑袋钻进电梯回了三楼卧室，整个人扑到大床上不动了。

谢铎看到这里，实在没忍住，勾起嘴角笑了起来。

这段时间他仍旧每天盯着家里的监控，只是目的逐渐变了味。刚开始他是为了确认沈安途的安全，但现在只是单纯觉得他有趣。

最近谢铎的生活是从未有过地规律，他推掉了所有酒会和邀约，下午六点准时下班回家，没做完的工作直接带回家做，之后的会议全部改为线上。

以沈安途为中心，谢铎的生活轨迹画出了一个圆。他没法走得太远，因为总是记挂着有人等他。

说来好笑，他当初把沈安途带回来的目的是想给他点教训，现在把他好吃好喝供在家里不说，还要倒赔不少钱和精力进去。

谢铎回到家的时候刚好六点半，他看到沈安途在厨房忙碌的样子，突然觉得这样挺好的。哪怕是假的也好，哪怕只有一天也罢。谢铎没几个朋友，也从不觉得自己需要朋友。商场风起云涌，世人皆为利往，笑里藏刀，没有谁可以一直信赖，但眼前的沈安途却让谢铎感受到有人陪伴的温暖。

沈安途正在切圣女果给牛排摆盘，一刀下去内里的汁水流了出来。沈安途觉得挺浪费的，便用手指在砧板上抹了一点送进嘴里，忽然听到耳边一个声音离得很近地说："在吃什么？"

沈安途吓了一跳，一回头，发现谢铎不知道什么时候悄声无息地走到了他身后。沈安途仰头看着他，被身高差带来的压迫感截断了呼吸。

谢铎的个子非常高，沈安途的净身高已经有一米八二，谢铎还要高他半个头。他想起网上谢铎的百科，上面标着身高一米八六，沈安途觉得这个数字过于保守了。

见沈安途发呆，谢铎又问了一次："好吃吗？"

沈安途往旁边让了一步，揉了揉耳朵。

"圣女果，吃吗？"

"吃。"

于是沈安途把切好的圣女果全部推到谢铎面前，又给他殷勤地倒了杯水。

谢铎咀嚼着圣女果，端着水杯，看着沈安途忙碌的动作，说道："味道不错。"

"那就好。"沈安途抽出纸巾擦了擦手指，似乎松了一口气，用剩下的圣女果快速完成了摆盘，然后带着点小心翼翼的语气问谢铎，"现在吃饭吗？"

谢铎盯着他看了一会儿。

"嗯。"

谢铎的声音很闷，有点不高兴的意思。沈安途有点疑惑，正想问怎么了，谢铎已经站直，端着两份牛排去了餐厅。

谢铎确实不太高兴，他不满沈安途奉承的态度。

明明连名字都忘干净了，讨好人的本事倒是一点不生疏。

早就听人说过，沈安途为了得到合作机会，什么手段都能用上。他可以毫不吝惜面子，把人从头到脚服侍得妥妥帖帖，现在他拿着这些本事来对付谢铎了。

想到这儿，谢铎本就严肃的面孔更加冰冷。

这种不高兴一直延续到谢铎处理完工作洗完澡上了床。

沈安途早在谢铎工作的时候就已经洗漱完毕，以前他等谢铎回来睡觉的时候都是玩玩手机、看看视频，今天却一反常态地在躺在床上发呆。

他面无表情地盯着天花板，眼里没什么情绪。谢铎看不出他在想什么，这样子让他想到了过去的沈凛。他绷紧神经，靠过去问沈安途："在想什么？"

沈安途深棕色的眼珠子一转，表情活了过来，把谢铎从头打量到脚："谢铎，你的身材怎么这么好？我看网上说好多人在健身房练出来的肌肉都是松的，一点也不结实，你不会也是吧？"

还没等谢铎说话，沈安途就自顾自地上了手，想趁谢铎不注意搞偷袭。不想谢铎很警觉，立刻后缩着躲过了。沈安途躺在床边坏笑不止，可还没等他笑够，谢铎的反击便来了，两个人就这么在床上打了起来。

没过多久，两个人就大汗淋漓，刚才的澡都白洗了。沈安途率先败下阵来告饶，谢铎也没再难为他。

"睡觉吧。"谢铎起身关了灯，去自己的小床上躺下。

沈安途没有反对，"嗯"了一声，拖长的尾音像是在为什么做铺垫。谢铎等了片刻，可最终等来的只是黑暗里沉寂的睡意。

Part 2. 沈哥

沈安途在凌晨的时候做了噩梦，全身冒冷汗，不停地呓语，谢铎立刻开了台灯把他叫起来。

刚睁眼的时候沈安途反应很大,他猛地推开谢铎向床角缩去,即使腰撞到了床头柜还要后缩,同时伸手去床头柜上摸什么。这个动作碰倒了他睡前放在柜面上的水杯。

当水杯落地发出闷响的那一刻,沈安途才仿佛真正被唤醒。他在晦暗的光里认清了谢铎,逐渐平复呼吸,卸下防备。

"对不起,对不起……"沈安途缩在床角,把头埋在双膝间,让自己缩成一团,像一只受伤后缩在角落舔伤口的小兽。

沈安途这一系列动作谢铎看得清清楚楚。

他为什么后缩?

他在怕什么?

他下意识伸手去床头柜上找什么?

"做什么噩梦了?我把你锁在家里不让出去?"谢铎压住心底的烦躁和焦虑,尽量让自己的声音听上去轻松一点。

沈安途"扑哧"一声笑起来,没什么精神地回道:"你也知道啊……"

当噩梦带来的情绪消退后,疲惫和困倦跟着涌了上来。沈安途不想动,这个姿势令他觉得安全。

但谢铎不同意,他去拉沈安途的手臂,力道很轻:"躺下来睡觉。"

沈安途没动:"不,我就这样睡一会儿。"

"这样睡不舒服,躺下来好不好?"谢铎轻声劝他,却没想到就这么一会儿工夫,沈安途竟然已经迷迷糊糊地睡了过去。谢铎只好再把他摇醒。

沈安途被吵醒,心情很糟糕:"不好,我就要这样睡,你别管我!"

谢铎也不废话了,用力扣着他的脚踝直接拉过来,裹上被子,给他安排得明明白白。

沈安途刚开始还像模像样地挣扎了一下,后来逐渐安静下来,裹在被子里确实比把自己团起来更舒服,他很快就睡着了。

谢铎却是一点睡意都没有了,到早上时间差不多就起了床,给杨宇打了个电话。杨宇说这表示沈安途的记忆正在恢复，是脑震荡好转的体现，没什么大碍，如果实在不放心就带去医院做个检查。

谢铎挂断电话以后，去阳台上站了一会儿。

在南方，十一月初的天气不至于太冷，但只穿一件衬衣还是稍显单薄。浸染了凉意的布料源源不断地汲取体温，同时也带走了少许焦躁，让谢铎保持冷静。

经过这一个星期，谢铎几乎要相信沈安途失忆了。但沈安途毫无障碍地接受了谢铎这个朋友这件事，本身就不太可能。他从来都不是这么毫无戒备心的人，谢铎不信失忆能改变一个人的性格。

但如果沈安途真的失忆了，那么新的问题也随之而来。

现在的沈安途相信了谢铎的谎言，觉得自己和谢铎是朋友，谢铎在他落难时帮了他，所以他留在这里，为谢铎做饭，讨好谢铎。可他总有一天会恢复记忆，等到了那个时候，他又会作何反应？

谢铎不敢说沈安途真的信任自己，他猜测沈安途是无所谓的。沈安途的酒肉朋友遍布Z市，也许对他来说，一杯酒就和别人称兄道弟是再正常不过的事了。他本性如此，谢铎只是暂时得到了他"至交好友"的称号。

所以谢铎在期待与沈安途融洽相处的同时，也格外痛恨这个人藏在笑容后的真面目。

不过一个星期，沈安途就能和他关系好到这一步，这件事时时刻刻提醒着谢铎，如果那天截走沈安途的是别人，沈安途说不定也会这样对他们。

像沈安途这样的，纵使他脾气恶劣，眼高于顶，也还是不知道有多少人想跟他结交，谢铎不正是其中之一吗？而更不巧的是，他们之间还有家族生意上的矛盾在，要不是谢铎作弊，提前插队把自己送到沈安途面前，他们永远也不会有这样的交集。

如果沈安途恢复了记忆会怎么样？

谢铎回忆着记忆里的沈安途，再结合各种传闻，觉得沈安途也许会恼羞成怒打自己一顿也说不定。

不过按照沈安途这种秉性，如果他想下手，恐怕也会不动声色地和他装一段时间的手足兄弟，然后趁着半夜他睡着了揍他一顿，再面不改色地逃离现场，向所有人控诉他的所作所为。

谢铎觉得有点好笑，转身回了房间。

沈安途醒来的时候，谢铎已经不见了。

也许是噩梦的缘故，沈安途这一觉睡得不太好，无论是身体还是大脑都很累。

他走进厕所，机械地刷牙，顺便打量起镜子里的自己来。

有点长的头发凌乱地贴在脸上，有些遮眼，但同时让他过于艳丽的五官变得柔和无害。

沈安途忽然觉得镜子里的人无比陌生，他正在思考这种陌生感的来源，忽然脑海里闪过几帧画面。它们来得快去得快，只给沈安途留下了一点模模糊糊的印象。

这种感觉就好像答案已经到了舌尖，却始终说不出来。沈安途努力了一个早上，除了让头疼开始作怪，没有任何效果。

他想了想，决定还是向谢铎求助。

上午十点多的时候，谢铎收到了沈安途的微信——他们前两天把微信加上了，沈安途怕打电话会影响他工作，所以如果不是急事，都会通过微信联系谢铎。为了体现好兄弟的身份，沈安途特意用了和谢铎一模一样的头像——一片蔚蓝的天空。谢铎的昵称是X，沈安途就把自己的昵称改成S。

S："你手机里有没有我们过去的照片？"

X："想起什么了？"

S："就是什么也没想起才想看照片，有助于恢复记忆嘛，发几张呗。"

谢铎没有立刻回复，沈安途知道他肯定有工作，也没有催他。大概半小时后,谢铎的消息发来了。

X:"有,太多了不好发,等我让人做本影集送过去给你慢慢看,最迟下午送到。"

沈安途立刻说不用那么着急,等晚上谢铎回来他们一起看也行。

三分钟后,谢铎回了一个字:"嗯。"

沈安途盯着那个"嗯"字看了一会儿,回了他一个猫咪发射爱心的表情包。他又等了很久,谢铎都没再回了。

沈安途把手机扔到一旁,整个人瘫在床上,一动不动像具尸体。

他感觉到一丝寂寞,外加一点焦虑,可能不止一点。

失去记忆总让人感觉踩在冰面上似的,虽然现在脚下坚实,但谁知道哪天会不会就一脚踏空掉进湖里。

也许是早上那个噩梦给了他不太好的预感,虽然梦里的内容在睡一觉后便忘得一干二净,但多少影响了沈安途的心情。

他陆陆续续想了很多,想昨天谢铎说的话,想自己的未来。哪怕谢铎不在意,他也不可能一直住在谢铎家里,至少得恢复记忆把工作重新拾起来。

沈安途想起这两天看的口译书就一阵头大。

午饭后,他照例睡了一觉。等他晃到厨房喝了一杯水,打算去书房的时候,家里的门铃响了。

这还是一个星期以来家里的门铃头一次响,沈安途觉得很新奇。他从门口的监控里看到一个穿着休闲西装的娃娃脸男人,他猜这个男人多半是来找谢铎的。

"你好,请问是哪位?"沈安途对着话筒问。

"是我呀沈哥,我是谢文轩,谢铎的堂弟,我是来给你送影集的。"谢文轩的声音里透出一股年轻人的活力。

沈安途想起自己没法从里面开门,就问谢文轩能不能自己进来。谢文轩说能,他已经给谢铎打过电话,谢铎会给他开门。沈安途这才知道,原来家里的门都是由谢铎远程操控的。

谢文轩进了别墅，一见到沈安途就傻笑："好久不见啊沈哥，听说你出事了我特别担心，本来想去医院看你的，但工作一直太忙了，直到最近才有空……"

沈安途眯着眼睛打量他，问："你从前一直叫我沈哥吗？"

谢文轩后背开始冒冷汗："是啊，有什么问题吗？"

沈安途说："没什么，只是听着有点耳生。"

Part 3. 你这个人还挺幽默

谢文轩笑容灿烂。

沈安途的眼神射线似的扫过谢文轩全身，确实从他脸上找到了几分谢铎的样子。两个人还都有逆天的身高，只不过谢文轩的脸更圆一些，又染了时尚的"奶奶灰"，总是笑眯眯的，看上去带着点天真的孩子气，很容易让人产生好感。

沈安途招呼他说："你在沙发上坐一会儿吧，喜欢喝什么？我去给你倒。"

"好的好的，随便什么都行，谢谢沈哥！"谢文轩把影集放在茶几上，在沙发上坐得笔挺，双手放在膝盖上，听话得像个小学生。

几分钟后，沈安途从厨房出来了，手里端着一杯柠檬水和一盘蛋挞。

"蛋挞是中午我和赵阿姨一起做的，刚刚用微波炉热了一下，可能没刚出锅那么香了，你试试？"沈安途坐在谢文轩身边，把蛋挞推到他面前。

谢文轩正想拈一个吃，突然想起没洗手："沈哥，我先去洗个手。"

沈安途看他起身闷头往前走，立刻叫住他："跑错了，洗手间在反方向。"

谢文轩脚下一顿拐了个弯："我去厨房洗手，近一点。"

谢文轩很快洗了手回来，迫不及待地拈了一块蛋挞，咬了一大口："哇！好吃！沈哥你手艺也太好了吧！"

"真的吗？你喜欢就好。"沈安途笑起来，看着温柔又亲切。

谢文轩没忘记自己的任务，指着桌上那本厚厚的相册说："沈哥你看这个，我哥让我洗出来给你看的……我手上有油，你自己打开看吧，有哪儿不记得你问我。"

谢文轩吃了一块又掂了一块。

沈安途拿起那本相册在手里掂了掂："我和谢铎的事你都清楚？"

谢文轩仰头喝了一口柠檬水，等嘴里的东西咽下去才说："那可太清楚了。你出国那段时间我正好也在国外念书，我给你们俩转了不知道多少跨国邮件，我谢文轩，人间信鸽。"

沈安途笑道："那可真是辛苦死你了，信鸽弟弟。"

谢文轩差点喷出来："咯咯——还好，还好。"

沈安途翻开相册封面，入眼是一张老照片，像素很低，照片底下有时间和介绍。他的眼睛亮了起来——

"拍于高二下学期期末考试后"。

这是他和谢铎的一张半身合照，左边是谢铎，右边是沈安途，都穿着校服。

谢铎留着短寸，一副严肃冷然的样子，和现在差不多，帅还是帅的，但配上当时他还稍显稚嫩的脸，有种故意装小大人的感觉。

"那个时候的谢铎也太可爱了吧！"沈安途忍不住感叹，盯着高中时期的谢铎看了好长时间。

谢文轩顺势吹一波"彩虹屁"："是挺帅的，沈哥也很帅。"

沈安途把目光转向自己，高中时的沈安途和现在很不一样，看上去要瘦小很多，比谢铎矮一个头，脸也没长开，乍一看有点雌雄莫辨，而且表情还很阴郁，好像不太情愿和谢铎拍照似的。

他盯着自己的照片看了一会儿，问："我们当时是吵架了吗？我看上去好像不太高兴啊。"

谢文轩说："可能吧，你那时打算出国，而我哥决定留在国内，你高考都没去参加。"

谢文轩的这句话触动了沈安途,他眼前突然闪过几个片段,隐约想起自己好像确实没有参加过高考。

沈安途又盯着这张合照看了一会儿才翻开下一张,这张照片就没有刚才那么清晰了,看上去像是抓拍的,背景都是虚影,但情景很生动。沈安途已经能想见一个夏日的体育课,几个男生刚从球场上下来,大家都热得不行,纷纷撩起衣摆扇风。谢铎也撩了,露出一截劲瘦的腰。沈安途有点想看清他那时候有没有腹肌,但像素实在是太低了。

"这张没我啊。"沈安途把谢铎身边的男生挨个看遍也没有找到自己。

"有,"谢文轩指着谢铎一行人身后路过的模糊侧影说,"沈哥你在这儿!"

沈安途表示疑惑:"这脸都看不清怎么知道是我的?"

谢文轩说:"我当然知道了,当时我在场,照片就是我拍的。"

沈安途半信半疑地翻到下一张照片,这依旧是一张模糊的远景照,照片里只有沈安途,他正在池塘旁边对着画板写生。镜头是从上往下的,看起来像是有人在楼上俯拍的。

一瞬间,关于画画的记忆浮现,沈安途回忆起装满不同颜色的颜料盘、染了色的衣角和洗笔刷的水桶。

见沈安途盯着照片半天没动,谢文轩便主动把相册往后翻:"高中时期的照片比较少,就这几张还是用手机偷拍的。沈哥你往后看,后面就比较多了。"

照片是按照时间顺序来排的,从十年前到今年夏天,照片内容大多是两个人的生活日常。有独照也有合照,有的拍得很专业,比例和构图都恰到好处;有的则一看就是用手机随手拍的,只不过正面全脸的镜头很少。

两个人看得津津有味,有些照片中谢文轩也在,他就跟沈安途多说两句。

最后一张照片是今年夏天拍的,一张他和谢铎的影子照,只有影子没有实物的那种。

谢文轩感叹:"你跟我哥都是不喜欢拍照的,中间还分开了四五年,你们的合照好少啊。"

"是吗?"沈安途挑眉,把相册翻到第一页,"我有谢铎这样的帅哥兄弟竟然能忍住不在朋友圈每天发八百张合照?"

谢文轩哈哈大笑起来:"沈哥你以前确实发过一段时间,但是老有妹子来底下评论要我哥的微信,然后你就再也不发了。"

"是这样吗?"

沈安途又盯着几张高中时的照片看了一会儿,对谢文轩说:"不知道为什么,后面的照片我都没有印象,只对高中的这几张有感觉,特别是第一张。"

沈安途看着这张照片里的谢铎,总觉得他下一秒就要转过头来对自己说话。

谢文轩点头赞同:"我也觉得,是不是很像证件照?把背景换成大红的,像不像?"说完他自己也哈哈大笑起来。

沈安途斜睨他:"啧,你这个人……"

谢文轩的笑声戛然而止。

"还挺幽默。"沈安途冲他笑,"再吃个蛋挞吧。"

谢文轩又哈哈大笑:"哪有哪有,谢谢沈哥!"

屋子里的气氛一派和谐。

Part 4. 你最近不对劲

下午六点,谢铎准时离开办公室,没走两步就被周明辉拦住。

"老谢,又这么早下班啊?你以前可都是把公司当家的。"

谢铎听出了周明辉话里的试探,但他不想多说:"有事?"

周明辉忍不住了:"是因为沈……那小子吗?老谢你还真把他当回事啦?这段时间不只是我,谁都没能在晚上把你约出来,连工作都是带回去做的。我去谢家老宅子那边打探过,你也没回家,你是不是一直和他在一起?"

谢铎反问:"他就住在我的别墅里,我回自己的房子,有什么问题?"

谢铎始终神色平淡,周明辉什么都看不出,但他就是觉得谢铎最近的行为很反常:"可能是我想多了,你就当我多嘴吧,你别忘了沈……那位是什么人。你不让我看监控,我也不知道他什么情况,你可别被他给骗了。"

谢铎看手表:"有话直说,我最多再给你两分钟。"

周明辉急了:"什么意思啊老谢!"

谢铎抬了抬眼皮:"张总的饭局,六点半开场,司机已经等在楼下。"

周明辉的舌头被打了结:"你不……不是赶着回去见沈狐狸?"

谢铎绕过他:"你要想去就一起,车上说。"

直到上了车,周明辉还在纠结:"我就是担心他装失忆还不知道是什么目的,反正你小心点就是了。"

谢铎没应,放下前后座间的挡板:"最近沈家什么动向?"

周明辉:"我正想跟你说这件事,西蒙已经找到沈凛当时休养的那家疗养院了,不过什么都没找到。"

西蒙是沈安途从国外带回来的秘书,和他的老板一样,很有手腕。沈安途失踪的这段时间都是他在负责稳住沈氏,同时负责寻找沈安途的下落。

关于沈安途失踪这件事,外界说法很多,传得最多的是沈安途在飞机坠落中和破损的机门一起掉进大海里了。即便是当时在场的目击者也说法不一,加上有谢铎在暗处放出假消息,西蒙查得很艰难。

不过谢铎要把一个大活人从现场带走不可能做到不留一点痕迹,西蒙发现了当时离开鄂曼希山度假区的一辆可疑车辆,而这辆车很快便进入了没有监控的偏僻路径,之后再没有出现过。西蒙直觉这辆车有问题。

鉴于当时沈安途伤情不明,需要尽快就医,西蒙觉得这辆车一定不会走太远。于是他开始派人搜索该地区附近所有的医院,但一个星期后无功而返。

因为谢铎根本没有把沈安途送进医院,而是送到了谢氏旗下一家私人疗养院。

这家疗养院无论是医疗设备还是休养环境都是附近最好的,基本都是上了年纪的富人来养老的。西蒙没查这里一是没想到,二是不太敢。但沈安途消失得太久了,西蒙再厉害也不过是个秘书,董事会已经开始施压,他扛不了多久,所以第二个星期他就扩大了搜查范围。

"就在昨天,他亲自带人来问消息。疗养院里的医生、护士他们问了个遍,监控也查了,然后找到了一个沈姓年轻男人的就诊记录。"

周明辉性格豪放,他说着说着便放松下来,整个人瘫在后座,两条腿叉开,一个人就占了两个人的座,膝盖都快要贴上谢铎的腿了。

谢铎扫了他一眼,周明辉立刻恢复坐姿:"不过当时碰巧有一个姓沈的小明星入院,好歹也是个明星,所以我们保密了他的身份信息,西蒙就这么弄错了人。现在除非沈凛主动联系他,否则他根本找不到沈凛。现在的关键就在于,沈凛到底有没有失忆。"

在查出真相前,谁都有可能是沈安途的谋害者。谢铎不清楚西蒙的背后站着谁,以防万一,他切断了所有企图接近沈安途的势力。

周明辉说到这里,扭头看谢铎:"老谢,你一个人到底行不行啊?那么大栋别墅,加上他各种电子产品的数据,你平常还要管公司,能忙得过来?"

"我说过了,用不着别人。"谢铎的手机振动了一下,他掏出来一看,是谢文轩发的微信。他发来了一张照片,底下跟着一条信息。

"沈哥留我在家吃饭啦!"

照片是沈安途在厨房忙碌的背影,他把袖子撸到手肘,白皙的手臂皮肤在日光灯下白得仿佛成了第二个光源。

周明辉看谢铎的神态不对,问他:"出什么事了?"

谢铎收起手机:"没,我今天让谢文轩去试他了。"

周明辉不解:"谢文轩?他一个恋爱脑能做什么?我都不明白你为什么要把北辰娱乐交给他管。"

谢铎没有立刻回答他的问题,此时遇上一个红灯,车暂时停了下来。路边正好是一家蛋糕店,门口站着一对母子,小孩正哭着闹着要吃蛋糕。

谢铎指着那对母子问周明辉:"你小时候要是想吃蛋糕,你妈不给,你会怎么做?"

"也是这样哭着要吧,或者从家里偷钱出来自己买。"周明辉没猜出谢铎的意思,等着他给出解释。

"你知道谢文轩是怎么做的吗?他跟他妈说堂哥最近考试不理想心情不好,要买个蛋糕送我,让我开心一点。"

绿灯亮了,车子发动,把路边的蛋糕店抛到身后。

"第二天,他把蛋糕带去学校又带了回来,跟他妈说我不喜欢吃蛋糕,想换份礼物送我。没过两天,我收到了一个快递,是一支限量版的钢笔,国内只有十支。"

谢铎再次掏出手机,解锁屏幕按了几下又放回去。

周明辉一头雾水:"那这孩子人还挺好?"

谢铎笑了:"谢文轩知道我不吃甜食,也知道我在学校的成绩从来都是第一,他说买蛋糕送我,只是因为他自己想吃。那天他带着蛋糕去学校根本没来找我,我都不知道有这回事,直到收到那支钢笔。那支钢笔我本来就有一支,而我自己的那支,在这件事发生的一周前被谢文轩弄坏了。我告诉他要么他赔我一支,要么我见他一次揍一次。"

说完,谢铎又补充了一句:"当时谢文轩才六岁,刚上小学一年级。"

周明辉啧啧称奇:"看不出来啊,他不是追一个大他十多岁的女明星好多年了吗?我一直以为他就是个恋爱脑!"

过了一会儿,周明辉悟了:"所以你才让他去见沈狐狸。"

车在一家高档会所门前停下,谢铎在司机开门前说:"如果他的失忆是装的,那就看看谁更能装吧。"

Part 5. 现在他叫沈安途

谢文轩看着面前给自己摆碗筷的沈安途，心情非常复杂。

今天谢铎打电话让他来给沈安途送影集的时候，他内心一万个不愿意，只因对沈安途有阴影。

大概两年前，谢文轩在一家会所和狐朋狗友吃完饭出来，就准备开车回家。他的车停得有点远，从后门出去走一段路才能到。

那段路不是什么小巷子，只是有点僻静，谢文轩没走几步就看到几个壮汉堵着一个瘦小的中年男人不知道在说什么。

那个中年男人谢文轩觉得有点眼熟，当时他心想：这都什么年代了，左右都有监控，怎么还玩堵人这套？

谢文轩身后有谢家，自己也不是个怕事的主，但眼下他不清楚状况，也不想多管闲事，就当看热闹一般从旁边大大方方地路过了。走过一根电线杆的时候，他的余光扫到一个红色的光点，是有人站在电线杆的阴影里抽烟。

电线杆后刚好是路灯照不到的位置，同时也是监控的死角。

谢文轩想这里确实是个好地方，他下意识定睛看了几秒，突然认出站在那儿抽烟的不是别人，正是当时被业内人士传得沸沸扬扬的沈安途。

沈安途就靠着电线杆站着，手指间夹着一支烟，梳着背头，西装革履，要多优雅有多优雅，看谢文轩的眼神就像看一只蚂蚁。

谢文轩汗毛直竖，也顾不上什么形象了，拔腿就跑。第二天他向公司请了假，出国躲了半个月。

所以谢文轩本来死活不同意来见沈安途，但谢铎知道他的死穴。

谢文轩追娱乐圈一个出名的女星好几年了，从上学那会儿就开始追，一直追到他自己接管瑞乾旗下的北辰娱乐，仍在坚持不懈地追。

今天早上，谢铎突然打电话给他，说请他帮个忙，只要他做得好，就答应把那女星挖到北辰来。

谢文轩嗅到一丝阴谋的味道："所以要我做什么？"

谢铎："很简单，去我的别墅给一个人送本影集，然后再跟他聊聊天。你不是最擅长交际吗？"

谢文轩"呵呵"笑了两声："别夸，你就直说。"

谢铎于是直说："我知道你挺能装的，你去帮我看个人。"

谢文轩："行吧，谁啊？"

"沈凛。"

谢文轩以为自己听错了："你说谁？！"

谢铎低沉的嗓音从听筒里清晰地传来："沈凛，不过现在他叫沈安途，是我的至交好友。记清楚了。"

谢文轩当场给自己掐人中。

沈安途做了三菜一汤，荤素搭配，色香味俱全，看着就让人食指大动。

"这些食材我中午就让赵阿姨准备好了，正好是两个人的量。你下午来的时候我还担心三个人不够吃，幸亏谢铎晚饭不回来吃。"沈安途体贴地给谢文轩盛了一碗玉米排骨汤，又给他夹了几块红烧肉。

谢文轩从吃下第一口菜开始筷子就没停过，吃一口就夸一次沈安途手艺好。

沈安途很有满足感："你哥吃饭的时候一句话都不说，连个表情都没有，搞得我一直以为自己做饭不好吃。小轩，以后常来玩啊。"

"一定一定。"谢文轩心里百转千回，他观察了沈安途一个下午，没看出任何端倪，沈安途的表情很自然。

谢文轩偷瞄沈安途，视线从他贴在脸上的柔软短发，落到他一身针织居家服，再到他亲手做的美食上。

这个人和当初在商场上叱咤风云的沈凛完全就是两个人，谢文轩甚至有些怀疑谢铎是不是抓错了人。失忆可以改变一个人到这种程度吗？

谢文轩自认在看人方面很有一套，这是一种天生的直觉。他旗下的小明星在他面前晃两圈，他就能看出是什么人。

不过对于沈安途，谢文轩看不出假装的痕迹。

吃完饭后，沈安途进厨房洗碗，谢文轩本来要帮忙的，但是被沈安途婉拒了。于是他颓废地瘫在沙发上玩手机，给谢铎发了一篇长达五百多字的小作文。

他首先用两百字夸了一下沈安途的手艺，再用两百字形容了一下自己愉悦的心情，剩下的一百字表达了他对下次拜访沈安途的强烈愿望，最后用一句话总结——

"我觉得他真的失忆了。"

按下发送键后，谢文轩感觉今天非常圆满。然而他一低头，发现自己的对话框里出现了一个红色感叹号，并且连着一句提示——消息已发出，但被对方拒收了。

谢文轩不信邪，又试了一次，还是出现了感叹号，并跟着一段提示：X开启了朋友验证，你还不是他（她）朋友……

谢文轩这辈子头一次被人拉黑，还是被谢铎拉黑，非常不甘心。谢铎为什么拉黑他？谢铎凭什么拉黑他？他辛辛苦苦帮谢铎试探人，谢铎就赏了他两个感叹号？

谢文轩当即给谢铎打去电话质问他，但谢铎一直没接。谢文轩接连打了几次后，连手机号都被拉黑了。

沈安途从厨房出来的时候，就看见谢文轩哭丧着脸，仿佛受了天大的委屈。

"怎么了小轩？"

谢文轩趁机挑拨离间："我哥不接我电话，还把我拉黑了，他肯定去外面花天酒地了！"

"啊？谢铎不是这样的人吧。"沈安途把一盘切好的橙子端到茶几上，示意谢文轩自己拿着吃。

"你怎么知道他不是？你又不知道他去了哪儿。"谢文轩吃着饭后甜点，很是满足。

"我知道啊,他去了杜兰会所,康禄的张总请他谈生意。"沈安途调出了谢铎下午给他发的消息。

谢文轩拿着手机凑过去:"沈哥加个微信呗。"

谢文轩一直在别墅待到八点多,享受了"沈哥"全方位贴心的服务,直到谢铎忍无可忍主动把他加回来问他怎么还不走。

谢文轩走的时候,沈安途送他到门口。谢文轩故意停在门口磨蹭了一阵,说:"沈哥,我以后能经常来找你玩吗?"

沈安途欣然点头:"可以啊,你想什么时候来都行。"

只见谢文轩的表情却是从惊喜逐渐转变成失落,配上他那张无辜的娃娃脸,杀伤力很强:"可是我哥不会同意吧,他之前就跟我说沈哥你身体不好,让我不要老打扰你……"

沈安途一脸"慈祥"地看着他:"我邀请你来家里做客,不用谢铎同意。"

谢文轩知道谢铎听得到,心满意足地离开了。

第三章
出门

Part 1. 钓鱼

谢铎到家的时候已经快十二点了。

他在晚上十点半的时候给沈安途发了消息，说自己会回来很晚，让他先睡，可是沈安途没有回他消息。之后谢铎又反复看了手机好几次，一直没等到他的回复，看了监控以后才发现，沈安途已经在客厅的沙发上睡着了。

谢铎有点烦躁。他不喜欢应酬，饭桌上总共就那么几个人，个个说话都拐弯抹角、夹枪带棒的，太倒胃口了。饭局开始不过半小时，谢铎就开始想念沈安途和他的手艺。

不过这种烦躁在他进了家门，看见玄关处的灯后逐渐消散。

本来这栋别墅只是谢铎名下多处闲置的房产之一，要藏沈安途才特意用起来，现在倒是比谢家老宅更有家的味道了。

谢铎进门后就放轻了动作。他脱下西装外套，松了领带，也不开灯，就着玄关处散发出来的光，踱步到沙发前，看见了沉睡的沈安途。

沈安途在沙发上睡得并不踏实，他迷迷糊糊翻了个身，视线里突然出现一个人影，吓得他立刻从沙发上弹起来。

谢铎快他一步把他按住，免得他起得太猛又头疼。

"你回来了怎么也不出声？吓死我了……"沈安途刚睡醒，声音还是哑的，人也迷糊。

"怎么睡在这里？"

沈安途完全清醒了，他慢慢起身，面对着谢铎盘腿坐好："我没想睡来着，本来是在客厅看电视，后来太无聊就关了电视玩手机，玩着玩着就睡着了。"

谢铎严肃地道："下次回卧室睡。现在已经是深秋，暖气怎么也比不过被子，万一冻着怎么办？你的伤还没好。"

沈安途把遮眼睛的刘海拂上去，认真地看着谢铎道歉："对不起，我只是想等你，我以为你很快就会回来。"

"我不是在责怪你，不用道歉。"谢铎的语气软下来，"我下次早点回来。"

沈安途点点头："好。"

第二天沈安途醒来的时候，谢铎照旧是不在的。

起来吃了早饭，沈安途按照惯例用平板搜索中午要做的菜，结果发现他最喜欢的美食博主没有更新。沈安途更沮丧了，中午也没心情做菜了，给赵阿姨发了一条信息，让她随便带点菜来自由发挥。

他在空旷的大别墅里漫无目的地转了两圈，决定去书房，在网上搜索音频做口译训练给脑子复健。

半个小时后，沈安途给谢铎发了一条消息哭诉。

"我以前真是做翻译的吗？为什么我一点知识都想不起来？我是废物……"

五分钟后，谢铎的消息进来。

"你是。"

也不知道是肯定的他的哪句话，沈安途趴在桌子上怀疑自我，怀疑人生。

谢铎刚好签完一沓文件，视线瞥到沈安途的动作，眼中带了点笑意。

沈安途当然不是翻译，他根本就没学过翻译，他大学修的是金融和法律双学位，就算留过学英语口语不错，真要做翻译还差得远。不过这些谢铎并不打算告诉他。

谢铎调整了视频角度，欣赏了好一会儿沈安途烦躁的表情，然后发消息告诉他。

"累了就休息一下，想不想出门？我让谢文轩带你。"

"要要要！"

沈安途秒回，兴奋地接连刷了好几个表情包。不过考虑几秒后他又给谢铎发消息："我现在能出门了吗？我安全了吗？"

谢铎回："不安全，所以让谢文轩陪你。"

沈安途想起谢文轩那个样子，很怀疑真要遇到危险谢文轩会不会丢下自己先跑。他盯着谢铎的头像看了半天，故意发了一句："不想要谢文轩陪我。"

片刻后，他收到了谢铎的回复："下次。"

众所周知，"下次"就是没有下次。沈安途虽然失忆，但常识还在。他小声骂了一句，关上电脑去了健身房。最近他逐渐开始恢复锻炼，前两天还只是在跑步机上慢跑，今天他想试点别的。

谢文轩和赵阿姨差不多同时到，沈安途听见动静后上了楼。

他穿着紧身背心，热出一身汗，和两个人打了招呼就要回卧室洗澡。临走时谢文轩连连夸他身材好，他欣然收下了这一通马屁。

一想到吃完饭能出去，沈安途就有点按捺不住，午饭都吃得很快，谢文轩刚放下筷子就催他出门。

坐上谢文轩的车前，沈安途心里的"出门"等于吃喝玩乐，就算不去高档会所，也该找个地方喝一杯再玩几盘无伤大雅的小游戏。

然而一个小时后，沈安途坐在池塘边的小马扎上，手里拿着钓鱼竿，眼前只有碧绿的湖水和对岸一排败柳。

谢文轩一边帮沈安途调浮漂，一边说着一些注意事项。然而一转身，他就看见沈安途脸上写着几个大字：有本事今晚别睡觉。

谢文轩硬着头皮赔笑："在家待久了就是要出门呼吸一下新鲜空气嘛，市中心人太多，污染又重，钓鱼多好。这是我朋友的私人鱼塘，里面的鱼都有专人在养，条条肉质肥美。沈哥我记得你之前说想学做鱼，这不正好有食材嘛！"

沈安途握着鱼竿冷笑："做鱼？我先做你。"

谢文轩心脏狂跳，心想沈安途终于原形毕露，他搞不好下一秒就要葬尸荒野，于是立刻使出绝招，开始撒娇卖惨："沈哥你不能去人多的地方，太危险了我护不住你，万一又发生车祸怎么办？"

想也知道这是谢铎的安排，沈安途烦躁地挥手，让谢文轩离自己远一点。

谢文轩立刻端着自己的小马扎坐在离沈安途五米远的地方,开始安静地钓自己的鱼。

谢文轩其实本来也不喜欢钓鱼,但是因为追求的那位女星在一次访谈上提过喜欢和父亲一起钓鱼,他二话不说买了鱼竿回来潜心修炼,到现在也品出了那么点味道来。

一刻钟后,谢文轩钓上来第一条鱼,个头不小。他拎着那条鱼开心地冲沈安途挥手示意,结果发现鱼竿和小马扎还在,人没了。

谢文轩的第一反应是沈安途趁机逃跑了,但他很快冷静下来,这荒郊野外沈安途靠两条腿也跑不远,加上他的手机还有定位功能……

谢文轩也顾不上自己的高档钓鱼设备了,边往车边跑边掏手机要给谢铎打电话。然而他刚坐上驾驶座,就听见身后有人说:"嗯?你也觉得无聊了?"

"我来拿杯子喝水,你怎么才这么一会儿就坐不住了?我刚钓了条大鱼,你去看看呗。"谢文轩反应很快,装模作样地在扶手箱里外一阵找,"咦,怎么没有,已经拿过去了吗?"

沈安途没理他,自己半躺在后座上,戴着耳机用手机看视频。

谢文轩好奇:"你在看什么呢?"

谢文轩其实有点不能理解,谢铎既然想拘着沈安途,又对他不放心,那为什么要让自己带他出门,还不禁止他使用电子产品呢?虽然知道谢铎肯定在后台监视数据,但这还是给了沈安途太多机会,就像把鸟关进笼子里,却不关笼子门。

沈安途故意把手机背对着谢文轩:"我能看什么?当然是在看……美好的肉体了。"

谢文轩登时来了兴趣,他下了驾驶座,硬是往后座上挤,说:"我也要看!"

沈安途嘴上说"小孩子不能看",却也没阻止谢文轩把脑袋探过来。

只见出现在沈安途手机屏幕上的，的确是"美好的肉体"——那是一锅刚煮好的红烧肉，色如琥珀，肥瘦均匀，隔着屏幕都能闻到香味。

谢文轩不自觉地咽口水，沈安途笑着把他推开："让你别看，现在忍不住了吧。"

谢文轩没忘记自己的鱼竿："你这回家也能看啊，先跟我去钓鱼不好吗？"

沈安途正研究红烧肉的具体做法："不去，还不如回家呢。"

谢文轩看着他，忍不住问："沈哥你一直待在家里不难受吗？讲真要是我被关在家里，肯定早就想办法溜出去了。"

"难受？"沈安途看都懒得看他，"有人好吃好喝地养着你，你在家想做什么就做什么，这种生活竟然会让你觉得难受？"

"时间久了也会无聊吧？沈哥你就没想过自己出门吗？"谢文轩继续试探。

沈安途摁灭手机，上下打量他："养过宠物吗？"

谢文轩点头："小时候家里养过一只金毛。"

"那你就想想，如果你家金毛某天自己跑出门，被车撞了差点没命，你是不是得好好把它关在家里？"

"道理是这个道理。"谢文轩观察着沈安途的脸色，"可你又不是宠物。"

沈安途仿佛没有骨头似的斜倚在车窗边，这么个不修边幅的动作在他做来就莫名养眼。他一双桃花眼半阖，形状好看的嘴唇勾起一个要笑不笑的弧度，故意压低声音道："我可以是。"

沈安途这副样子看得谢文轩脊背发凉，他随便应付了两句就迅速下车，继续钓自己的鱼去了。

Part 2. 坦诚

"谢总，我们合作愉快！"

交涉了一下午，谢铎终于送走了合作方。周明辉正巧过来找谢铎签字，与他们擦肩而过。

"那位不是敏佳连锁的人吗？"周明辉靠过去小声说，"我记得敏佳以前都是跟锦盛合作的？"

"回去说。"谢铎带着周明辉回了自己办公室，坐回办公桌后时扫了一眼电脑里的实时监控画面。

周明辉眼尖地看着他一系列的操作，问："这都大半个月了，沈凛那边没什么动静吗？"

监控里沈安途正在厨房里和赵阿姨一起做鱼，谢铎收回目光："没有，锦盛那边呢？"

"更乱了，西蒙压不住了。"周明辉仔细想了想，道，"难道沈凛是真失忆了？我们放他用这么久的手机和电脑，他都没跟西蒙联系。"

谢铎没有说话。

后台确实没有检测到沈安途和任何人有单独联系，上网记录也一切正常，他平常连网购也不用，生活简单干净，一目了然。

"对了，你看到中午的新闻没有？"周明辉露出幸灾乐祸的笑容，他用手机翻出一个截图给谢铎看，"沈凛的未婚妻虞可妍被人拍到和'小鲜肉'同吃同住。哈，你看看这夫妻俩，果然不是一家人不进一家门，沈凛这才出事多久，死活都没确定呢，虞可妍这边就忍不住了。"

谢铎扫了一眼："看到了，一些无聊的吸睛炒作而已，很快自己就会消停。"

"对，本来商界的事又不比娱乐圈，关注的人也少，大概十分钟不到就没什么水花了。"周明辉把手机抛上抛下，一脸快意，"沈家这就是报应，不过一个外来小企业，怎么有脸敢跟我们瑞乾叫板，明里暗里抢了我们多少生意？还都是用的肮脏手段。现在好了，沈凛没了，锦盛也快没了。我听说他们到目前为止已经接到五六个诈骗电话了，都是说沈凛在他们手上的，要锦盛给钱。还有一个不知道行情的，只要价二十万，我笑死，一个贵点的花瓶都不止这个价啊！"

周明辉跟嘴漏了似的一刻不停地说了十多分钟,谢铎签完文件摔到他身上他还没停下来。

"哎,你知道两天前那个D省某商场意外坠楼事故吗?那片地就是锦盛的地……还有他们家股价,绿得跟沈凛似的……"

谢铎静静地看着文件,在他喘气的空当说:"说够了没有?说够了就滚。"

周明辉抱着文件说道:"啧,无情啊无情。不过话说回来,锦盛要是倒闭了,沈凛之后恢复记忆,我估计他当场就得发疯。啧,想想那个场景,解气!"

谢铎突然靠上椅背盯着周明辉,整个人的气势放出来,周明辉终于识相地闭了嘴。

"既然你这么闲,那我给你找点事做。"谢铎操作电脑给周明辉发了份文件,"这是沈凛飞机事故的全部资料,你派人去查查,这件事到底是谁做的。"

周明辉傻了眼,他刚刚才把沈凛骂得狗血淋头,现在竟然要去替他查案?

"为什么?!西蒙不是在查吗?我们插什么手啊?不是,这关我们什么事啊?敌人的敌人就是朋友,有人搞沈凛我们还得谢谢人家。再说就算查出来又能怎么样?替沈凛伸张正义还是怎么着?"

谢铎不为所动:"你不查,我就让陈煦去查。"

周明辉立刻服软:"我查我查,你别老为难陈煦。"

谢铎:"陈煦是我的秘书,这难道不是他应该做的?"

两个人这边刚说到陈煦,那边陈煦就敲响了谢铎的门:"谢总,我来送文件。"

谢铎还没说话,周明辉就已经去给陈煦开了门:"哟,陈秘书来了呀,快进来。"

陈煦是谢铎的秘书,大学毕业后就进了谢氏。虽然才跟了谢铎两年,但他业务能力很好,嘴巴也很严,属于务实做事那一派。

陈煦进门后看都没看周明辉一眼,径直走到谢铎面前,把文件恭敬地放到桌上。

"这是市政厅新出的招标书,就是您之前一直关注的那块地。"

周明辉晃晃悠悠到陈煦身边:"锦盛现在这个样子,这块地不肯定是我们的了?"

陈煦往旁边让了一步,一板一眼地汇报:"锦盛已经确定要投标了。"

"啊?都乱成这个样子了还要竞标?他们有钱吗?"周明辉直摇头。

谢铎:"就是因为没钱才需要新项目周转,如果做得好那就是救命的。那边是谁接的这个项目?

陈煦:"沈超。"

周明辉:"沈大?沈家现在是打算捧沈大上位了?"

谢铎和周明辉对视,周明辉立刻明白了他的意思:"我去查。"

陈煦:"谢总,没事的话我就先出去了。"

"有事。"谢铎看了一眼手表,已经六点一十五分,"帮我把后天空出来,再替我约一下杨医生。"

"好的,谢总。"

谢铎到别墅的时候谢文轩还没走。

谢文轩听见门口的动静,来玄关迎谢铎的时候,一眼就看见了谢铎的脸色。

谢文轩赶在被骂之前抢先道:"沈哥一定要我留下来吃饭,我吃完就走,很快的!"

沈安途刚好把饭菜端上桌,喊客厅里的两个人来吃。

谢铎脱了外套下来的时候,谢文轩已经亲亲热热地坐在他沈哥旁边了。两个人有说有笑,不仅约好了明天要一起在家看电影,连后天的行程都安排好了。

谢铎越看越觉得谢文轩欠揍。

"后天不行，"谢铎这次没有坐在他常坐的位子，而是坐在了沈安途的对面，"后天你要去医院复查。"

沈安途点头，然后对身边的谢文轩说："那我们大后天……"

谢文轩对着谢铎的眼神已经吃不消了，赶紧自救："沈哥，那个……我好歹也是个公司小领导，我还是要上班的……"

沈安途眉毛一挑，揶揄道："你是去上班还是去追老婆的？"

谢文轩叹气："她还在对家公司，我怎么追？"说完偷瞄了一眼对面的谢铎，暗示他不要忘了履行诺言。

就在下午，谢文轩和沈安途分享了自己的坎坷情路。沈安途对那位女星非常好奇，两个人明天就是打算去看她演的电影。

沈安途一谈到感情就来了劲，揽住谢文轩的肩膀，一副过来人的样子侃侃而谈："你这样不行，你真以为这样默默守在她背后她有一天就能看到你？你知道娱乐圈最不缺什么吗？最不缺的就是像你这样有钱又有颜的小帅哥，每天往她公司送玫瑰这谁不会啊？你这样和普通粉丝有什么区别？"

谢铎往沈安途碗里夹了一块鱼肉："吃饭，菜要凉了。"

沈安途明显在兴头上，完全没注意谢铎，还拉着谢文轩侃侃而谈。

谢铎盯着沈安途看了几秒，继续低头吃饭，脸上看不出什么情绪，谢文轩却觉得寒意顺着脊梁骨慢慢爬上来，冻得他手脚发麻。他小心翼翼地推开沈安途的手："那您给支个着儿呗。"

"如果可以就多投点好资源给她吧，虽然以她现在的地位不一定看得上，不过坦诚一点，真心总是会被看见的。"

"啊哈哈——沈哥好会啊，吃饭吃饭，先吃饭，哈哈哈。"

Part 3. 变化

谢文轩迅速吃完饭，借口还有急事先走了。

沈安途疑心是自己今晚做的红烧鱼不好吃，因为谢文轩和谢铎明显都没有吃多少。但谢文轩发誓鱼很好吃，吃得少是因为晚上和狐朋狗友还有一场，谢铎也说是下午喝了太多咖啡，沈安途姑且信了。

吃完饭后，沈安途把脏碗筷送进厨房，放进洗碗机，再整理好厨房。等他出来的时候，餐桌已经被谢铎收拾干净了，桌椅都摆得整整齐齐。

沈安途看着走廊里谢铎给他留的壁灯，一股说不出的熨帖在心里舒展开来。

他先是去了书房，发现没人，又回了卧室，然后在阳台上找到了正在抽烟的谢铎。

谢铎还穿着衬衣和西裤，转身看见沈安途过来，正要把烟灭了，却被沈安途快一步抢走了。

烟草香在嘴里蔓延，沈安途发觉自己不讨厌烟味，甚至还有些怀念。他隔着一层烟雾和谢铎说谢文轩的情史，表情促狭。

一瞬间，谢铎以为自己看见了宴会场上的"沈凛"。他眉心的"川"字越皱越深，在沈安途说得正高兴的时候突然打断他。

"我去洗澡。"

谢铎转身走了。

沈安途在阳台发了一会儿呆，刚才还温和无比的晚风突然变得刺骨起来。他在全身凉透前摁灭烟，回了房间。

这还是谢铎头一次在沈安途之前洗澡，往常谢铎都要在书房里工作好一会儿才会回卧室。

趁谢铎洗澡的这段时间，沈安途用平板翻看美食视频，等谢铎出来以后把平板交给他："你看看这几道菜你明天想吃哪道。"然后自己拿着睡衣进了浴室。

他语气自然，仿佛刚才在阳台上的事根本没有发生。

沈安途在浴室里把脏衣服脱掉扔进脏衣篮，和往常一样对着镜子审视自己，同时回忆刚才他和谢铎的对话。

谢铎是不是嫌弃他低俗？

除了这个原因，沈安途想不出第二个令谢铎突然不高兴的理由。

这次洗澡沈安途故意拖了很久，他甚至还在浴缸里泡了一会儿。等他出来的时候，整个人都快变成一只蒸熟的螃蟹，全身上下都是红的。

谢铎打量了他两眼："下次不要泡那么久，对身体不好。"

"嗯。"沈安途还没吹头发，只在头顶搭了一块毛巾，"你看好明天要吃什么了吗？"

"随便，我都可以。"谢铎把平板还给他。

沈安途划开屏保，页面还停留在沈安途之前定格的画面，他怀疑谢铎根本没看。

沈安途有点难过，低头看着平板，发梢上的水珠不停地滴落在屏幕上，像在下一场大雨。

"你选一个好不好？我到现在都不知道你的喜好，我无论做什么你都会面不改色地吃掉，这其实根本没有必要。我知道你是在照顾我的情绪，但我失忆了，你不告诉我的话，我又通过什么了解你呢？"

谢铎静静地听他说完，然后下床从柜子里拿出吹风机，走到他面前。

"我觉得你误会了什么。"谢铎用沈安途头上的毛巾拍了拍他的头，"你失忆之前很忙，几乎从不做饭，我在公司要么吃外卖，要么在食堂随便解决，只有偶尔回父母家才吃得到像样的家常菜。我说随便都可以，就是字面上的意思。你的厨艺很棒，无论哪道菜都很合我的胃口。如果一定要说我不喜欢吃什么，那就是腌渍食品。但如果做得好吃，我也可以吃一点。"

沈安途愣怔地看着谢铎，他想说点什么，可喉咙仿佛被堵住了似的。

谢铎见他不说话，以为他还在生气，于是放软语气："后天你想去哪里？体检结束后我可以带你去。"

沈安途这才想起白天他问谢铎什么时候可以陪自己出去，谢铎说下次，所以是真的有"下次"，就在后天。

"我还没想好，到那天再说吧。"沈安途的心情好了起来。

见沈安途翻看美食视频顾不上吹头发，谢铎便让他坐在床边，把毛巾搭在手臂上，帮他吹头发。

沈安途在暖风中舒服地眯起眼睛，谢铎的动作很轻，和平常他自己吹头发的狂野手法完全不同。

沈安途的头发很软，这段时间一直不剪养得有些长了，谢铎很难想象一个满肚子阴谋诡计的男人会有这样柔软的头发。但如果从沈安途飞机出事那天开始，把他的人生干净利落地隔断成两半，谢铎面前这个新的沈安途拥有这样的头发倒也不奇怪了。

"嘶——烫。"沈安途握着谢铎的手腕把吹风机换了个方向。

谢铎收回思绪，专心给他吹干头发，然后两个人一起靠在沙发上看美食视频，挑出了几道两个人都觉得不错的菜。

谢铎看沈安途这么喜欢做饭，提议专门聘一个特级厨师教他做菜，沈安途拒绝了："我就是做着玩的，而且赵阿姨的手艺就很好啊，这个视频她只要看一遍第二天就能做出一样的，没必要。"

谢铎于是不再说话，看他给一个香葱排骨的视频点了收藏。

体检那天，谢铎不用早起上班，所以沈安途少有地和谢铎同一时间醒来。

出门的时候，谢铎的车停在外面，从驾驶室出来一个人帮他们打开了后座的车门。

"这就是平常送你上下班的司机吧。"沈安途打量眼前这个英气干练的年轻人，和谢铎的打扮一样，一丝不苟，脸上也没有笑容，仿佛和谢铎是同一个厂家生产的，差别可能就是谢铎是升级版的。

谢铎："不是，他是我的秘书，陈煦。"

沈安途了然地点头。

陈煦稍一鞠躬："沈先生好。"

"你好。"沈安途冲他笑，但很快就被谢铎催着上了车。

头一次和谢铎一起出门，沈安途有点兴奋，跟谢铎说起昨天跟谢文轩一起看的电影。

"情节稍微弱了点，但是画面很宏大，人物也立得住。这部电影都上映十多年了，现在去看依然不会觉得过时。"

谢铎正在用手机回邮件："她当初就是凭借这部电影一炮而红，一直到近两年封神，势头就没下来过。"

"那个女星确实长得漂亮，根本看不出已经三十六岁了，并且演技也没话说。谢文轩给我看了她的访谈，说话挺有深度的，这种成熟御姐风确实很能俘获小弟弟的心。不过她都这个年纪了，还单身吗？"沈安途昨天也问了谢文轩，谢文轩斩钉截铁地说就是单身，但沈安途怀疑这只是他一厢情愿的想法。

谢铎："之前离过一次婚，现在应该还是单身。"

"你怎么知道的？"沈安途有些好奇，"她不是你们家艺人吧？我听谢文轩嚷嚷着说要把她挖过来，她是哪个公司的？"

"明年她的合同就到期了，我打算把她挖过来。"谢铎收起手机，抬头看他，"她现在的公司，是锦盛的焰行娱乐。"

"哦，很厉害吗？"沈安途一脸懵懂。

"还行。"谢铎看向窗外。

陈煦从后视镜扫了一眼自家老板。

沈安途顺着谢铎的视线朝窗外看去："哇，那里有家灌汤包店。"

"体检完就带你去吃。"

"我就这么一说。你之前早上给我买的早点是哪家的？"

"不知道，司机买的。"

"为什么今天是陈煦开车不是司机开车？"

"因为司机今天放假。"

沈安途像个头一次跟父母出远门的三岁小孩，对世界充满了好奇，什么都想问为什么。

坐在前排的陈煦一度以为自家老板会不耐烦地让沈安途闭嘴，就像他对多嘴的周明辉那样。但谢铎没有，极有耐心地回答了沈安途的每一

053

个问题。即便有的答案撒了谎,比如为什么今天不是司机开车,真正的理由其实是谢铎不想让太多外人看见沈安途,而且陈煦今天还担起了监视沈安途的责任。

沈安途和谢铎就这么聊了一路,一个多小时后,陈煦将车开进了疗养院隐蔽的后门,驶入地下车库。

下车的时候,谢铎帮沈安途戴好了帽子和口罩。沈安途抱怨说太闷热,想把口罩拉到鼻子下面,谢铎又强硬地给他拉上去。

三个人直接坐电梯上了顶层的特殊专区,杨宇已经等在那里。沈安途和杨宇相处过几天,知道这个胖胖的青年男医生很好说话,也不需要谢铎多说什么,自己就跟着杨宇走了。

谢铎和陈煦则去了杨宇的办公室等待。

谢铎看见了陈煦怀疑的神色,问他:"他是不是和以前大不一样?"

陈煦点头。

他以前和谢铎参加过不少宴会,见过沈凛几次,每次他都像只浑身带刺的花孔雀在会场里转来转去,色泽鲜艳又充满攻击性,和不对盘的人如谢铎一类,他连看都不屑看一眼。

而现在的沈安途,温和开朗有礼貌,虽然时不时会挑些话头来插科打诨,但都在可接受的范围内。如果以前没见过他,陈煦会认为他是一个性格很好的人。

谢铎看了一眼手表:"一套检查下来最快也要一个小时,你去外面买早点,最好有灌汤包。"

"是。"

Part 4. 我们真的是朋友吗?

疗养院的位置很偏僻,陈煦花了点时间才买到灌汤包。他回来后没多久,沈安途也回来了。

谢铎跟杨宇出去拿已出的血常规报告,把沈安途和陈煦留在了办公室里。

　　沈安途看到保温袋里的灌汤包时一脸惊喜，不停地跟陈煦说谢谢。陈煦有点不适应这种热情，直说这是谢铎嘱咐他的，他只是按命令做事。

　　"那还是要谢谢你啊，跑这么远太辛苦了。要一起吃吗？我看买得挺多的。"沈安途一次从保温袋里拿出了两杯豆浆、两笼灌汤包，还有鸡蛋、油条和麻团。

　　陈煦说："我已经吃过早饭了，这是买的您和谢总两个人的早饭。"

　　沈安途早上体检需要空腹，所以不能吃早饭，谢铎就陪着他不吃早饭。他本来想煮点面让谢铎先吃的，但谢铎以节约时间为由拒绝了。

　　"但是这个灌汤包真的很好吃，不尝一个吗？"就说话的这一会儿工夫，沈安途已经往嘴里塞了三个灌汤包。这个时候灌汤包的温度刚刚好，整个塞进嘴里再一口咬下去，鲜香的汤汁立刻在口腔里炸开。沈安途的舌头和空了一个早上的胃都得到了满足。

　　或许是沈安途吃得太香了，陈煦没忍住咽了口口水，还是用筷子夹了一个放进嘴里，稍微用牙齿一咬，薄薄的包子皮就破开了，流出汁水。

　　沈安途一脸期待地看着他："怎么样？好吃吧？"

　　陈煦发自内心地肯定："好吃。"

　　"再来一个。"

　　"不行，谢总还没吃。"

　　"还有这么多呢，你再吃一个，我尝尝油条。"

　　谢铎和杨宇进门的时候，就看见沈安途和陈煦两个人坐在一起分吃早点，脑袋凑在一起，有说有笑。

　　陈煦第一时间站起来，试图用严肃的表情掩盖自己偷吃的罪行，可他那一嘴油出卖了他。

　　杨宇用拳头抵住嘴巴忍着笑，余光瞄向身边的谢铎。

　　"吃够了吗？"谢铎的声音里充满了无机质的冷硬感。

　　"够了。"陈煦脸色灰败。

"那就出去等体检结果。"

"是……"

陈煦僵硬地指挥手脚出去了。

"你不要这么凶嘛,是我让他吃的。陈煦跑那么远买早点,吃两个包子怎么了?"沈安途拉着谢铎在身边坐下,把灌汤包推到他面前。

谢铎吃了一个,觉得味道的确不错:"喜欢这个吗?明天早上再给你买。"

沈安途欣然同意:"行啊。"

杨宇坐在对面的办公桌后偷看他们的互动,他已经尽力减少存在感了,但他这么大的体积的确也藏不住。

沈安途吃得快差不多的时候想起了体检的事,他问杨宇:"杨医生,我的体检结果怎么样?"

杨宇推了推眼镜,如实说:"就目前出来的体检单来看,已经没什么问题了,不过更具体的情况还要等所有结果出来以后才能确定。你现在还有头疼、头晕的症状吗?"

"没有了,但晚上睡觉有时会做噩梦。"沈安途推掉谢铎剥好递过来的鸡蛋,他刚刚吃掉了一大半的灌汤包,又吃了一根油条,已经什么也吃不下了。

"这是大脑机能恢复的正常现象,你现在有想起什么吗?"杨宇问这个问题时语气自然温和,但其实心已经拎起来一半,他相信谢铎也想知道这个问题的答案。

"之前看了一本影集,记起了一些关于高中的片段,不过很少,很零碎。"沈安途看上去有些困扰,"所以是不是接触过去的东西会对恢复记忆有帮助?"

杨宇回答:"理论上是这样的,不过恢复记忆这种事也急不来。有的人大脑受损后几个小时就恢复了,有的人则一辈子都记不起过去的事。别着急,放平心态反而有好处。"

沈安途应了一声,似乎陷入了思考。

有些体检结果没那么快下来,谢铎便带着沈安途先走了。

上车后,谢铎问沈安途有没有什么想去的地方,今天可以陪他去,沈安途一早就想好了地点。

"我们去以前的高中吧,回去看看母校,说不定我能想起什么。之前看相册的时候我就只对高中有印象,我觉得这是一个突破点。"

陈煦手握着方向盘,等待谢铎的决定。

"可以。"谢铎从后视镜里和陈煦对视,"前面掉头去Z中。"

半小时后,陈煦开车从学校的正门驶入。保安看到了车牌号后,一脸客气地放行。

沈安途在下车前还是被谢铎亲手戴上了口罩和帽子。

陈煦去停车了,留下谢铎和沈安途站在学校教学楼的广场前。

Z中是Z市最好的中学,从占地面积和建筑物的装潢就可窥见一斑。光是正门口的广场大道,就有一个普通操场那么大。

"想去哪里?"谢铎低头问沈安途。

"我也不知道,随便转转吧。"说完沈安途又不放心地加了一句,"这里可以随便转吗?学生好像都在上课。"

今天谢铎难得没有穿西装,而是穿了一件米色毛衣,外面是灰色风衣,站在风里挺拔高挑。他语气平淡地说:"可以,毕业生回母校看望很正常,再说我还捐过两栋楼。"

沈安途悟了:"怪不得我们进来得这么顺利。"

说完,他开始打量周围。谢铎跟在他身后,他不说话,谢铎就也不出声。

沈安途的前进路线很随意,有时候顺着校园的林荫小道走,有时候横插进走廊里,有时候仿佛被什么吸引,钻进花圃里研究树根。

谢铎始终跟在他两步远的位置,看他最终在一栋靠近池塘的老旧教学楼前停下,抬头顺着红色的砖瓦看上去,再环顾四周。

"这是那张照片的位置吗?"沈安途转头问谢铎。

谢铎知道他问的是哪张:"是。"

沈安途盯着水波荡漾的池面看了一会儿,走到池塘边的某棵大树下停住:"是这个位置吧?我经常在这里画画?"

"是,我正好从楼上拍到你。"谢铎依旧回答得很干脆。

沈安途点了点头,原地思考了一会儿,又问:"我们那张合照呢?是在哪儿照的?照片背景里好像没有什么标志性的建筑物。"

谢铎带他绕过老教学楼,穿过一条长廊,然后指着前面一处花坛道:"在那边,当时是高二的期末考试,我们分别是文理第一,按照传统要拍照放在光荣榜上。我们本来应该分开照单人照的,分别放在光荣榜的左右……"

沈安途自然地接下去:"可是当时版面更新,留的空间不够大,老师们商量后决定让我们站在一起拍合照?"

"你想起来了?"谢铎把目光转向沈安途。

沈安途盯着那片花坛:"一点片段罢了。"

两个人又停留了片刻,沈安途提议:"操场在哪儿?我们去那里看看吧。"

于是谢铎充当起了导游的角色,带着沈安途顺着校园的小径,一路经过教学楼、实验楼、图书馆、食堂,朝着操场的方向走去。

沈安途挨个指着路过的建筑问谢铎那是什么地方。

谢铎告诉他,高一时他们是同学,当时他们的教室在三楼最东边,沈安途坐在倒数第二排,谢铎就坐在他后座;他们午休的时候总是去图书馆看书,然后沈安途会在下午的语文课上打瞌睡;他们经常在食堂的二楼吃饭,因为沈安途最爱那里的红烧鱼,虽然并不会每天都有,但他每天都会去,有了就一定会买一份……

渐渐地,沈安途开始沉默不语,说话的只有谢铎。

"怎么了?"谢铎停下脚步。

沈安途戴着口罩和帽子，整张脸只有眼睛露在外面。他可能有点热，露出口罩的脸颊泛着粉色，羊毛帽檐下露出一小撮碎发。本该是相当无害的打扮，却因为他半眯着的眼睛而显出些许厌世的冷傲。

"你没有骗我吗，谢铎？"

"我骗你什么？"

在两个人的对视中，沈安途竟然是率先败下阵来的那一个。他有点懊恼地垂眼，刚才那个冷漠的眼神仿佛只是谢铎的错觉。

"我想不通，你可以跟我说实话吗？我们真的是朋友吗？"

谢铎很轻地笑了一声，反问他："你觉得我刚才说的话都是在骗你？"

"不是，恰恰相反，我就是觉得那不像是假话，才会觉得奇怪。"沈安途皱眉，"我真的不懂，谢铎，我总觉得我们之间有所保留。我倒是想跟你恢复成以前好兄弟的关系，但你像是总跟我隔着半步远的距离，不冷不热的，我进一步你就退一步，我们真的是朋友吗？"

谢铎不回答，只问："你头不疼了吗？"

沈安途瞪他："不疼了！你不要转移话题！"

在沈安途审视的目光下，谢铎镇定地回答："我们当然是，只是偶尔我会想到我们之前的争执，难免还有点生气。"

"是这样吗？"沈安途半信半疑。

"是，我们是关系很好的朋友，为了照顾你特意让你住进我家，你却沉溺于过去，只知道酗酒糟蹋自己，吵架后说走就走。我再接到消息时你已经出了车祸，又失忆了，我不能责怪你，但这不代表我不生气。"

谢铎每说一句，沈安途暴躁的气焰就低一分。到最后，沈安途只想跟谢铎道歉："对不起，但我真的很想回到以前的关系……"

谢铎不得不承认，沈安途这番话极大地取悦了他。

哪怕知道沈安途的诚恳是伪装的、限时的，哪怕知道那是裹着糖衣的毒药，在这一刻，谢铎都下定决心把它吞下去。

谢铎动了动喉结："我早就说过了，我们没有绝交，一直都是朋友。想去操场看看吗？"

"想！"

十分钟后，两个人朝着操场前进。虽然还是一前一后隔着两步距离，但某些隔阂却仿佛消失了。

第四章
反常

Part 1. 二胡

"带我出去玩。"

沈安途一道"圣旨"批下,谢文轩不得不放下手头的工作,准时出现在别墅。

谢文轩最近正忙着给心上人造资源,沈安途来找他他还不大乐意,苦着脸问他:"我哥不是不让你出门吗?你就不能老实在家待着?"

沈安途情绪很高涨:"他现在让了,我们可以去'炸街'了。"

谢文轩表示疑惑:"不能吧?太不安全了。"

Z市的商圈一半姓谢,另一半姓沈,最近西蒙查得很紧,听说已经查到谢氏这边了。万一沈安途被摄像头拍到,搞不好第二天西蒙就会找上门。

沈安途摆手:"我和谢铎说好了,戴好口罩、帽子和墨镜,绝对不离开你身边,身后有保镖跟着,这总不会有问题了吧?我又不是什么重要人物,谁没事整天盯着我。"

既然谢铎都答应了,那也轮不到谢文轩反对,他只能妥协:"好吧,你想去哪儿?"

沈安途点开手机备忘录:"首先,我们去给谢铎买点礼物。"

"啊?为什么买礼物?现在离我哥的生日还有几个月,难道最近有什么节日吗?"谢铎茫然地翻看手机日历。

沈安途语气轻快地说:"都不是,下周是我失忆一个月,你哥这么尽心照顾我,难道不应该送他点什么吗?"

谢文轩一副欲言又止的表情,带着沈安途出了门。

这次谢铎派了一辆专车来接他们,谢文轩敲着车外壳给沈安途科普,说这车是防弹的。沈安途没什么反应,只是在看见车里有个小冰箱时雀跃了一下,说等一下可以往里面塞生鲜。谢文轩赶紧说生鲜什么的可以直接送到家里,不必自己去买,这才打消了他这个念头。

谢文轩已经准备好要陪沈安途去奢侈品店酣战了,结果他只是在路边的小花店亲自挑了一束花让人送到谢铎的公司。

"这……就算买完了？"直到沈安途回到车上,谢文轩还有点恍惚。

沈安途在手机备忘录里给已完成项目打钩,然后瞄了他一眼:"不然呢？我现在的钱都是谢铎的,难道你要我刷谢铎的卡为谢铎一掷千金,然后再让谢铎来感谢我？"

"行吧……"谢文轩有种英雄无用武之地的空虚感,"那接下来做什么呢？"

"去画材店吧,我查到附近有家画材店。"沈安途从那天看到自己高中时候的照片起,就一直手痒痒想画画,只是一直没能出门亲自挑工具,今天正好有机会。

谢文轩跟着查了那家画材店,逐渐放了心。这附近都是老城区,道路两旁全是低矮的平房,属于少有的不姓谢也不姓沈的地方。

二十分钟后,两个人抱着画板、颜料和调色盘等一大堆东西送上了车。沈安途的余光一扫,看见了马路对面的奶茶店,又拉着谢文轩一起跟在一群女孩子身后排队。

女孩子们看见身后站着两个高个年轻帅哥,其中一个虽然戴着口罩和墨镜,但气质很好,纷纷小声议论是不是明星。

谢文轩虽然是娱乐公司老板,但是自己没怎么被"娱乐"过,现在被人盯着看,只觉得浑身上下都不舒服。他把脑袋凑过去跟沈安途抱怨:"沈哥你要喝什么让保镖去买不就好了,我们回车里吧？"

沈安途刚用手机扫了奶茶店的点餐二维码,对谢文轩的话左耳朵进右耳朵出:"你要喝什么？这个奶绿怎么样？"

"行啊。"

沈安途点头,然后给自己选了一杯蜜桃乌龙。

现在的天气还不是太冷,沈安途这副打扮实在太显眼,偏偏他还喜欢到处乱跑。这边奶茶还没拿到手,那边他转头又进了隔壁的琴行。

谢文轩不明白谢铎为什么同意放沈安途出来,他给谢铎发了一条控诉短信,拿到奶茶后赶紧又跟着去了琴行。

谢文轩进门的时候,沈安途已经坐在琴凳上,翻开琴盖,熟门熟路地按了几个琶音练手,接着一首肖邦的圆舞曲就倾泻而出,看不出半点生涩。

琴行里还有其他顾客,他们听见沈安途的琴声,都凑过来围观。

沈安途的脸仍旧被墨镜和口罩遮得严严实实,身上穿的衣服也是不显眼的休闲款。可当他的双手放在琴键上时,还是生出一种难掩的气质。

谢文轩的心情有点复杂。

一曲结束,琴行老板开始向沈安途推荐各种品牌的钢琴。沈安途没说话,接着又试了小提琴和吉他,西洋乐器他好像什么都会一点。

琴行老板是个打扮时尚的中年阿姨,她仿佛看出了沈安途的身价,全然不理会其他客户了,专门跟在沈安途身后,他试一样就推销一样。琴行里的顾客也很少见到这么多才多艺的人,都好奇地跟在后面。很快沈安途身后就尾随了一大批人,谢文轩和保镖竟然渐渐被挤到了外围。

沈安途终于转到了民乐区,在老板热情的服务下,矜持地接过二胡。

众人都期待着他的表演,沈安途坐在凳子上摆好姿势,握着琴弓像模像样地拉了两下。

"嘎——嘎——"

仿佛锯木头般难听的摩擦声回荡在琴行,围观的看客终于散了。

但沈安途本人却感觉良好,连连点头:"不错,不错。"

琴行老板思路一转,开始推销二胡班,说如果沈安途现在报名可以打八折。沈安途挥手谢绝,继续尝试新的乐器。

十分钟后,谢文轩确信沈安途对民乐乐器是一窍不通。

"帅哥你都把我们琴行的乐器试了个遍,不知道看中了哪一样?要我说还是带台斯坦威的钢琴,比较符合帅哥你的气质……"

琴行老板天花乱坠地推荐了不少,谢文轩不懂乐器,只知道最后的价格算下来够买市中心一套单身公寓了。

他怀里揣着卡,就等着沈安途开口了。

沈安途考虑了几秒:"你们家二胡不错,有便宜点的吗?"

"呃……有,你看这把紫檀木的……"

"再便宜点的。"

"那这个呢?"

"还有没有更便宜的?"

最后沈安途买了一把二胡、一支箫和一枚埙,总共加起来不到四百块钱。

谢文轩的心情更加复杂,付钱的时候都不好意思看老板的脸。

沈安途把新乐器丢给谢文轩,自己嘬着奶茶出了琴行大门,兴致很好地哼起了小曲。他胡侃谢文轩:"我以后要实在找不到工作,就去你哥公司门口坐着拉二胡,每天路过的员工每人给我一块,月收入怎么着也得有大几千吧?"

谢文轩苦哈哈地跟着他:"为什么不买钢琴?你弹得多好听啊,或者小提琴也行啊。知道你不想花我哥的钱,却也不至于省成这样。"

"我又不是替他省钱。"沈安途从墨镜里扫了他一眼,"会的东西玩起来还有什么意思,当然要买点不会的了。新手进阶也没必要买那么好的,你说是吧。"

"条理清晰。"谢文轩半真半假地夸他,随后话锋一转,"你不是失忆了吗?怎么谱子还记得那么熟?"

"肌肉记忆,懂吗?其实我脑袋里什么也没有,但一摸上那些乐器,自然而然地手就动起来了。就像背'九九乘法表'那样,三八二十四、四九三十六,根本不需要思考。"

沈安途先一步回到车上坐下,他透过窗户看了一眼外面的天色,远处一幢显眼的蓝色玻璃幕墙建筑物正反射着落日的余晖。

沈安途很快收回视线,转身看向正准备抬脚上车的谢文轩,眼里的兴奋过盛："谢铎什么时候下班？"

谢铎正准备下班的时候，周明辉来了。

"你今晚是不是要去城北的宴会，我正好在那边有个饭局，你顺路带我一程呗？"周明辉双手抄在休闲裤的口袋里，晃晃悠悠走进来，一眼就看见了谢铎桌上的一大捧花，"哟！哪个妞儿送的？是不是你爸之前给你介绍的那个？"

"不是，别碰。"谢铎盯着周明辉伸来的手。

"啧，小气。"周明辉撇嘴，转身要走，"那我先去车上等你。"

"我不去城北，你自己打车去。"谢铎和周明辉擦肩而过，冷漠地开门关门，把他一个人留在办公室。

周明辉愣了一下立刻追出去："不是，信科的宴会你也给推了？那你今晚去哪儿？"

"回家。"谢铎坐上专用电梯，按下负一层。

"哪个家？"周明辉已经意识到不对劲，他瞪着谢铎，满脸恨铁不成钢，"不是吧老谢？！"

谢铎掀起眼皮瞟了他一眼，淡淡地道："你要管我的事？"

周明辉窒息一瞬。

虽然他和谢铎从小玩到大，自认能和谢铎称兄道弟，但有时候对方的压迫感还是让他有点发怵。

然而谢铎越是这样，就越能说明问题。

周明辉在心里琢磨出了点东西，后颈开始发凉。谢铎现在不像是把姓沈的当死对头，而是真当朋友来相处了。可谁知道那小子是不是憋着一肚子坏水在演戏呢！

电梯已经到底，周明辉跟着谢铎走出来。谢铎有专门的停车位，路上他还想多说两句，却忽然看见不远处的车边站着毕恭毕敬的陈煦。

周明辉立刻把谢铎抛到脑后，挥手跟陈煦打招呼："哟，陈秘书还没下班？我说刚才怎么没看见你，不会是在等我吧？"

陈煦冲谢铎微微点头，然后拽着周明辉就往外走。

"我请你喝酒。"陈煦强颜欢笑。

周明辉顿感不对劲，他扭着身子回头，正看见车后视镜里沈安途的脸一闪而过。周明辉骂了句脏话，板着脸作势要往回走，却被陈煦强行拖走了。

车内，沈安途笑着递上一杯奶茶，说道："谢总上班辛苦了，我来接你回家。"

他故意让谢文轩悄悄带他来谢铎的公司，在车里藏了半小时，就等着给谢铎一个惊喜。虽然陈煦中途意外出现，但经过他的"威逼利诱"，陈煦承诺不向谢铎做任何报告，就等着谢铎自己下来发现。

谢铎接过奶茶喝了一口，太甜了。谢铎不喜欢甜食，但他并没有表现出来，只是坐回驾驶座，反问他："你的'来接我'，就是让谢文轩把你送过来，再用一杯奶茶让我开车把你送回家？"

"谁说只有一杯奶茶的？"沈安途坐起身靠着驾驶座后背，促狭道，"我不是还送了你花吗？收到了吗？"

"嗯，放办公室了。"

沈安途心满意足地扭头看向窗外，谢氏集团总部的黑色大楼高耸伫立，远超周围的写字楼。不过他很快便收回视线，继续跟谢铎讲今天下午做了什么，从花店说到琴行。

谢铎一直静静地听着，直到听见他花四百块买下三种乐器，槽点多到一时之间不知道该说什么好，最后还是选择从二胡开始问起："你还会拉二胡？"

"不会啊，就是不会才想学。等学成以后我的工作也有着落了，我找条热闹的商业街，在天桥底下卖艺，地铁里好像也不错……"

谢铎："……"

沈安途越说越亢奋，甚至现场就要给谢铎表演一段。但他实在拉得太难听，自己都受不了，就退而求其次，收了二胡去吹埙。

不知道是不是因为有点音乐底子，沈安途第一次尝试就把埙吹响了，声音听起来还不错。于是他信心大增，从网上找了简易谱子，磕磕绊绊吹出了《女儿情》前面两小节，非要谢铎昧着良心夸他。

谢铎无奈，趁着红灯的时候回头看他，问道："你什么时候对乐器感兴趣了？"

"我应该对乐器一直很感兴趣吧？你没听过我弹钢琴吗？"

谢铎顿住。

绿灯亮了，谢铎重新启动轿车，在一瞬间想好了措辞："你很少弹，至少在我面前没怎么弹过，也许是你在国外学会的。"

"那可能是后来没兴趣了吧。"沈安途还在摆弄自己花二十块买回来的便宜埙，好像没有发现谢铎的异样。

Part 2. 我要是哪天恢复记忆了

也许是下午逛街累了，沈安途几乎是一沾枕头就昏睡了过去，谢铎先去处理了工作才回卧室洗漱。

等谢铎带着一身水汽回到房中时，沈安途竟然还睁着眼。

"又做噩梦了？"

"嗯……"

沈安途刚从医院回来那段时间几乎天天做噩梦，后来渐渐好了，可今晚竟然又做起了噩梦。

"梦见了什么？"谢铎过去从不问沈安途做了什么噩梦，因为沈安途被惊醒的状态非常不好。但今天沈安途的状态不错，至少从表面看起来是这样。

沈安途沉默了一会儿，说："我梦见了我和我妈的车祸。"

谢铎拍了拍他："现在没事了。"

沈家的事情算不上什么秘辛，外人多少都知道一点。并且又因为和沈安途有关，所以谢铎知道得更多。

严格来说，沈安途其实是沈父沈开平的私生子，事实上现在沈家的四个兄弟都是沈开平的私生子。

沈开平可以算是Z市一个风云人物了，凭着一副好皮囊娶了一个富商的女儿，借着老岳父的钱和人脉做房地产逐渐发家。

从年轻的时候开始，沈开平的私生活就极其混乱，也不负责。

婚后沈开平收敛了许多，和妻子生了一个儿子，加上生意蒸蒸日上，那是沈开平最风光的一段日子。

但也许是前些年作孽太多，报应来得太快，在他儿子十二岁那年，沈开平的仇家绑架了他的妻儿。双方谈判不成，仇家直接撕票，沈开平备受打击，自此沉寂了一段时间。

两年后，沈开平卷土重来，从外面找回了五个亲生儿子，半路夭折一个，总共四个男孩，算上不幸去世那个，沈安途排行第三。

当时沈安途刚刚中考结束，和母亲沈丽君驱车旅行，途中不幸发生意外。沈丽君去世，沈安途正好被沈开平收养，改名沈凛，并于同年九月进入Z中，成为谢铎的同班同学。

沈安途刚开始非常抗拒"沈凛"这个名字，在学校一直自称沈安途。直到高三的时候他突然出国了，回来以后已经是尽人皆知的沈凛。

没人知道沈安途当时为什么突然出国，有人说是沈开平早早看出这个儿子最像自己，能成大器，所以把他送去国外深造。但也有小道消息说沈安途不知怎么得罪了沈开平，于是沈开平扔他去国外自生自灭。真实原因可能只有沈开平和沈安途自己知道。

谢铎对沈安途的好奇正是在他回国以后产生的。谢铎对沈安途的印象一直停留在高中那个瘦弱阴郁的少年身上，可当他那般霸道蛮横地回归Z市，毫不掩饰野心和贪婪，像野兽似的咬住锁定的猎物时，就算是谢铎也会忍不住赞叹他的魄力，遗憾为什么当初没能早点跟他结交。

真是奇怪，有些东西初次放上天平时，轻到一片云都可以拿来比较，非得它的位置空了，你才发现居然千斤也撑不起它。

然而，也许命运真的偏向他，让他在七年后与沈安途再次相遇，又在十年后与他朝夕相处，成为朋友。

沈安途沉默了许久后问："谢铎，我要是哪天恢复记忆了，我们还会是朋友吗？"

谢铎的动作停下："为什么这么问？"

"不知道，总觉得你不太希望我想起来。"

"不会，不管你想不想得起来，你都是我谢铎的至交好友，我只希望你记住这点，睡吧。"

有了第一次的经验，沈安途再去谢铎的公司就驾轻就熟了，这一去就连着去了好几天。

虽然这几次沈安途都去得格外隐秘，但公司里总有些眼尖的发现陈秘书往谢总办公室送饭送水都是两份两份地送。有时候即便谢铎去了会议室，他偶尔也还是要往办公室里送吃的喝的。

沈安途一开始也担心自己总来公司见谢铎会影响他工作，但谢铎忙起来的时候根本没空理他，他也就放心看自己的书——他把谢铎的办公室当成了自习室，谢铎在办公桌后办公，他就躺在沙发上看自己的口译书，还打算报考明年的口译考试。

今天上午也是如此，谢铎在用电脑，沈安途费劲啃书。片刻后，他把书卡在脸上，半死不活地哼唧。

谢铎："怎么了？"

沈安途："好难，头疼……"

谢铎修改着文件，抽空安慰他："别太勉强自己了，休息一会儿再学。"

沈安途："嗯，正在休息……"

谢铎眼里带笑："那你慢慢休息，我先去开会了。"

沈安途向来不愿打扰谢铎工作，立刻说："快去快去，我要坐你的位子。"

于是谢铎带着笔记本电脑走了，沈安途则把学习地点从沙发挪到他的办公桌。他书还没看几页，忽然门外传来敲门声。

沈安途抬头看向门口，谢铎不会这么快回来，多半是有人来找他。

这还是头一次在谢铎出门的时候有人找过来，沈安途正犹豫着要不要应答，门就已经被推开了。

进来的是个穿着随意的高大男人，明明是正式的西装，却不打领带，衬衣领口也随意敞着，像是刚应酬完回来似的，寸头，方正的脸型，眉骨很高，看上去很不好惹。

不知道为什么，沈安途从他的神情里读出了不小的敌意。

周明辉单手插在口袋里，晃晃悠悠走到办公桌前，居高临下地看着沈安途，口气不善地说："又来了？手段可以啊，沈……安途？"

沈安途皱眉，坐着没动："如果你是来找谢总的，他去开会了。"

周明辉把一沓文件往桌上一甩："没事没事，我就送一文件，既然你在，正好就跟你聊两句。"

"请问我们认识吗？"沈安途依旧保持礼貌。

周明辉笑了，露出一颗尖锐的虎牙："我叫周明辉，我认识你，你不认识我。"

沈安途问："你是谢铎的下属？"

"我和老谢的关系比上下级的关系要好那么一点点。"周明辉用拇指和食指比画了一小段距离，"就比如说，如果现在在这间办公室必须要出去一个人，那么那个人一定是你，而不是我。"

沈安途不知道这人哪来那么大自信，反唇相讥："是吗？如果我必须出去，那么一定是因为谢铎在外面等我。"

"嘴巴够快啊沈公子，不过我劝你还是少这么说话。上一个这么能说会道的，不过几天就被老谢开了，你又能干多久？"周明辉半坐在办公桌前，脸上的戏谑毫不掩饰。

沈安途靠在椅背上转着谢铎的钢笔，并没有被激怒。他探究地打量周明辉："说话这么冲，你是谢铎什么人？"

"你问我？我们还不会说话就在一起打架了，你说呢？"周明辉冷笑一声,"像你这样的我可见太多了,为了名利巴结富家公子哥,看起来掏心掏肺,别人随手一根骨头就拐走了,转头还能咬一口前任主人。"

周明辉没给沈安途反驳的机会。

"我来找你只是单纯看不惯你,你经常来公司的行为已经对我们谢总的工作产生了非常不好的影响。我希望你搞清楚自己的身份,跟班就要有跟班的自觉,别老缠着人不放遭人嫌。

"聊天愉快,再见啦沈公子。"

周明辉前脚刚迈出谢铎办公室,后脚脸上嚣张的表情就褪了个一干二净。他私自挑衅沈安途,谢铎应该已经从监控里看到了,他料到自己不会有好果子吃。但看到刚才沈安途那憋着一肚子火的表情,他还是觉得很痛快。

周明辉坐在自己的办公室里等了才一个小时不到,谢铎就来了。

"市政厅的人走得这么快?"周明辉站起来迎他,假装无事发生,笑得没心没肺。

"这是第一次,也是最后一次,周明辉,你知道我最讨厌别人在我背后搞这些小动作。"谢铎的表情很冷。

周明辉也懒得装了,耷拉着肩膀靠着自己的办公桌,语气同样不弱:"我也不喜欢背着你做这些恶心事,但我是为了谁?"

谢铎盯着他:"你什么都不懂。"

周明辉满脸荒唐,夸张地大笑:"是,我是不懂,但是我了解沈凛!老谢你别以为给他换了个名字就能把他的芯子一并换了,他到底有没有失忆这件事都不清楚,你就这么傻乎乎地相信他?"

"所以你就直接把他的事故调查结果扔到他面前?"

周明辉毫不避讳地点头:"是。"

他故意卡着谢铎去开会的时间,带着沈安途的飞机事故调查报告,装出给谢铎送文件的样子留在办公桌上。沈安途如果没有失忆,一定会忍不住打开看。

"他看了吗？"周明辉自信沈安途会在自己走后打开那份文件，因为他并不知道谢铎的办公室里也到处都是监控。

"自己看。"谢铎点开手机，打开监控软件后丢给周明辉，然后从周明辉的办公桌上拿过烟和打火机，点了一支。

周明辉仔细看着那段录像，只见他走后，沈安途的确盯着那份文件的封面看了片刻，但接下来他不仅没有打开那份文件，反而直接穿上外套走人了。

周明辉拖动进度条看了好几遍，笃定道："那封面上明确写着'沈凛飞机事故调查结果'这几个大字，他不可能不好奇！他肯定猜到我在试探他，所以才故意不打开，他装的！"

谢铎吐出烟雾，面无表情地看着周明辉："他打开看是装失忆，不看也是装的，那你这种试探还有什么意义？"

周明辉低声骂了一句，咧嘴笑道："还真是皇帝不急太监急，行吧，以后你们的事我不会再管。但做兄弟的最后提醒你一句，我直觉他不对劲，他可是沈凛，你以后被他捅了刀子可别后悔。"

Part 3. 反胃

沈安途离开谢铎公司的时候时间还早，他给谢铎发消息说自己一个人太无聊了想回家，于是谢铎让陈煦把他送了回去。

他到家的时候，赵阿姨也刚到。赵阿姨说今天买了新鲜的鱼头，可以做一道鱼头炖豆腐汤，问沈安途要不要学，沈安途答应了。

"先把鱼鳃去了，对，和处理草鱼的方法是一样的，然后洗干净再把水沥了……"赵阿姨一边说，沈安途一边做。

"沈先生今天好像有点没精神呀，怎么了？是不是不舒服？"赵阿姨发现沈安途异常沉默。

沈安途笑了笑："可能是刚才在外面待了久了，被风吹得有点晕。"

赵阿姨立刻关心地说："那你去卧室躺一躺休息吧，大病初愈还是要小心身体的。"

沈安途说没事，热了油锅就要把鱼头往锅里放。赵阿姨担心他，抢过了锅铲让他在一旁休息，沈安途只好去准备葱姜蒜。

经过这段时间的练习，沈安途现在已经能把姜丝切得很好看了，赵阿姨一直夸他学得快。

切菜这种手艺形成肌肉记忆后就不太需要集中注意力了，沈安途开始分神想今早和周明辉的对话，反复地想，一个字一个字地想，自虐似的。

"嘶——"

就这么一走神，沈安途切到手了。菜刀把他左手食指切出一道不浅的伤口，直往外冒血。

赵阿姨吓了一跳，立刻关了火去客厅找药箱。

沈安途仿佛魔怔了一般，盯着自己的伤口和鲜红的血，眼前突然闪过几个画面，脑仁被针扎似的钻心地疼起来。他的脸色在一瞬间变得煞白，丢下刀就往厕所跑。

赵阿姨在厕所外听着里面的动静，吓得慌了神，给谢铎打电话的时候声音都是颤抖的。

厕所里，沈安途抱着马桶几乎要把胆汁吐出来，生理性的泪水流了他满脸。受伤的食指没有包扎，又因为他无意识地用力而让血流得到处都是，他看着更想吐了。

在呕吐的间隙，他突然想起周明辉挑衅的那句——"跟班就要有跟班的自觉，别老缠着人不放遭人嫌"。

沈安途苦笑起来，边吐边不着调地想，说不定他马上就要死了，那可真是再不能缠着谢铎了。

这场突发性的反胃并没有持续太久，沈安途冲了马桶后瘫坐在地上，掏出手机扫了一眼，刚过去五分钟。

门外的赵阿姨听见里面没了动静，立刻小心翼翼地询问："沈先生有没有好一点？我给你端来了水，你出来喝一点吧。我已经给谢先生打了电话，他马上就回来。"

"不用了,"沈安途虚弱地喘了两口气,"我在这里冲个澡,阿姨麻烦你帮我拿套衣服过来。"

"好好好。"赵阿姨忙不迭地去了。

沈安途把自己埋进花洒的水幕里,指尖传来尖锐的痛。他这才想起手上的伤口还没处理,但现在他也懒得管了。

单手操作洗完了澡,沈安途像耗尽了最后一丝力气似的,撑在洗手台上喘气休息。

他一抬头,看见水雾蒙住了镜子。他抬手用掌心抹过,水雾聚成水珠滑落镜面。

镜子里的人逐渐清晰,沈安途凑近,看见了自己白得像鬼的脸,还有手指与镜中指尖毫无距离的接触。

谢铎赶回别墅的时候,沈安途已经睡下了。他手上的伤口只草草贴了个创可贴,午饭也没怎么吃。

没过多久杨宇也到了,谢铎给他看了沈安途发病前的那段视频。

"看起来很像晕血。"杨宇说。

谢铎立刻否定:"不可能,他做了大半个月的饭,今天不是第一次见血,之前都没有问题。"

说完,谢铎又把赵阿姨叫过来问情况。

赵阿姨也六神无主:"我……我也不知道,就是他今天一开始就……就有点没精神,我还问了他怎么回事,他说是在外面被风吹得头疼。我就是怕他会出事,都没敢让他靠近灶台……"

谢铎和杨宇对视一眼。

沈安途今天仅有的能够在外面"吹风"的时间,就是上下车短短几秒钟的时间。

赵阿姨离开后,杨宇安慰谢铎:"他撒谎只是为了让老人家放心,这很正常。"

谢铎的语气凝重:"今天他到公司找我,遇见了周明辉,周明辉故意扔了一份他的事故调查在他面前。他虽然没打开看,但封面上明确写着沈凛的名字。"

杨宇思考片刻,告诉谢铎:"我倒认为没必要这么担心,他应该还在失忆中。"

谢铎抬头看他,杨宇神色安然,虽然他长相其貌不扬,但身上有种能让人安心的气质。

"沈凛的性格你应该比我清楚,"杨宇不紧不慢地说,"我们反推一下,如果他没有失忆,或者已经恢复了记忆,应该不会甘心留在你这里。再假设他确实在演戏,那他的目的又是什么?不伤害你,不打扰你工作,不翻看谢氏的机密文件,一心只为留在你身边做饭?这太荒谬了不是吗?"

谢铎没有说话。

杨宇拍了拍他的肩膀:"我在这儿等着他醒来问问情况,但能带来的设备有限,你要担心他的身体,明天再让他去我那儿做个检查。"

谢铎点头同意了。

给杨宇安排好客房休息后,谢铎自己去了书房,继续看沈安途的事故调查报告。

周明辉做事比做人靠谱,整理出来的报告厚厚的一沓,几乎把所有能调查的人都调查了一遍,还查到了一些西蒙查不到的东西。毕竟锦盛才建立二十多年,而瑞乾是屹立不倒的大家族,能接触到的东西比锦盛多不少。

从当时飞机上的几个人开始,周明辉率先调查了飞行员,把他个人和祖上三代翻了个底朝天,但没有任何可疑之处,飞行员没有问题。

接着是当时和沈安途坐在一起的未婚妻虞可妍。虞可妍身份特殊,她虽然是华国血统,但自从爷爷那一辈开始就入了Ａ国国籍,家大势大,算是Ａ国一霸。她在沈安途籍籍无名时就跟他在一起了,因此不少人传沈安途是靠着虞可妍才有的今天。

关于虞可妍，周明辉能查到的东西很少。只知道她和沈安途关系很好，她没有理由陷害沈安途，毕竟当时她自己也在飞机上。

　　剩下的两个人是保镖，身世清清白白，害死老板对他们也没有好处。

　　排除了飞机上的人后，周明辉又去查飞机。虽然黑匣子没了，但飞机跑不掉。

　　沈安途当时乘坐的私人飞机是一个叫"云翼"的私人飞机公司提供的，这个公司专门做有钱人的生意，为他们提供私人飞机和飞行员，以及后续的飞机保养和修理工作。

　　这架直升机在起飞前曾有过一次检修，如果有人要动手脚，应该就是这个时候。但负责检修的维修员已经被警察和西蒙明里暗里审了不知道多少遍，都一口咬定自己是无辜的，说一定是飞行员操作失误才导致的事故。

　　不过有一点维修员倒是承认，那架飞机的确是老款。沈安途在购买前已经被明确告知了这一情况，并且其实沈安途还有另外两架私人飞机，是他自己选择了这架直升机。

　　飞机残骸的检查报告目前只能得出两个结论，要么是雷达不够先进导致留给飞行员的反应时间不够，要么就是人为操作失误。

　　到现在为止，出现的证据似乎都在显示，沈安途的飞机事故是一场意外，如果不是黑匣子失踪了的话。

　　与飞机有关的直接线索都断了，于是周明辉尝试理清这场事故的前因后果。

　　沈安途和虞可妍乘飞机是要去海砂岛见虞可妍的母亲，因为朋友的儿子选择在海砂岛结婚，所以虞母专程从A国飞来参加婚礼。海砂岛离Z市不远，未来的丈母娘来了附近，沈安途必然是要和未婚妻一起去见一面的，于是才有了这次飞行。

　　不过这是一次私人行程，在沈安途的飞机起飞前，明确知道他要乘飞机的人只有秘书西蒙、虞可妍，还有虞母那边的人。

　　西蒙是沈安途从国外带回来的心腹，如果要害沈安途不会等到现在。

若说虞母要搞自己未来的女婿，可能性太小，手也伸不了那么长。

至于沈家公司，公司只知道沈安途推掉了第二天下午和此后两天的工作，并不知道他要去哪里做什么。

挨个排除后，沈安途身边似乎再没有知道他行程的其他人。

除了云翼公司，因为他们要负责飞行前的检修工作。

调查报告的最后内容全是关于云翼公司的，这个公司的老板叫郑巍，是个小富二代，家里跟锦盛远不能比，本来也跟沈安途八竿子打不着。但他的妻子吴康雅，是沈开平原配妻子妹妹的女儿，说起来还要喊沈安途一声表哥。

吴康雅原先在锦盛是半点股份也没有，后来自己从散户那里陆陆续续买了一点，却也是根本说不上话的小角色。要说她和沈安途有什么仇怨，周明辉没调查出来，因为他们甚至都没在公共场合说过话。

这份调查报告止于此，谢铎把整份文件来来回回翻了三遍，最终停留在"黑匣子"三个字上。

坠机现场人员混杂，除了当时在度假区的游客，还有不少当地的居民。那个地方没有监控，人们的注意力只在坠机而不在身边人，正如同西蒙找不到是谁带走了沈安途，谢铎同样也找不出是谁拿走了黑匣子。

谢铎凭直觉认为，拿走黑匣子的人就是对飞机动手脚的人。

那么黑匣子是什么时候被拿走的呢？

救援团队到达后警察也一并到场，接管了整个飞机，所以至少可以肯定有人在此之前动了手。可是，是在沈安途被带走前还是带走后呢？

谢铎突然有个想法，在那天飞机坠毁的现场，是不是有人暗中目睹了沈安途被截走的全过程？如果真是这样，那也难怪西蒙找不到线索了。因为除了谢铎的干扰外，还有另一股力量在阻挠他调查。

有人想要沈安途永远失踪。

谢铎的目光变得幽深，他看向面前的电脑，监控显示沈安途正安然地睡在床上。谢铎不太想打扰他，但此时已经是下午的五点一刻，而沈安途连午饭都没怎么吃。

谢铎决定把他叫起来。

Part 4. 热

沈安途醒得很艰难，他被困在一个又一个梦境里，那些无止境的梦仿佛是一片黏性极强的沼泽。它们把沈安途整个裹住，沈安途即便露出了脑袋，知道自己身陷梦里，也无法把整个身体拔出去。好在谢铎来叫他了。

谢铎不是第一次见沈安途被梦魇住，他轻声叫沈安途的名字，拍他的侧脸，直到他清醒过来。

沈安途的脸颊泛着不正常的红晕，谢铎摸上他的额头，感觉到了异常的热度。他立刻叫来杨宇："他的额头有点烫。"

"低烧。"杨宇看着体温计说。

谢铎扶着沈安途坐起来，让他靠在床头。

沈安途肉眼可见的精神不振，他好像又变成了医院里的病人，虚弱得连话都不想说。

"他今天上午呕吐前吃过什么东西？"杨宇问谢铎。

谢铎说："早饭是他自己做的馄饨，后来在我的办公室喝了一杯普洱。但这两样我也吃过喝过，都没问题。"

杨宇正在苦苦思索，沈安途自己开了口，声音沙哑："我上午临回家前，把剩下的那点茶喝完了，冷的。"

"那就是胃受凉引起的急性肠胃炎，发烧也是正常症状，不过没再吐就是好消息。我让人送点药过来，吃了睡一晚，明天应该就没事了。"杨宇说着便离开卧室去打电话。

杨宇走后，谢铎给沈安途喂了点温水。他看着沈安途苍白的脸色，皱起的眉心一刻都没松开过。

喝完了水，沈安途闭着眼睛小声要求："我想躺着。"

谢铎："先等一下，赵阿姨马上就把粥热好了，吃一点再睡。"

沈安途不说话了。

房间里的暖气很足，但谢铎还是怕沈安途冷，给他披上了棉衣，又把被子拉高。

"热。"

沈安途推开了被子。

没等多久，赵阿姨就把小米粥端了进来。沈安途手上有伤，谢铎没让他动手，亲自一勺一勺喂他吃完了整碗粥。

赵阿姨来收碗的时候，看见沈安途这副样子很是自责："沈先生感觉怎么样？还想再吃一点吗？"

沈安途摇头，谢铎替他说："他现在很虚弱，先少吃一点，等会儿饿了再吃。"

赵阿姨应了一声，告诉谢铎晚饭已经准备好后便离开了。

谢铎等杨宇拿了药来，给沈安途服下，也退出了卧室。

等谢铎处理完今天的工作洗漱完毕再回到卧室时，已经快晚上十一点。他上床的时候发现沈安途睁着眼睛，不知道是睡醒了还是被自己吵醒的。

"怎么不睡了？很难受吗？"谢铎在另一张床上，侧躺着面对他。

"没，已经好很多了。"沈安途在黑暗里盯着谢铎的脸部轮廓，"就是下午睡太多，现在完全睡不着了。"

谢铎又问："现在想做什么？想看电影吗？我陪你。"

沈安途翻了个身，背对着谢铎："你给我讲讲我们是怎么认识的吧，你之前好像说，高中的时候是你主动结识我的？"

"嗯。"

谢铎又一次从记忆里翻出那些过往，然后把它们打散，扔掉他不喜欢的部分，再加入修改后的新片段。

"高一的时候我们在同一个班，我们成绩差不多，所以总是会被拿来比较。"

但沈安途因为家庭的缘故，在学校里人缘很差。加上他那时候喜欢独来独往，所以几乎没有朋友。

谢铎也没有主动和他说过话，倒不是瞧不起他的身世，只是觉得没有必要。

那个时候的谢铎是谢家独子，无数光环在出生的一刹那就戴在头顶，无论是学习、家世，还是长相，他都是最好的。他不需要低头和谁说话，在他眼里沈安途只是有些特别，仅此而已。

"我有意拿奥数题向你请教，你一开始不大情愿，后来也习惯了，之后我们一起去参加物理竞赛……"

竞赛承办方给当时的考生安排了住宿，谢铎和沈安途因为同是Z中学生，被安排在了一间宿舍。但是谢铎家在附近有房子，他选择住在外面，因此错过了和沈安途同寝的机会。

"我们住在一起，白天考试，晚上学习，一起拿了一、二等奖，学校还举行了表彰会。"

表彰会仅限参赛学生内部表彰，由于沈安途人缘不好，没人通知他开会时间，还是谢铎帮他把奖状带回来的。沈安途对他说"谢谢"，谢铎无所谓地走开了。

"我帮你带回了奖状，然后邀请你出去吃饭庆祝一下，你同意了，之后我们的关系就好了起来，一起打球，一起自习。"

高二文理分班，沈安途明明理科很好，却执意选择了文科，从此和谢铎分道扬镳。谢铎只能偶尔从窗外看见他在教学楼后面的池塘边写生。

"分班前我们成了无话不说的朋友，关系很好，一直到你高三的时候决定出国。"

沈安途走得很突然，也很安静。谢铎记得很清楚，那天是高三百日誓师大会。本来应该由谢铎和沈安途作为文理科代表上台演讲的，但后来谢铎发现文科班演讲的人换成了一个女生。

后来他才听说，沈安途出国了。

大家都猜测，如果沈安途当时不走的话，他会和谢铎一起包揽Z市的文理状元。

谢铎努力回忆高中最后一次见到沈安途的场景。那是周一的午休时间,他们都在学校的超市里买水。谢铎忘了带零钱,身上只有一张百元大钞,收银员一时找不开,最后是沈安途帮他付了钱。

此后七年,谢铎再也没见过沈安途。

"我们吵了一段时间,但还是和好了。上大学的时候可以用手机了,我们就经常隔着半个地球视频,互寄东西,等你回国后我们依旧常常往来……"

沈安途背对着谢铎,始终没有说话。谢铎以为他睡着了,因为多少还是有些不放心,悄悄起身帮他拉高了被子,盖住他露出的后颈。

而沈安途并没有睡着,他再一次推开了被子,声音喑哑地说:"热。"

第五章
变数

Part 1. 他不让我进书房

沈安途的烧半夜就退了，但他起床后始终萎靡不振。谢铎担心他再出状况，决定在家办公。

接下来一连三天，谢铎的公务都是在书房里处理的，开会就是线上，文件需要签字就让陈煦来回送。直到第四天早上，陈煦来送文件的时候，身后还跟着一个周明辉。

开门的是谢铎，沈安途像个影子似的跟在他身后。

沈安途的精神已经恢复得差不多了，一看见周明辉就扬起笑脸，主动招呼两个人进门。他一路把人送到谢铎的办公室，接着又端了茶水进来，俨然一副一家之主的样子。见三个人要谈事情，他还特别懂事地提出要回避，临走前瞪了一眼周明辉，就差把"挑衅"两个字写脸上了。

周明辉碍于谢铎在场不能发作，只能把喝水的玻璃杯往死里捏。

陈煦对此已经见怪不怪，低头只当自己是空气。

沈安途走后，三个人就开始忙工作。政府的新区开发计划正式启动，一个重要地段的招标就在下周。项目经理江来负责统筹这次投标，他有不少事情要亲自跟谢铎汇报，但没想到谢铎一连三天没去公司，今天是第四天。

周明辉今天来就是为了这件事，他没想到自己那个曾经一心只有工作的兄弟竟然因为担心死对头的身体好几天不去公司。他也没想到，自己前两天刚撑过沈安途，对方不仅没有收敛反而变本加厉，报仇报得那叫一个爽快。

"他……"周明辉刚开口说一个字，谢铎的眼刀就飞了过来。周明辉只能做深呼吸，把一肚子说辞全部压在肚子里，憋了半晌才憋出一句，"你什么时候回公司？"

"明天上午带他去体检，如果没问题的话我就回公司。江来如果着急，就让他今天下午过来见我。"谢铎边看文件边说，后面一句是对陈煦说的。

"收到。"陈煦想了想,再次确认,"是让他直接来别墅这边吗?"

"对。"谢铎没有抬头,"他又不是没见过沈安途。"

"是。"

沈安途在事故后头一次见到谢铎那天,谢铎带了手下的五个人,其中就有江来。但他们只知道谢铎抓了沈安途,却不知道沈安途一直住在谢铎这里。

"直接来别墅?你倒是不怕走漏什么风声。"周明辉挑眉。

陈煦也看向自家老板,觉得周明辉说得有道理。虽然沈安途每次来瑞乾都是从地下车库直接上的总裁办公室,但谢铎并没有刻意隐藏,现在公司上下几乎都知道有人天天来看谢铎。

很快周明辉又道:"先不说这个了,我听说你爸妈最近又开始和崇家走动,他们家那个女儿崇诗睿,应该就是半年前二老给你撮合的那个吧。现在他们主动去联系崇家,你可等着吧,最迟下周一定把你叫回家吃饭。"

谢铎扫了一眼周明辉,沉着脸,明显不想谈这件事,直接转移话题:"有时间想这个,不如想想怎么中标。"

周明辉暗骂自己就是操心的命,然后又开始操心谢铎的生意。

收到陈煦的短信后,江来总有种不妙的预感,于是叫来了营销部的梁永和工程部的王一阳来壮胆,这两个人都曾经陪同谢铎去医院"震慑"过沈安途。

下午江来等几人进门的时候,沈安途刚好从楼上下来去厨房倒水喝,看见周明辉把三个人迎进门。

沈安途对这几人都没有印象,那天他状态太差,只记得跟自己说话的谢铎。他避开周明辉,冲他身后的三个人笑着点了点头,一副很有礼貌的温和样子。

江来看见沈安途的那一刹那,发现自己的不祥预感成真,梁永和王一阳也只能尬笑,硬着头皮跟他打招呼。

周明辉就看不惯沈安途狼披羊皮,故意走到他面前打了个响指,吊儿郎当地说:"六杯咖啡,我的那杯多加点糖。"

江来等几人暗中直抽冷气,沈安途却没脾气地回:"好啊,后面的三位客人有什么要求吗?"

三人组并不敢提什么要求,恰好此时陈煦下楼迎他们,三个人忙跟着陈煦走,只有周明辉没动。陈煦用眼神询问,周明辉冲他挥手:"我帮忙端咖啡,你们先上去。"

沈安途在中岛忙活,周明辉就站在旁边盯着。沈安途抽空睨了他一眼:"怕我给你下毒?"

周明辉冷笑:"你说呢?"

沈安途不再搭理他,慢条斯理地做了六杯手冲咖啡,给其中一杯多加了糖,和其他几杯分开放进托盘里端给周明辉:"你自己说要帮忙端的。"

周明辉刚要发作,沈安途把自己贴了创可贴的手翘起来晃了晃:"我的手受伤了。"

周明辉凶神恶煞地瞪了他一眼,骂骂咧咧地端着托盘往二楼走。快走到书房门口时,他发现沈安途还跟在后面。

"咖啡我都端了你还跟过来干吗?"

沈安途双手交叉架在胸前:"我为什么不能进?"

周明辉嗤笑一声:"我们在里面讨论公司机密,你觉得你一个没名没分的小跟班进去合适吗?"

"如果我一定要进呢?"沈安途并不退让。

周明辉冷下脸:"别不识相。"

沈安途听了这话,冲他笑了笑,随后大步上前绕过他,径直推开书房大门喊了一句——

"谢铎,他不让我进书房!"

Part 2. 书房讨论

沈安途这一句吼得书房里鸦雀无声，谢铎身边坐着的四个人八只眼睛同时朝门外看过去，再"嗖"地收回来看向谢铎。

谢铎咳嗽两声，清了清嗓子，面上看不出什么情绪，对着门外的沈安途一抬下巴："坐过来。"

这意思很显然是同意沈安途进书房了。

于是沈安途扭头朝身后的周明辉看去，光线照在他的侧脸上，同时将他剩下的半张脸隐在背光处。他缓缓眨眼，嘴角弧度上挑，露出一个只有周明辉能看见的，堪称阴险的得意表情。

周明辉咬着后槽牙才忍住没把手里的咖啡泼他脸上。

书房很大，在靠墙的三角位置有一排很宽敞的沙发。江来等人本来是和谢铎坐一起的，沈安途进来后，他们立刻识相地让出位子，四个人一起挤到另一边的沙发上。

周明辉来得晚，沙发上已经没有他的位子了。陈煦主动站起来要给他让位，周明辉硬是按着肩膀让他坐下，自己则坐在了他旁边的沙发扶手上。

沈安途说了声"谢谢"后，就在谢铎身边舒舒服服地盘腿坐下，然后开始玩自己的手机。

虽说由于谢铎的默许大家不敢多言，但昔日沈凛的名声依旧让众人心里有种说不出的难受。

即便他只是穿着宽松舒适的T恤和长裤，头发松软服帖地搭在脸上，安静温顺地坐着，江来等人还是感受到一股莫名的压力。他们彼此尴尬地对视一眼，都不知道会议该不该继续。

直到谢铎说："接着刚才的说。"

江来于是往前坐了坐，只当没有沈安途这个人，拿着自己的那沓资料继续说："那块地市政厅是有意发展特色旅游业的，我们得到的消息是往绿色生态那个方向走，把郊区农村的经济带起来。当然，我们能得到的消息其他公司也能得到,所以大家的企划难免同质,就看谁做得更好了。这方面我们瑞乾向来是最有资历的,但近年上面有意发展中小企业,愿不愿意要我们还真不好说……但要说我们的竞争对手,锦盛……"

要提瑞乾的竞争对手,就必须提到沈家的锦盛。但对面就坐着锦盛的大老板,虽然瞧着是失忆了,但真要对着他说锦盛的坏话,江来还是有点开不了口。

沈安途在玩一个抽卡游戏,刚才抽了几次都只抽中 R 卡,他想着是不是自己手气不好,就伸手把谢铎的手扯过来摁在手机屏幕上,竟然一次就抽中了三个 SSR。他精神大振,正要跟谢铎分享自己的喜悦,突然发现大家都不再说话,还眼神古怪地看着他。

沈安途挠了挠下巴,睁着一双颇具迷惑性的大眼睛注视着对面几人:"怎么了?接下来要说我不能听的内容了吗?"

周明辉正想趁势损他两句,就听谢铎道:"没事,接着说。"

既然谢铎都发话了,那江来也顾不上其他,整理了一下措辞后,说:"锦盛的负责人不知道是没收到消息还是过于大胆,他们想在那片地上盖个游乐园。"

工程部的王一阳最清楚那片土地的情况,接话道:"那块土地不够大,建不了大型游乐场。小型儿童游乐园经济效益太低,而且地形也不太好……"

周明辉更是不屑地哼了一声:"真想去游乐园痛痛快快玩的成年人不如买票去邻省的水上乐园。"

梁永提醒他们:"Z 市乃至周边其他城市都没有游乐园,锦盛最近就抓着这一点营销造势。现在网民都在期待本市的游乐园,他们的民意很高。"

谢铎静静地听着,在此时插了一句:"这个项目是锦盛的谁在负责?"

江来和王一阳、梁永对视一眼,没敢立刻说话。周明辉看不下去,冷哼了一声:"沈家老五沈明飞。"

埋头玩手机的沈安途突然抬头:"沈明飞?"

众人屏息，心脏跳到了嗓子眼。

谢铎回头看他，语气随意地问："你认识他？"

沈安途点头，回望向谢铎的眼神干干净净："不就是最近网上热议的一个十八线男演员，因为演戏始终火不了，干脆放弃娱乐圈回家继承公司，最后反倒因为这个火了一把。"

"你怎么开始关注娱乐圈了？"谢铎又问。

沈安途老实回答："本来不关注的，但谢文轩总是给我安利他女神，导致最近网页给我推送的新闻全是有关娱乐圈的。"

众人逐渐元神归位，又开始小声讨论起项目细节来。

倒是沈安途坐了一会儿后太无聊，他打了个哈欠，和谢铎说了一声后就回了卧室。

没了沈安途这个魔王，江来等人放松了很多，众人一直讨论到晚饭时间才散场。

下楼时，江来等几人看见在厨房穿着围裙，帮阿姨一起做饭的沈安途，神情再次复杂起来。

沈安途听见动静，把火调小，转身客气地挽留众人一起吃晚饭。

大家并不敢真的和沈安途坐一桌吃饭，纷纷找借口走了。

饭菜已经做得差不多了，赵阿姨功成身退，装盘就留给沈安途。

谢铎站在他身后看着他忙活，头顶的橘色吊灯给周围映出一层暖光，谢铎莫名联想到"温馨"这两个字。

吃完晚饭谢铎还要工作，他见沈安途的状态已经完全恢复，便放下心去了书房。

Part 3. 谢家老宅

鉴于沈安途再三保证自己的身体已经痊愈，谢铎也就没有再带他去医院，第二天一早径直去了公司。

上午的工作还没有进行到一半，谢铎就接到了谢家老宅打来的电话。

谢母李薇先是唠家常般与他闲聊了几句，最后话锋一转，说："你都好久没回家了,你爸爸很记挂你,今晚回家吃个饭吧?有酒局就推一推,啊?"

周明辉那个乌鸦嘴一语成谶,谢铎扫了一眼监控里正对着家里的游泳池写生的沈安途,对着电话那头说道:"好,我晚上回去。"

沈安途似乎在练习速写,短短两个小时不到,他已经画了五张图,写生对象从卧室的床头柜,一路画到负一楼的游泳池。刚开始他画一张图还要半个小时,后来十分钟就能成图,到游泳池已经是第六幅了。

谢铎趁他洗了手去厨房倒水喝的空当给他打去电话。

沈安途头一次接到谢铎的电话,盯着来电显示确认了好一会儿才接听:"喂?"

"我晚上要回老宅吃饭。"说完谢铎意识到沈安途不知道老宅的意思,又解释,"就是我父母家,可能会留下过夜。"

"哦……"沈安途停顿片刻,"那我让赵阿姨做一人份的饭,你……你在家吃得开心点。"

"嗯,有事给我打电话。"

"好。"

谢铎盯着监控里的沈安途,看他慢慢挂断电话,一个人站在厨房里发了一会儿呆,然后抱着画板去了车库。

谢家老宅是真正意义上的老宅子,白墙青瓦,低檐粉黛,是和市中心的现代风格完全不同的老城区。因为年代久远,这里已经成为Z市一处独特的风景,是政府明文批下来要保护的古建筑。

谢铎在这里长大,但是从初中开始为了方便上学就搬出去了,长大后也很少再回来。

这里留给谢铎最多的印象不是家的温馨,而是无孔不入的压力。它们包裹在谢铎身上进行压铸,令谢铎变成谢铎。

作为瑞乾的下一任继承人,谢铎从小就必须完美。虽然没有人真的规定他必须这样做,但父母的教导、亲戚们的眼神和外界的关注,都像是厚重的负累挂在肩上。

谢铎顺利成为所有人期待的那个样子,冷静沉着、杀伐果断,可这并不是他想要的。

谢铎把车停在院门外,在老管家的迎接下进了家门。

"张叔。"谢铎同管家打招呼。

张叔笑道:"快进去吧,你爸妈都等了好一会儿了,工作还这么辛苦吗?"

谢父刚把公司交给谢铎那会儿,谢铎住在老宅天天熬到凌晨两三点,张叔为他做过一段时间的夜宵。

谢铎回道:"比之前好一点。"

两个人一路聊着来到大堂。老宅之前装修过一次,里面并没有外头看上去的那么老旧,从外面走进屋里的感觉就像是从民国穿越回了现代。

李薇正坐在沙发上看电视,她一见谢铎便站起来迎上去:"你可来了,怎么这么晚?客人们都等着急了。"

李薇即便在家也喜欢穿一身得体的旗袍,身上披着坎肩。她画着淡妆,五官精致柔和,即便迟暮也是个美人,连皱纹都仿佛是修饰。谢铎继承了她大部分的五官特点,除了眼睛,他的眼睛更像父亲谢长青。

"妈。"谢铎把大衣递给管家,接着她刚才的话问,"家里来了什么客人?"

李薇刚要开口,就听见了楼上的动静,倒不用她多解释了。

只见从二楼的楼梯上走下来几个人,打头的是一个五十多岁的中年男人,一身深色唐装,眉眼端正,不怒自威。

谢铎走上去喊了一声"爸",谢长青点了点头,走下楼梯。身后跟下来三个人,前两位是一对中年夫妇,最后下来的是穿着一袭天鹅绒长裙的苗条女孩。

谢铎挨个打招呼:"崇叔、钟姨、诗睿。"

这顿饭谢铎吃得没滋没味，比在酒桌上谈生意更疲惫，还要警惕身边的崇诗睿时不时碰手碰腿的小动作。

崇大山端着酒杯和谢长青碰杯，眼睛却看向谢铎："小谢，听说你最近在忙着争取东郊那块地，搞得都没空回家？这种小事还需要你亲自来管吗？"

谢铎早就吃不下去了，趁现在回话的空当把筷子放下："瑞乾有意往旅游业方向拓展，这次是试水。"

"不错，不愧是长青你的儿子啊，年轻人有志气。"崇大山并不是真想知道瑞乾的动向，这话也不过是把话题往谢铎身上引，果然，他下一句便是，"事业要搞，家庭也不能没有啊。长青，你家儿子这么优秀，年纪也不小了，有没有考虑过他的终身大事啊？"

谢长青喝酒有点上脸，面上看上去不像刚才那么凶了，对着崇大山叹气："考虑，怎么没有考虑？我们催了他多少次，他自己倒是一点不着急。"

崇大山似找到了共鸣似的，也长叹一口气，用筷尾指了指对面的崇诗睿："我家这姑娘也是的，主意大得很，明年就二十五岁了，眼睛都快长到头顶上去了，哪家公子都看不上。"

崇诗睿娇滴滴地哼了一声，抓住几个人沉默的空隙给谢铎夹了水饺，倾身靠近谢铎，长发扫过他的手臂，要说悄悄话似的用手半遮住嘴："谢哥，你吃得太少了，再吃个水饺吧。"

四位长辈看到这一幕，彼此对视，都心知肚明。

谢铎借拿筷子的动作调整了坐姿，避开了崇诗睿的动作，伸手从碗里夹了一个肉丸塞进嘴里，随后又自然地把筷子放下。

"没遇上好的，自然不能将就。诗睿还小，慢慢找，总会找到的。就算找不到也没关系，现在那么多不结婚的，不也活得自在？像我就不打算结婚。"

谢铎说得不动声色，表情和刚才说公司事务时别无二致。但桌上其他五人却震得个个瞪大了眼。

崇诗睿最先开口:"不一定非得结婚,可以先谈恋爱嘛。"

"诗睿!"钟玲低声训斥女儿。

她又冲李薇和谢长青勉强笑道:"小谢这么优秀,却不打算结婚?"

谢长青盯着谢铎没有说话,李薇一脸抱歉:"我们也是头一次听说,这孩子……"

一顿饭就这么有些尴尬地结束了。

谢铎跟在父母身后把崇家三人送上车,转头就被谢长青叫进了书房。

谢长青开口第一句话就是:"听说最近总有人去公司找你?"

谢铎坐在谢长青的对面,听到这话神色丝毫未变。谢长青虽然名义上已经退休,但公司里必然还是有自己的耳目。早在谢铎允许沈安途自由出入公司的时候就知道会有这么一天,何况连楼下的前台都知道陈煦经常买双人份的午餐,谢长青没道理不知情。

所以谢铎干脆承认:"是。"

"如果是谈正事,你没必要这么藏着掖着。"谢长青的眼角已经有了很深的皱纹,但眼神依旧清明,说话声音浑厚威严,大家长气势毕现,"说说吧,是什么人?"

谢铎没有立刻开口,无论是说真话还是说假话,他的顾虑都太多了。先不说谢长青能不能接受沈安途出入自家公司,光是一个"沈"姓就能让这段对话以谢长青的怒吼终止。

见谢铎始终沉默,谢长青皱眉:"那我换种问法,你知道我今天为什么要把崇家人请到家里来吃饭吗?"

谢铎回神,抬头看向对面的父亲:"知道,你是不希望我把精力放在别处,如果工作已经得心应手,那就尽快结婚生子。"

"你知道就好。"谢长青对自己这个儿子向来都很满意,"别总是结交一些不三不四的人。"

谢铎哂笑:"那我恐怕做不到。"

谢长青皱眉:"什么意思?"

谢铎低头摸着自己的左手指骨："您应该看了新闻，沈凛失踪了一个多月，您知道吗？"

谢长青有种不好的预感："所以呢？"

谢铎抬头，黑色的眼睛里透出一股难言的深意："人在我这儿。"

谢长青在顷刻间明白了谢铎的意思，但这简直过于离谱。他上身前倾，手臂撑在桌面，语气惊疑不定："你是说你截走了沈凛？"

"是。"谢铎大方承认，毫不掩饰。

谢长青在刹那间变了脸色，震惊、愤怒、不敢相信——从眼中掠过。谢铎注视着他下意识紧握的拳头和抽动的眼角，毫不怀疑他下一秒就要揍上来。但谢长青只是闭眼缓了几秒，再睁开眼时已经压住了情绪并理清了思路。他看向谢铎，目光如炬："沈凛怎么会愿意被你困在身边？"

"他飞机出事伤到脑袋失忆了，那当然是我说什么就是什么了。"

谢长青听出了儿子语气里不易察觉的得意，血压再次直线飙升。短短一分钟里，优秀的儿子成了"犯罪分子"。谢长青想破口大骂，却又一时间不知道从哪里骂起，最后只能咬着牙一字一字道："给我把人还回去。"

谢铎抬头："绝不可能。"

"你……"谢长青冷着脸，喘了一口气才继续道，"你怎么会和他混到一起？你们私下认识？"

谢铎的嘴角勾出一个嘲讽的弧度："您大概不知道，我们曾经是高中同学。虽然后来他出了国，回来后我们也没有联系，但是他有勇有谋能成事，我要是能在他落难时拉上一把……"

谢铎没再说下去，但留白往往比语言表达得更深刻。

谢长青对此只是不屑地冷笑："'有勇有谋'？谢铎，要我给你讲讲沈凛吗？那小子和他爸沈开平简直一个模子出来的。"

谢铎一瞬间收起外露的情绪："如果你是指他在留学时候的所作所为，还有收复锦盛集团的手段，那我想不必了。"

谢长青重新打量起眼前的独子，目光里不无失望："好，那我们讲讲别的。"

"现在你是瑞乾的一家之主,我不会干涉你的决策,但我希望你还保持着足够的理智。

"你知道沈凛现在的未婚妻虞可妍吧?虞家在欧洲经历了百年腥风血雨仍屹立不倒,现在他们在欧洲的势力比我们在国内的势力可大多了。你截走了沈安途,这件事一旦被曝光,瑞乾在欧洲的分部就得立刻关门。

"我们这个圈子永远是利益多于真情,如果往后瑞乾和锦盛有了冲突,你觉得沈凛还会念着你收留他的恩情?"

谢长青的眼睛紧紧盯住谢铎:"我大概能猜到你跟沈凛说了什么,但记忆会变,人却不会变。也许他现在看上去跟你惺惺相惜,可他迟早会想起来。你觉得你的谎言能维持多久?"

谢铎沉默了。

Part 4. 杜兰会所

沈安途身体恢复后,谢铎也开始正常上下班,生活回到了老样子。

今天谢铎走后,沈安途又睡了个回笼觉,临近中午才慢吞吞地起床。

他自从极限抠门地买回了三样乐器后,就丢在储物间里再也没管过。这两天画画累了,他突然来了兴致要自学二胡,就在网上报了个网课,每天不遗余力地在家制造噪音,残害自己的耳朵不够,还非要逼迫别人接受魔音洗礼。

谢文轩就是这个"别人"。

谢谢你这么轩我:"沈哥,求求你了,别再给我发恐怖电影的背景音乐了,这根本不是《小星星》,这是《小猩猩》!我这刚想午休一下,不小心点开了你发的视频,差点就永远地休息了。求求你了,救救孩子!"

S:"给你一次撤回的机会,你是我的第一个听众,我的二胡首秀给了你,我劝你不要不识好歹。"

谢谢你这么轩我:"撤回。"

谢谢你这么轩我:"沈哥棒棒哒,二胡这么难拉,您第一次就能拉到这样的水准，真是太棒了呢！"

S："是吧，我也觉得我挺有音乐天赋的。"

谢谢你这么轩我："嗯嗯！我建议您把这段珍贵的演奏视频发给谢铎哥，让他也感受一下音乐天才的绝世表演。"

S："你说得对，我多练几遍再发给他。"

这两天看监控一直静音的谢铎目睹了两个人的全部聊天记录，极端的求生欲让他决定先发制人。

沈安途正全身心地倾情演奏"小猩猩"，突然收到了谢铎的微信。

X："下午想不想出来玩？"

沈安途立刻丢掉二胡："想！"

今天是周末，下午谢铎约了人在杜兰会所见面，表面上是老朋友聚会，其实是双方都想探探风，为几天后的土地竞标做准备。

杜兰会所有谢铎的投资，他算半个老板。鉴于要把沈安途带出来，他让人清空了整个会所，他们在独立包间谈生意，沈安途可以随便玩，作陪的当然是工具人谢文轩了。

谢文轩前两天刚跟自己的女神私下里见了一面，兴奋劲头还没过，正巧被拉过来陪玩，可以尽情倾诉激动的心情。

"我抢到了她演唱会的VIP座位，还跟她握了手，结束以后找她要签名她也给了，她怎么这么好！"谢文轩今天穿了件粉色的休闲西装，头发染成了奶奶灰，整个人由内而外散发着一股怀春少女的气息。

沈安途对斯诺克产生了很大的兴趣，拉着谢文轩陪自己对打。但两个人都是菜鸟，六个回合打下来愣是一个球都没进，除了沈安途开局时神操作进了个白球。

"这不是对粉丝的正常态度吗？"沈安途瞄准一个红球很久了，打了三次都没中，这是第四次，又没进，"啧！对了，她不是演员吗？怎么还开演唱会去了？"

"她对我的态度格外温和，那怎么可能是对普通粉丝的态度，你不懂！演而优则唱，你也不懂！沈哥你这样不行，你动作都没对，你往旁边站站，看我操作。"

谢文轩趴在桌边，上身标准的三点一线，拱起的拇指与食指紧贴形成叉状支起球杆。只见他锁定目标，出杆送杆，动作一气呵成，沈安途看得佩服不已，直呼专业。

被击中的白球带着汹汹气势冲了出去，撞在桌壁上，回弹，又撞上桌壁，再回弹，其间路过无数个红球、彩球奋勇向前，然后——一个球没中。

两个人握着杆，并肩在球桌边严肃地沉默了一会儿。

"我觉得斯诺克这种活动可能不太适合我们。"沈安途语气深沉。

谢文轩点头表示深切赞同："而且这里风水也不太行，你看对面墙上那幅画，都不在正中心，这不正暗示了'不中'吗？不好，不好。"

最后两个人达成共识，决定去楼顶试一试高尔夫。

说是要打高尔夫，但沈安途和谢文轩两个人一个失忆一个新手，都不太会玩，于是只能叫了两个球童陪练。

因为有外人在，沈安途很自觉地戴起了口罩。谢文轩不知道该不该夸他有较高的自我管理意识，总之心情十分复杂。

知道沈安途似乎是头一次打高尔夫后，一个年轻秀气的女球童耐心地同他介绍握杆和站姿。沈安途不得要领，她便手把手地纠正指导。

谢文轩站在一旁，看那个球童握住沈安途的手带他练习挥杆，又蹲下身扶着他的腿纠正站姿，沈安途向她道谢她还笑得一脸羞涩。

不对劲。

谢文轩心中警铃大作，他装出不耐烦的样子，换下球童，自己亲自指导沈安途打球。

但显然倒数第二名给倒数第一名辅导作业不会有什么好结果，两个球童在他们身边看得一脸欲言又止，偏偏谢文轩自我感觉相当良好。

"对对对，就是这样，挥杆就行了，别想太多，挥杆……不错，就是这样，高尔夫没有斯诺克那么难，随便你打，打多少次都行，最后能进洞不就完了。"

沈安途似懂非懂，但挥杆的瞬间无疑很快乐，于是两个人就这么快乐了一个多小时才回到室内。

运动了这么久，两个人都又累又热，于是去了休息室，坐在沙发上喝鲜榨果汁。沈安途还没有收到谢铎的消息，看样子他们还在谈生意。

谢文轩提议，如果沈安途愿意的话，可以在这里蒸个桑拿再冲个澡。

沈安途转了转有点酸痛的手臂："算了，回去再说吧，我想泡个热水澡。"

"楼下有浴池。"

"嫌脏，不乐意去。"

"行吧。"

安静了片刻后，沈安途又说："家里浴缸就那么大，泡着总觉得不痛快。"

谢文轩想了想："那要不下次有空我们去泡温泉怎么样？西郊就有一家高档温泉酒店，我之前去过一次，环境和服务一流，顾客隐私也保护得很好。"

沈安途缓缓转头看着谢文轩，眯着眼睛上下打量了片刻，表情高深莫测。谢文轩最招架不住他这个样子，下意识正襟危坐，等着他问话。

沈安途故意吊了他半天胃口才说："你不是娱乐公司的老总吗？怎么感觉很闲的样子？"

被谢铎拿捏了要害不得不来当工具人的谢文轩不乐意了，他一口气喝掉果汁，义正词严道："沈哥你太过分了！我这是为了谁？虽然我只是一个挂名总裁，但我也是很忙的！要不是怕沈哥你一个人无聊，此时此刻的我应该在公司的三十六层总裁办公室里规划着公司的未来！"

沈安途："差不多得了，再演就烦了。"

谢文轩："哦。"

两个人又休息了片刻后,打算再去棋牌室转转。

棋牌室在四楼,两个人并肩走在楼梯上。谢文轩正向沈安途夸耀自己从网上学会的出老千招数,沈安途听他胡扯听得津津有味。

此时,一名穿着会所统一黑色制服的服务生正迎面下楼。他手里拿着托盘,像是才给谢铎的包间送完茶水。

楼梯不算窄,但三个人并肩走还是不宽松,所以服务生主动停下脚步,侧身让两个人先行。

谢文轩先沈安途一步走上两级台阶,叽叽喳喳话多得像只鹦鹉。沈安途戴着口罩安静地跟在他身后走着,时不时敷衍地"嗯"一声表示自己在听。

两个人就这么一前一后路过了那名服务生,而就在那服务生准备转身继续下楼时,沈安途突然停下脚步,回头看向服务生的背影,试探着喊出了一个名字。

"季远?"

季远下楼的脚步顿住,惊讶地回头望向台阶上的两个人。他的视线转了一圈,最终停在沈安途身上,从他露出的那双眼睛里找到了熟悉感。他瞪大双目,不确定地问:"你是沈……"

千钧一发之际,谢文轩一把将沈安途拉到身后,大声打断了他:"你谁啊你!"

第六章

秘密

Part 1. 保密协议

季远根本没有想到，自己不过认出一个熟人，竟然就被主管严肃地带到一个封闭的小包间里关了起来，手机也被迫上交。季远追问为什么要把他关起来，可主管也不清楚，只暗示他惹了大麻烦。季远几次想离开包间，都被门口的保安拦住了。

季远焦急地在包间里走来走去，回忆刚才见到的那两个人。他刚才连沈凛的人名都没叫全，他身边的那个男人就变了脸色，还让他暂时别走。接着男人便叫来主管说了几句话，紧接着他就被带进了这个连窗户都没有的小包间。

季远反复回忆自己当时的举动，他出于礼貌低头没看去客人的脸，还侧身给他们让路，分明一切正常。他想破脑袋也想不出自己到底做错了什么，惹得那男人那么紧张。

没过多久，包间门终于被打开，主管先探了头进来。季远刚要开口，却见主管毕恭毕敬地迎进来两个男人，自己又退了出去，还关好了门。

"季远先生是吧？"开口的是最先进门的男人，一看穿着打扮就不一般。

季远仔细盯着他看了半天，总觉得他有些眼熟，却不记得在哪里见过："是，请问您二位是？"

谢铎在沙发上坐下，同时也示意季远坐在对面："我是瑞乾集团的谢铎，这位是我的秘书陈煦。我有些事情想向你请教，抱歉耽误了你的时间。"

季远终于想起来自己曾经在电视上见过他，可就算是谢铎也不能无缘无故把人关起来，便忍着火气问："你们想问什么直接问就是了，让人把我关在这里还收了手机就没必要了吧？"

谢铎微微偏头，陈煦立刻明白他的意思，拿出带进来的一沓资料对季远说道："季远，二十六岁，原红杉科技公司董事长季志豪的独子，因经营不善集团现已破产，欠下巨额债务。季董当时已身患重病，想把作为独子的季先生送出国，但你没走，执意要留在国内，想帮助父亲扛过难关。然而你之前在国外读书时只顾吃喝玩乐，在三流大学混出来的学历并不能让你撑住整个集团。季董不幸于半年前去世，你因无力还钱被人追债，只能靠躲在会所打零工度日，你的现居地址是……"

陈煦每说一句，季远的脸就黑一点儿。他双眼充血，盯着对面的两个人："你们到底想干什么？"

休息室里，沈安途第一百零一次叹气："我就是突然想起这么个熟人罢了，你们没必要这么紧张吧？"

谢文轩到现在后背还在冒冷汗，如果季远当时叫出了"沈凛"的名字，那一切就都解释不清了。

谢铎还在审季远，谢文轩不仅要负责问清沈安途的情况，还要掩饰自己刚才过激的言行，只能满口跑火车："你之前看见什么都没印象，怎么看见他就突然认出来了呢？很难说他不是当初撞你的那个人！"

沈安途看上去很犹豫，但思考片刻后依然坚持自己的说法："应该不是他，在我现在的印象里，他好像是我在国外留学的时候遇上的。多的我想不起来，我只记得他家很有钱，所以今天看见他穿着服务生的衣服觉得很奇怪，可能是这一点刺激到了我的记忆吧。"

谢文轩顺着他的话说："那你怎么能保证回国后你们就没仇了呢？你又不记得了。"

沈安途没法回答，又开始叹气："但万一弄错了，这不是给人家添麻烦吗？"

谢文轩摆了摆手："没事，就问他两句话而已，而且……如果你们真是老同学，难道不想叙叙旧？他一个富家子弟，怎么会落到如今这个样子？"

沈安途的确很好奇："你们把人弄哪儿去了，让我跟他聊一聊？"

"主管拉他去问话了，好像是因为今天本来不该他值班，但是他却帮人代班来了会所，应该马上就能结束了。"

谢文轩说话时，眼神一刻也没有离开过沈安途的脸。这件事实在是可疑，失忆中的沈安途突然叫出了一个陌生的名字。他想起什么了吗？他为什么无缘无故要把季远叫住？他是不是想通过季远联系什么人？

两个人正说着话，休息室的门开了，季远推门进来，脸色很差。他一眼看见了沈安途，现在露着全脸，确实是他认识的沈凛。之前沈凛戴着口罩，过长的刘海又遮着眼睛，和以前的气质差别很大，季远半天都不能确定是不是他。

季远回忆着刚才同谢铎的交谈。

"我们不想干什么，只是想弄清楚，你打算干什么？"

谢铎这番话像是打哑谜，季远听了更加焦躁："麻烦谢总有话直说，我打算干什么？你们也知道我现在沦落到这种地步，我还能干什么？催债的每隔几天就来一次，要不是会所管饭，我现在已经饿死在街头了！"

谢铎却笑："那么现在你不是有赚钱的门路了？你见到了沈凛，想要钱不过是一个电话的事情。"

季远觉得简直莫名其妙："见到他又怎么了？我们又不熟，早几年上学那会儿他都不见得会帮我，现在我们那么多年没见，我难道要去找他要钱？！"

谢铎皱了皱眉，目光鞭子似的上下审视他："你不知道沈凛的事？你不看新闻的吗？"

季远内心的烦躁达到了顶点，骂了句脏话，几乎是吼着问："沈凛不就是回家继承了锦盛吗？！这关我屁事！你们就不能有话直说？！我还等着回去上班呢！"

陈煦皱眉："季先生，注意您的言辞。"

季远咬牙做深呼吸。

"季先生先别这么激动，只要你愿意，我可以负责解决你的债务问题。"谢铎换了个坐姿，身上颇具压迫感的上位者气势收敛了不少，"从现在开始，你不用在会所里当服务员，我给你介绍更好的工作，只要你签了这份合同。"

陈煦绕过沙发,把一式两份的合同、一支笔和一盒印泥摆在季远面前的茶几上。

季远下意识后退一步,脚跟抵上沙发,一个没站稳坐了下去。

他的脑子里仿佛被人塞了一团杂乱的毛线,他根本听不懂谢铎在说什么,但是他抓住了句子里的关键词汇。

解决债务问题。

季远愣怔地拿起那份文件,文件内容不多,只有几张纸,但是季远越看越不对劲。他一目十行地扫完全部条款,每一条都有沈凛的名字。

"沈凛身份和行踪的保密协议?"季远一脸迷茫,"这是什么意思?"

谢铎:"如果你看了上个月的新闻,就该知道沈凛前段时间遇上了飞机事故,现在处于失踪状态,沈家一直在找他。而他本人因为受伤失去了记忆,人暂时留在我这儿。"

季远看着谢铎那双深不见底的黑眸,忍不住打了个冷战。真有谢铎说得那么轻巧?弄不好就是他绑架了沈凛,否则还搞什么保密协议?但这些话季远只能烂在肚子里。

"我明白了。"季远用手背抹掉额头上的汗,开始仔细看那份合同。

合同里给出的待遇非常优越,谢铎不仅会还清他的所有债务,还会按照市价额外开工资给他,而季远只需要在沈凛或者说沈安途需要的时候出现一下,表现自然不要惹他起疑心即可,如果能问出额外的信息就更好了。

简单来说,就是谢铎花钱请季远去沈安途面前演戏,但季远不能告诉任何人沈安途的行踪,也不能告诉沈安途他的真实身份,相当于在沈安途身边安装了一个人形监控器。

不过一旦季远违反了合同里任意一条规则,他就将背上双倍的债务,那金额高得足以让他到死都还不清。同时季远也很清楚,如果得罪了谢铎,那可能不要说 Z 市,就是在国内混不混得下去都是问题。

季远扫了一眼谢铎和他身后的陈煦,终于咬牙签上自己的名字,按上手指印，合上文件推到谢铎面前："现在能不能仔细说说，沈凛到底是什么情况？他以为自己是谁？我到底要做些什么？"

谢铎拿过那两份文件扫了一眼后交给陈煦："他有个曾用名叫沈安途，你知道吗？"

卸掉债务压力的季远整个人都放松下来，他的手肘支撑在膝盖上，用力搓了把脸："我不清楚，我认识他的时候他就说他叫沈凛。我说了我们其实并不熟，只是当时留学的时候都在一个市，我们的圈子就那么大，所以……偶尔朋友聚会时会遇到而已。"

谢铎注意到季远反复强调他和沈安途并不熟，他对沈安途的事情也没有关注，并且这半年因为一直疲于奔命，新闻也顾不上看，因此并不知道沈安途的飞机事故。

如果季远没有说谎，他跟沈安途可以说是毫无关联，那沈安途叫住他真的只是因为突然记起了他？

"你说的这些我都会派人一一核实，希望都是真的。"谢铎刻意加重了语气。

季远举手发誓："绝对都是真的，我根本不知道也不关心沈凛的事，更不想把这件事告诉任何人。我已经在合同上签字画押了，只要你们搞定我的债务，让我做什么都行。"

再逼就会起到反作用，谢铎适时退让："我相信你，那么接下来你需要做的第一件事就是去见他一面。记得他现在叫沈安途，他应该会想问你为什么会从一个富家公子沦落到服务员，你如实说就行了，只要删掉我们现在见面这一段，剩下的你任意发挥……"

"好。"季远一一记下。

"那么，最关键的一点……"谢铎停顿了片刻，让季远不由得抬头看他。

小包间里不够明亮的灯光突显了谢铎刀削般立体的五官，他端正地坐在沙发上，双手交叉放在腿上，看上去轻松随意，周身气势却压得人抬不起头。

"现在我的身份,是他结交了十年的好友。至于其他的,你可以去问他。"

季远瞪大双眼,缓了半天才说:"我知道了……"

Part 2. 新玩法

谢文轩目光挑剔地打量着走进休息室的季远。

他个头不高,大概只有一米七五,长相勉强算得上清秀,但绝对不足以让人看一眼就忘不了。可能是因为没有休息好,他黑眼圈很重,鼻子上还爆了颗痘,整个人看上去萎靡又憔悴。

谢文轩怎么想都想不明白他为什么能让沈安途记得那么清楚,还能叫出他的名字。

"来坐。"沈安途拍了拍身边的沙发,"主管没有为难你吧?"

季远犹豫片刻,还是走到沙发上坐下,和沈安途隔开好一段距离。

"没有,就是……我现在欠了一大笔钱,之前要债的找上来过,主管以为我又惹事了……"

"抱歉啊,打扰你工作了。我最近出了一场事故,过去的很多事情都记不得了,突然看见你很眼熟就没忍住把你叫住了,我朋友因为之前的事故对我过于紧张了。"沈安途把之前准备好的热茶推到他面前。

季远在他说到"朋友"这两个字的时候,忍不住抬头看了一眼谢文轩。这个人趴在对面的沙发背上盯着他看很久了。

"刚才他语气不太好,我跟你道歉。"沈安途笑起来,桃花眼弯出一个好看的弧度。

季远多看了他两眼:"中午的时候我听说有个大客户包了会所一下午,没想到就是你。"

沈安途笑道:"不是我,是我朋友,等一下他来了我可以介绍你们认识。"

季远的脸色有点僵硬:"不必了,我刚才去他们包间送茶水的时候已经见到了。"

"是吗，屋子里那么多人，你知道是哪一个？"沈安途好奇地问。

季远立刻意识到自己说错了话，他在谢文轩尖锐的目光下又开始冒汗，身上的服务生制服湿了干，干了又湿："以前留学的时候谁不知道你好兄弟谢铎……"

"哈哈，这样啊。"沈安途不好意思地笑起来。

季远松了一口气，开始转移话题："你还是跟以前一样，又高又帅，而我却在一夜之间跌进泥里。"

沈安途的注意力果然被带走："我刚才就想问了，你们家是发生什么事了吗？我记得你以前家境很不错。"

季远把自己的遭遇简单说了一下，沈安途听得唏嘘不已，末了问他："那你在这里当服务生一天才能赚多少钱，什么时候能把债还清啊？"

季远摇头："我也不知道……"

两个人就这样陷入沉默之中。

沙发对面一直没说话的谢文轩掏出手机看了一眼收到的信息，开口道："季先生有没有到娱乐公司上班的意向呢？"

"啊？"季远茫然地抬头。

谢文轩绕到沈安途的另一侧，贴着他坐下，一副同他关系很好的样子说："你是我沈哥的朋友，那也就是我谢文轩的朋友，帮你是应该的，也算是对我之前不礼貌的补偿吧。你来我公司给我当助理，季先生觉得怎么样呢？"

季远看向一旁的沈安途。

沈安途犹豫地问："可以吗？会不会不太好？"

谢文轩耸肩："只要季先生有能力胜任工作就行啊。"

见沈安途还在纠结，谢文轩又说："要不待会儿等我哥来了你问问他，反正他是大老板，如果他都觉得没问题那就没问题了，而且季先生现在的情况确实很需要帮助。"

季远愣怔地点头："那……那谢谢啊。"

屋子里安静了片刻，谢文轩忽然伸了个懒腰，语气轻快地说："好啦，现在没事了，我们要不要继续刚才的事？"

沈安途精神一振："是啊，正好多了一个人！"

"走走走。"谢文轩拉着沈安途一路往外走。

沈安途到了门边回头看向还呆坐着的季远："愣着干什么？走吧，还是说你想多休息一下？"

季远茫然地站起身："去……去哪儿？"

三分钟后，三个人来到了四楼的棋牌室，在牌桌旁围坐三面。

季远也不明白为什么自己迷迷糊糊就被带着来到了棋牌室打扑克，但鉴于他的工作就是哄沈安途开心，那自然沈安途说什么就是什么了。

好在服侍客人玩牌就是他的工作之一，季远一边手势华丽地花样洗牌，一边问："你们想玩什么？桥牌、梭哈、炸金花？"

沈安途双手交叉撑着下巴，眼神莫测地和谢文轩对视一眼，彼此都看懂了对方的意思。

于是谢文轩伸出食指在空中比画了两下："有没有那种玩法，就是那种……"

季远认真地听着。

一个小时后，谢铎的会谈终于结束，他跟随主管的指引去了四楼找沈安途。

然而还没进门，他就听到了棋牌室里传出的激烈争吵声。

"你耍赖！你肯定出老千了！"说这话的声音是谢文轩的，声音大得能掀翻房顶。

紧跟着另一个声音也不甘示弱："你放……你胡说！我手上现在还有二十多张牌，我有必要出千吗？我看你是输不起吧！"

"你都连赢五把了，怎么可能？你敢不敢给我看你的牌？！"

沈安途的声音此时也插进来："哎呀，大家都是兄弟，多赢一把少赢一把有什么关系呢对不对？小轩你不要慌，连赢五把也不是没可能的事。你手上不是还有十多张牌吗，说不定下一把就是你的了。"

谢铎一时没听出来他们在玩什么，推门走进去："在玩什么？这么高兴。"

只见谢文轩激动得一腿踩在椅子上，撸起袖子和季远对峙。季远虽然坐在椅子上，却也梗着脖子红着脸，下一秒就要蹦起来似的。只有沈安途悠然坐在椅子上，面上一派和气。

谢文轩正在气头上，一句"高兴个屁"已经在嘴边，扭头看见来人是谢铎，立刻偃旗息鼓，乖乖坐好。

谢铎走到沈安途身后，扫了一眼桌上的牌，越看越不对劲："这是什么新玩法？"

沈安途双手交叉在胸前，一脸不想开口的矜贵样子。谢文轩冷哼一声瞪着季远，眼神示意很明显。于是位于食物链底层的季远不得不开口："小……小猫钓鱼。"

谢铎："啊？"

季远忍着羞耻感，给谢铎介绍这个通常只有小朋友才会玩的纸牌游戏："就是先把牌分成三等份，然后第一个出牌的人把一张牌放在桌面上，之后每个人一次出一张牌，后一个人的牌遮住前一张牌的下半部分，露出数字来。后面出的牌如果遇到的和前面数字相同的，就可以把中间的牌收到自己手里，最后谁手里先没牌了，谁就输了……"

简单，快捷，全凭运气，完全不需要动脑子。

谢铎失语片刻，看了一眼季远面前的牌，又看了一眼谢文轩手里的牌："那这位先生运气不错。"

季远尴尬地挠头："我们是两副牌……"

沈安途适时地清了清嗓子，优雅地把手里的牌方方正正摆在桌上。

谢铎低头，看着那高高叠起的一摞牌，两副牌一百零八张，一副半都在他手里。

谢铎："……"

沈安途还没有厚脸皮到玩小猫钓鱼都要被夸的地步，仰头对谢铎说："这位是季远，我的老同学。"随后他又对季远说，"他就是我朋友谢铎。"

谢铎波澜不惊地看着季远，朝他伸出了右手："初次见面，季先生。"

季远立刻起立，把手在裤子上蹭了蹭，然后握住谢铎的手："初次见面，谢先生。"

Part 3. 真心话

季远看了看面前的大别墅，再看看手里刚从超市买的二百来块的红酒，恨不得找条地缝钻一钻。

因为昨天沈安途那一声"季远"，季远猝不及防卸掉了一身债务，还被卖身给了谢铎。按照合同，他必须扮演好一个合格的人形监控器。

季远看了一眼时间，现在是下午三点，根据陈秘书之前发给他的沈安途作息表，这个时候沈安途应该已经午睡醒了。

季远做了个深呼吸，正要伸手按门铃，大门突然自己开了。谢文轩探了个头出来，眼神如探照灯一样在季远身上扫了个来回："在监控里看你半天了，你在门口磨磨蹭蹭干吗呢？"

"你怎么在这儿？"季远震惊了。

谢文轩没有回答这个愚蠢的问题，敞着门回屋了。

季远尴尬得头皮发麻，左脚差点绊到右脚，跌跌撞撞地进了门。

季远好歹曾经也是个富二代，并没有对这栋别墅里各种价值不菲的陈设表现出过多的惊讶，只是在看见客厅里不远处茶几上疑似"小猫钓鱼"的纸牌残局时，忍不住闭了闭眼。

"季远快来，我们二缺一。"沈安途朝他挥手，谢文轩已经在沙发上就位。

季远有些僵硬地走到沈安途面前，把手里的红酒礼盒放在茶几上，手指不自在地抠着衣角："谢谢你昨天帮了我那么大的忙，这是我的谢礼……我的钱只够买这种红酒了，你要是嫌弃就扔了吧。"

"不嫌弃，我们现在就可以一起喝一点。"沈安途说着就打开盒子取出红酒去了厨房，片刻后连同三个高脚杯一起端了出来。

为方便喝酒打牌，三个人一起将阵地转移到了餐桌。谢文轩建议说以后如果经常玩扑克的话，可以专门买张牌桌放家里，沈安途连连点头表示赞同。

季远并不是真来沈安途家里打牌的，他这几天需要试探出沈安途的口风，看看他到底记起了多少，然后汇报给自己的主顾谢铎，来送红酒致谢不过是一个幌子。

季远一边洗牌一边试探着说："我们玩点别的吧，不玩太难的，就玩最经典的斗地主怎么样？沈安途你以前牌玩得最好了，你一点印象也没有吗？"

"没印象，不过你既然这样说了，那我也可以试试，说说规则吧。"沈安途端起红酒抿了一口，脸上突然露出一瞬间的迷惑。

谢文轩被他的神色勾起了好奇心，也端起酒杯尝了一口，随后淡淡地说："不错。"

沈安途也点头附和："确实。"

自此，两个人再没碰过杯子。

季远黑着脸给沈安途过了一遍斗地主的玩法。

谢文轩说："沈哥放心，我玩牌玩得很烂，所以严格来说我们都在同一起跑线上，你放心大胆地玩。"

季远把洗好的牌放在桌面正中央："那我们开始吧。"

三个人安静地抓牌，季远正绞尽脑汁想着话题，还没等他理出什么头绪，沈安途已经率先开口问："我们以前也经常玩牌吗？"

"那倒没有。"季远想了想说，"在朋友聚会上，我围观你们玩扑克，你十次有八次能赢。"

"是吗？"沈安途的语气有些惊讶，"话说我们是怎么认识的？我只记得跟你在酒吧喝过几杯酒。"

季远这次回答得很快："你当时想在学校旁边租房，我家正好有一套合适的，经过朋友介绍你找到了我这里。虽然最后也没成，但好歹认识了。"

"你也是 H 大的？"沈安途又问，谢铎之前告诉他，他曾经在 H 大念书。

季远小声说出一个学校名，一所位于 H 大旁边的三流大学。沈安途平淡地应了一声，把话题就此带过。

季远忍不住一阵懊恼，节奏完全掌握在沈安途手里，他连发问的机会都没有。

三个人抽牌完毕，季远看了一眼自己的牌："那地主就……"

"叫地主！"谢文轩毫不犹豫地举手。

季远握着大小王和三个 2，朝谢文轩投去怀疑的目光："你确定？"

谢文轩抓了一把头顶的"奶奶灰"，用一张娃娃脸笑出了反派的邪魅："富贵险中求，不入虎穴焉得虎子，尽管来！"

"等一等，算点赌注吧。赢了怎么说，输了又怎么说？"沈安途从纸牌上方露出一双狐狸似的眼睛。

谢文轩拍桌："你们俩都没钱，咱们就不用钱当赌注了，这样，真心话吧怎么样？输的人必须老实回答一个问题。"

季远看向沈安途，见他无所谓地点了点头。

三分钟后。

"王炸。"季远带着沈安途躺赢，两个人击掌庆祝。

"现在我开始提问了，"沈安途清了清嗓子，语气里满是诡异的欢快，"最后一次尿床是在几岁？说实话哦。"

谢文轩咬牙切齿："十……十一岁。"

"噗。"季远实在没忍住。

谢文轩红着眼看季远就像看个大傻子："再来！"

三轮下来，地主谢文轩没赢过一次，但场上的形势发生了微妙的变化，因为熟悉了规则的沈安途也开始上头了。

抓牌结束后，有两个声音同时大喊："叫地主！"

谢文轩和沈安途对视一眼，自觉地把机会让给了沈安途："沈哥请。"

沈安途快乐地成了地主，在牌桌上扔下一对3。谢文轩杀气腾腾地瞪着季远，季远背后发毛，用眼神为自己辩解真不是他故意赢这么多次。

五分钟后，沈安途手里仅剩四张牌。季远一直在暗中记牌，确定他应该还剩下两个对子，于是出了个三带一。

"承让承让。"沈安途挑眉，把手里的牌一摊，三个K带个J，刚好压住谢文轩的三Q一9。

谢文轩扔了牌，隔着桌子冲季远吼："你到底会不会玩啊！他就剩四张了你还出三带一，你到底跟谁一伙啊你！"

季远委屈："我记牌了的！我明明记得K已经出了两个，他怎么可能还会有三带一？"

接下来沈安途把把叫地主，回回都能赢。季远越看越不对劲，几次下来他确定沈安途出千了。但他不敢说，频频给谢文轩递眼色，谢文轩只当他眼抽筋。

沈安途都快把谢文轩小时候的糗事挖空了，沈安途却一次惩罚都没受到。

谢文轩越输越上头，三个人打了整整一下午，赵阿姨做好饭又离开，三个人还在打。

最后一把可能是牌太差，沈安途没叫地主，终于给谢文轩和季远抓到机会，合力拿下。

到了提问时间，季远没敢开口。如果直接问你现在恢复了多少记忆未免太过刻意，得从侧面入手。正在季远犹豫的时候，谢文轩已经发问了。

"咯咯——沈哥听好，在你留学期间有没有交过女朋友？"

沈安途刚要张嘴，谢文轩却打断他："想好了再说话哦，沈哥，我们这里可有个知情人。"

Part 4. 消失的两年

知情人季远看着身边的沈安途，心想谢文轩这个问题问得好，表面上似乎只是个八卦的感情问题，但正因为是感情问题才更难回答。因为他们都知道沈安途过去玩得很花，光季远见过的"女朋友"就有三个。

如果沈安途不拿失忆当挡箭牌，他要么承认自己有，那就会破坏他现在树立起来的正面形象，侧面说明人品问题；他要么否认说没有，那他就是在撒谎。

如果沈安途依旧说记不得，这就与他认出季远这件事相矛盾，认出了季远却刚好一点记不得浪荡的过去？

两个人屏息等待片刻，只听沈安途语气自然地说："在我的记忆里，没有。"

"你撒谎！"季远沉不住气立刻反驳，"我跟你在酒吧遇到，三次有两次你带着女人！"

沈安途伸出纤白的手指挑开桌面的牌堆，从里头翻出了大王在指尖随意转动："那只是女伴而已，又不能说明我和她们有什么。"

季远激动起来，他感觉自己终于抓住了沈安途的狐狸尾巴："你有个国外的金发前女友是我同学，被你甩了后来找我喝酒哭诉，说没想到你这个学弟看起来温柔又绅士，其实是个渣男。"

沈安途挑眉："你的同学叫我学弟？你今年多大？"

"二十六，你别扯开话题！"

沈安途仿佛没听到似的继续追问："那你几年前上的大学？"

季远不明所以："八年前，你问这个干什么？"

"我九年前高三放弃高考去了A国，你在八年前上的大学，却叫我学弟？也就是说我至少是在七年前才考上H大的。那么请问我那两年在做什么呢？我不记得了，季远你知道吗？"

沈安途笑了，桃花眼的眼尾挑高，嘴角上翘。这明明是一个足以让人脸红心跳的笑容，却让季远脊背发冷。

九年前，Y国某个地下酒吧里，摇滚音乐震耳欲聋，所有男女都在舞池里摇摆身体，热情和欲望在空气里狂热蒸腾。

喝得神志不清的季远拦下某个酒保，往他的制服里塞了一把钞票，豪气冲天地说："小爷今天高兴，来陪我喝酒！你要能把桌上这几瓶酒全干了，小爷再给你加一倍。"

青年掏出钞票塞回他的裤腰，举起一根食指在他面前晃了晃，随后低头在他耳边说："我陪酒最少这个数，你一个月才几个零花钱啊弟弟，早点回家吧。"

"我那两年在做什么呢？季远。"沈安途还在追问，语气并不咄咄逼人。

但季远却猛地打了一个寒战。

记忆里的场景突然一变。远处尘埃在光线里浮动，视线灰暗下来，一双蛇似的阴冷双眸骤然出现。季远被人扣住脖子抵在墙上，他的后脑和脊背撞得生疼。

"你当然可以把你知道的告诉任何人，季远，但人做事总得想想后果不是吗？我不想失去你这个学长，你大概也舍不得我这个学弟。所以我建议你忘掉一年前的事，今天是我们第一次见面，你是个热情的房主，我很喜欢你的房子，但是价格太高了，我们没谈拢，好吗？"

季远一眨眼，面前的眼睛和记忆里的重叠。

但周围还是明亮宽敞的客厅，头顶的水晶吊灯散发着暮霭似的晚光，满桌散落的纸牌像某种诡谲的密码，高脚杯里的红酒泛着诡异的红，而裤兜里谢铎给的新手机的棱角正硌着他的大腿，仿佛一把随时要走火的手枪。

季远转动干涩的眼珠看向对面的谢文轩，动了动喉结，像是在无声地求救。但谢文轩并不是他的队友，他只是冷眼看着他，一言不发。

季远脸色发白，干咽了一下，好半天才找回声音："我……我不知道，那时候我又不认识你……"

沈安途又笑眯眯地盯了季远几秒，突然撤回视线看向另一边的谢文轩："小轩应该知道吧？"

谢文轩陡然接收到那沉重的审视，差点吃不消。

谁都不知道沈安途在那两年去了哪里做了什么，即便是谢铎动用了很多力量也没有查到他在 A 国的行踪，当然华国也没有。他就好像凭空消失了一般，然后在两年后华丽出现，赚得一身风流浪子的名声。

这个问题谁都能问，就是不能沈安途亲口问。因为他只要开口，势必会得到一个谎言，而他本人则可以反过来用这个谎言安全地伪装自己。

但谢文轩没办法。

"啊，沈哥你前两年申请的大学和专业不满意，好像是 G 大吧，后来又重新申请到了 H 大，这才耽误了两年。"

"G 大？"沈安途皱眉，谢文轩正襟危坐等着接招，结果却听他说，"还要再来一把吗？谢铎还没回来。"

弥漫在牌桌上那种沉闷的气氛骤然消散，三个人又开始若无其事地打牌。

打到一半的时候，门外传来了熟悉的轿车关门声。沈安途丢下牌就往玄关跑，留下谢文轩和季远面面相觑。

谢文轩撒手让纸牌随意掉落在桌上，指着自己和季远道："我去端饭菜，你来收拾桌子，伺候完'主子'我们就一起'圆润'地离开。"

谢文轩说完去了厨房，季远开始把纸牌集中收进盒子里。动作间，他余光一扫，瞥见了身边沈安途椅子上掉落的纸牌。他捡起来一看，是一张黑桃 J。季远动作一顿，突然打开收好的纸牌一阵翻找。

一……二……三……四，四张 J 齐全，那这张黑桃 J 是怎么来的？

季远一瞬间想到了沈安途那套三 K 带一 J，果然他的连胜秘诀就是出千。他正要拿着那张牌去质问沈安途，一转身却看见了玄关处的两个身影。

沈安途和谢铎在说笑，仿佛两个相识多年的老朋友。

季远看呆了。

"如果还想要你那俩眼珠子，我劝你立刻转身。"

谢文轩的声音如幽灵说话一般在耳后响起,季远吓得差点跳起来,慌慌张张地把纸牌收好,手抖得不成样子。

谢文轩笑道:"现在我相信你和他不是一伙的了,但我还是建议你说话小心些。沈凛毕竟是沈凛,保不准他哪天就全想起来了是不是?"

"你们在聊什么?"

谢铎上楼换衣服,沈安途过来想准备餐具,低头一看,餐桌上已经准备妥当。

谢文轩事前就打了招呼说要带季远出去吃顿好的,赵阿姨就没做他们俩的饭。

"季远什么时候上班?"沈安途又开口问道。

"下周一。"

"那还有几天呢。"沈安途眯起眼睛,不怀好意地看着他,又看了一眼谢文轩。

季远不明所以,谢文轩举手投降:"OK,只要你别再挖我的糗事。"

沈安途又扫了一眼季远。

完全在状况外的季远:"啊?"

谢文轩拍了拍他的肩膀,对沈安途道:"我是他老板,我同意了。"

季远蒙了:"到底要我干吗?"

从楼梯传来谢铎下来的声音,谢文轩一把搂住季远的脖子往外走:"沈哥明天见!"

沈安途笑着把他们送出门:"拜拜。"

季远的背影逐渐变成一个渐行渐远的问号:"喂!到底什么事啊?"

Part 5. 买醉

于是三个人连打了三天的牌,季远一句实话也没从沈安途嘴里套出来,倒是自己被迫交代了不少实情,他从来没有这么迫切地想上班过。

"对Q。那之前没我的时候你们俩怎么过的?"季远嘴里叼着半截凤梨,手边还有半个果盘。季远不得不承认,虽然和沈安途过招太累,但伙食也是真的好。

"我在家洗衣服、做饭,他在外面上班。"沈安途的语气很对不起他那张不食人间烟火的脸,"对2。"

季远的半边脸抽搐了一下:"要不起。"

"啧,过。"谢文轩这把又没控制住自己,叫了地主,结果还是被沈安途压得死死的。

季远不敢招惹沈安途,只能去问谢文轩:"那你怎么不上班?"

谢文轩不乐意了,赢不了牌本来就一肚子火,季远还给他坟头添了一把土。他指着季远的鼻子就骂:"老板的事你少管!"

眼看谢文轩要掀牌桌,沈安途立刻放了几张小牌给谢文轩过牌。谢文轩峰回路转赢下这局,脸上终于阴转晴,用拇指和食指比了个心说沈哥真好,季远都没眼看。

一场结束后,洗牌的当然是工具人季远,谢文轩则继续和沈安途聊自己的女神。他正给沈安途推荐女神新歌,手机忽然跳出来一条提示。

"你看,说什么来什么,我女神又上热搜了。"谢文轩高高兴兴地登录微博,猝不及防一排大字撞进视线——

"震惊!国民女神程最惊天大丑闻!"

"什么!"谢文轩脚下一蹬,靠椅推出去老远。

沈安途好奇地把脑袋凑过去,半眯的眼睛顿时睁大。

季远也赶紧掏出手机搜索"程最",首先便看到标红的"违禁药品"四个字,他点进讨论最多的那个帖子。

"国民女神程最惊天大丑闻!此事还要从昨晚的一场派对说起。昨天是锦盛集团沈五公子沈明飞的生日,沈明飞曾是娱乐圈名不见经传的小演员,于上个月回归家族企业接手锦盛旗下的焰行娱乐。昨晚的生日派对他邀请了圈内不少知名人士到家中,焰行娱乐旗下的一众明星更是全部到齐。但临近半夜时,警方接到匿名电话,有人举报沈明飞聚众服用违禁药物。后经警方查证,确实在沈明飞的别墅里搜出一百多克不明药物，目前所有参与派对的人都在受检中……"

当季远看到"沈明飞"三个字时就感觉不妙，他抬头看向对面，只见沈安途已经坐直身子看自己的手机，面上波澜不惊。

"不管沈明飞究竟有没有服用违禁药物，出现在别墅的东西他解释不清来源，就得一辈子被钉死在耻辱柱上。但这还没完，今早T市一小区新建商品房出现了漏水、渗水、漏筋等质量问题，你猜猜是哪家的？就是锦盛！你再猜猜是谁经手的？沈四沈奇！"周明辉把报告书放在了谢铎的办公桌上，全身没骨头似的半靠在桌前。

"我都不用看他们家的股价，肯定就一个字，惨。目前看来应该是沈家剩下的三兄弟掐了起来，大哥沈超赢了，老四沈奇和老五沈明飞短时间内都翻不了身。不过这也难怪，沈超的妈从沈开平年轻时就跟着他，一直安分守己不要名分，要不是沈开平不许她碰公司的事，这女人说不定能直接接手整个锦盛。再看看沈明飞和沈奇的妈，一个是过气明星，一个是小富商的女儿，一个比一个没脑子……"

周明辉说了二十多分钟的单口相声，谢铎一个字都没听进去。他盯着笔记本显示屏，上面正持续更新着沈安途手机的数据信息。

谢铎看见他先是搜索了程最的新闻，接着直接根据相关推荐，一路从沈明飞的案子浏览到沈奇和沈超的新闻。他在沈超接受采访说要在Z市建立游乐园的新闻页面上停留了八分钟，而他平均浏览一则新闻的速度只要十秒。

沈家大乱的最终原因是当家人沈凛的失踪，沈安途一路跟着相关推荐点下去，迟早会看到沈凛的新闻。

虽然沈凛不是明星，网上并没有那么多照片，但网上有他一张模糊的正脸照。一定有某篇报道使用了沈凛的照片，届时他就会发现自己和锦盛总裁长得一模一样。

但是，二十分钟过去了，沈安途没有点开任何包含沈凛名字的新闻和词条。

"如果沈超这单项目再黄掉的话,锦盛就真的危矣。"周明辉说得口干舌燥,余光瞄到谢铎手边剩了一半的咖啡,"你这咖啡还喝不喝?不喝就给我了?喂!老谢你怎么不说话?"

谢铎拿食指敲了敲桌面:"沈超拿不到这块地。"

周明辉挑眉:"那沈狐狸可就要破产咯。你就不能有点同情心,把这单生意让给人家?"说着,周明辉的罪恶之手伸向了那半杯咖啡。

谢铎冷冷地扫他一眼:"不可能。"

"啧,小气。"周明辉收手。

沈安途正和季远一起开导谢文轩。

沈安途:"她只是去参加了宴会而已,而且现在检测结果不是还没出来吗,先别急着难过。"

季远:"对啊,沈明飞是她的老板,所以她不得不去参加宴会。"

谢文轩几乎崩溃:"是啊,沈明飞是她老板,她是焰行力捧的女星,那他们……"

沈安途用眼神示意季远闭嘴,然后继续对谢文轩道:"你想想昨晚来了多少人,连国际大导都被请来了,沈明飞怎么敢?不会有事的。"

"锦盛不会那么快破产,瘦死的骆驼比马大。"谢铎端起咖啡抿了一口。

周明辉渴得不行,决定去茶水间倒杯水喝,临走前冲谢铎颇有深意地笑了笑:"但是锦盛的名声已经毁了,照目前这种形势发展下去,只要沈凛不回来,锦盛破产只是迟早的事不是吗?"

周明辉推门走了,谢铎独自坐了片刻。突然,手机振动了两下,是沈安途发的消息。

"谢文轩心情不好,我们想陪他去杜兰会所喝酒,求'陛下'批准。"

谢铎回了一个"准"字,跟着又发了一条。

"最迟到晚饭前,我来接你。"

下午六点半,谢铎的车停在杜兰会所后门。他先是打电话给沈安途,没有人接。于是他又给谢文轩打电话,这次有人接了,但是听筒里只有谢文轩大着舌头唱悲伤情歌的噪音,谢铎只能挂断电话打给季远。

会所高档包间里,季远是唯一一个清醒的。明明是来陪谢文轩买醉的,结果沈安途喝得最多。季远一边要看着谢文轩别从沙发上滚下来,一边要防着沈安途再给自己灌"深水炸弹"。整个房间里虽然只有他们三个人,却硬是被谢文轩和沈安途喝出了一个师的气势。

季远看见手机来电提醒的时候差点哭出来,张开口喊:"谢总你终于来了!这俩我真控制不住了!"

谢铎那头安静了几秒才说:"等着。"

因为沈安途,谢铎又一次清空了整个会所。主管看见谢铎就知道他是来接人的,立刻给他带路。

顶楼的包间都是最好最奢华的,隔音效果更不用说,所以谢铎在外面还听不出什么。而门一开,重金属摇滚音乐立刻响彻整个走廊,烟酒味浓得刺鼻。

谢铎皱眉,迈步走进包间,透过缭绕的烟雾,看见了沈安途。

也许是因为温度过高的暖气,又也许是因为酒精,他脱得只剩一件黑色真丝衬衣,还解开了上面三颗扣子。

沈安途脸颊通红,眼神迷离,长长的刘海被掀到脑后,一只手拿酒杯,一只手夹烟,和瘫在沙发上的谢文轩隔空对着傻笑。

谢铎上前两步夺过沈安途的酒杯,接着摁灭了他的烟,厉声质问季远:"喝酒就算了,谁让他抽的烟?"

季远蒙了,刚才他们喝得高兴,气氛到了自然想来一支,所以是他先点的烟。谢文轩只顾着埋头喝酒顾不上其他,沈安途主动找他要了一支,季远当然是毫不犹豫地给了。

季远干咽了一下,默默把自己手里的烟藏到桌子下面:"他……他自己喝多了要的……"

场面有些难看，可就在这时，沈安途还不知死活地喊："喝！继续喝！谢……谢总来了？一起喝！"

这一咋呼把谢文轩给喊醒了，他突然猛地站起身，端着空酒杯干号《死了都要爱》，声音差点盖过音响。

季远看着谢铎的脸色，感觉今天自己就得交待在这儿。

谢铎想发火，却也知道不能跟酒鬼讲道理。他闭眼缓了缓，把醉成一摊软泥的沈安途扶起来，冷声交代季远："我先带他走了，你自己回去。"

季远愣了一秒："那……那谢文轩？"

"让他死在这儿。"说完谢铎就扶着跌跌撞撞的沈安途走了。

季远并不敢真让谢文轩"死在这儿"，他也费力地扛起谢文轩往外走。他一米八不到的个头，要把近一米九的谢文轩扶着走路实在不容易。幸好一出门就遇上主管，两个人一起架着谢文轩往外挪。

会所的后门比较隐蔽，路灯也昏暗，主管说他去叫车，让季远先照看着谢文轩。季远扶着人好不容易把脚步稳住，一抬头就看见不远处站在车边的沈安途和谢铎。

沈安途在闹脾气，嚷嚷着不肯上车，谢铎正在劝他。

季远就这样一眨不眨地盯着两个人的背影许久，直到一道凌厉的视线刺向他。

是沈安途在看他。

沈安途被谢铎扶着肩膀，眼睛直直地瞪着季远，视线清明，根本不像个醉鬼。

季远浑身一个激灵，立刻错开眼。可即便谢铎的车已经开远，沈安途视线留下的那股冰冷感仍然一直留在他的皮肤上，很久都没有消失。

第七章
热闹

Part 1. 见面会

还有十分钟下班，明天就是周末，季远正在收拾东西。这时，手机进来一条消息，是他和谢文轩、沈安途三个人的搓牌群。群里谢文轩发了一张照片，季远点开放大看，发现是程最粉丝见面会的三张门票。

距离"丑闻"事件已经过去了一周半，根据警方的调查，当天参与宴会的所有人中，只有沈明飞的血液检测查出来是阳性，其他人都呈阴性。结果出来的第一时间，程最的团队就发出了声明，谢文轩兴奋地在朋友圈通宵刷屏。

而沈明飞以及焰行娱乐，立刻成为众人唾骂的对象。

经过这次事件，焰行娱乐的很多艺人都选择解约。北辰娱乐趁势抛出橄榄枝，开出的条件比焰行要好上一倍。加上谢铎亲自出面，诚意满满，程最没有拒绝的理由。季远上班一个星期，就一直在跟进这件事。

为了安抚程最的粉丝，北辰特意为程最搞了一个线下的粉丝见面会，能拿到门票的基本都是程最的资深粉丝。当然还有走后门的，比如谢文轩这种。

季远刚想回"我就不去了"，沈安途的消息突然冒出来。

S："沈哥陪你去，什么时间？几点？"

季远立刻瞪大双眼，退出群聊页面去问谢文轩。

季："没搞错吧？你要带沈安途去明星见面会？你知道到时候会来多少人吗？"

过了片刻，谢文轩回复："给他裹严实点，没问题。"

季远总觉得风险太大，又问他："谢总知道吗？"

谢文轩半天才回："你也一起，到时候我去追老婆，你负责看着他。"

季："我？！我不行！"

季远到现在都还记着那晚沈安途的眼神，幸好那天以后沈安途在家安分了好几天，所以季远从那晚到现在一直没跟沈安途见面。

他现在在北辰娱乐算是谢文轩半个秘书，谢文轩说好听点是北辰娱乐的总裁，其实也是被谢铎下放来历练的，还没有真正管事，所以连带着季远也很闲。要不是新手机时时刻刻提醒着季远他在被监视，季远还真找回了点过去当公子哥的感觉。

只要他不再见到沈安途。

但谢文轩并不在乎工具人的想法，直接在群聊里回："明天下午两点开始，那就明天中午吃完饭，我和季远来接你。"

沈安途："早点来吧，我们去外面吃？"

谢文轩："沈哥想去哪里吃？"

沈安途直接甩过来一个链接。

于是第二天中午，沈安途、谢文轩和季远三个人一起坐在了陶然居的雅间里。

季远是知道陶然居的，环境好、菜品好，他还是富二代的时候没少吃这家，有时候订个座都得提前一个星期。但问题是沈安途为什么好端端的非要来这家吃呢？

"因为我在谢铎的公司吃过这家的外卖，他们家的糯米鸡做得还不错。"沈安途拿着手机凑到谢文轩面前，"这家奶茶店竟然出了新品，我要喝这个，你要点吗？等会儿一起让外卖送上来。"

"啊？"谢文轩愣了一下才反应过来沈安途说了什么，他跟着选了一杯，然后又问季远想喝什么。

季远摇头说不用，多看了谢文轩两眼。不知道是不是他的错觉，他总觉得谢文轩今天有点心不在焉。

菜上得很快，三个人吃到一半的时候外卖的奶茶才到。

沈安途当初点奶茶时欢天喜地，真买回来又觉得不好喝，只喝了两口就不爱喝了，随手放在桌边。又在一次夹菜的时候，他手肘一抖，将整杯奶茶洒在了自己的手机上，还殃及了隔壁谢文轩的裤子。

"对不起！"

沈安途顾不上手机，先扯了一团纸去擦谢文轩的裤子。很不幸，谢文轩今天为了见女神，穿了一套白西装，浅棕色的奶茶渍在大腿上格外显眼。

"没事的沈哥，我去洗手间处理一下。"谢文轩笑着说，并不生气，还应沈安途的恳求把他的手机一并带去擦洗。

于是房间里只剩下沈安途和季远两个人。

季远心里毛毛的，闷头吃自己的饭，没过两分钟就听沈安途对他说："怪无聊的，季远，你的手机呢？拿出来放两首歌呗。"

谢文轩在洗手间花了十多分钟清理裤子上的奶茶，但还是留有明显的印子，水渍也几乎要浸湿他整条裤腿。他叹了口气，现在这个样子别说去见程最了，就是出去见人也不能。

没过多久，沈安途戴着口罩进了洗手间，看见谢文轩就问："怎么样？冲掉了吗？"

谢文轩向他展示自己湿了大半的裤腿，整个人都萎靡下来："我下午还怎么去见程最啊？"

沈安途从洗手台上拿过被谢文轩擦洗干净的手机，认真地说道："交给沈哥，我现在就让季远出门给你买一套，你尺码多少？"

下午两点，两个人准时坐在了程最粉丝见面会的会场里。沈安途等三人来得算晚的，到场的时候位子已经坐满了。

为了照顾沈安途的身份，他们的位子在中间靠后。谢文轩在开场前一直对沈安途抱怨，说现在这身黑西装一点都不显眼，程最根本注意不到他，直到程最出场后才消停。

沈安途自知理亏，不仅老老实实听完了谢文轩的碎碎念，还陪着他坚持走完了见面会三小时的全部流程。中间有好几次他都快睡着了，又被身边谢文轩的大嗓门给叫醒了。

季远看着都于心不忍，好几次想说些什么又忍住了。

会场开在酒店里，见面会结束后，北辰还安排了一顿酒店的自助餐，粉丝们可以留下和程最一起吃饭。不过现在离晚餐还有点时间,程最便答应先给粉丝签名。

于是在粉丝们热情的欢呼和尖叫下,保安护着程最先走,随后众人一起转移到楼上的餐厅。

程最的粉丝见面会总共来了两百多号人,但能走的出口只有一个,大家一窝蜂拥挤着朝门外走去。挤着挤着季远就发现身边的谢文轩和沈安途都不见了,他暗自叹气。

好不容易挤出了会场,季远守在门口等了一会儿,人陆陆续续走光了也没见到谢文轩和沈安途出来。他走进会场一看,里面空无一人。

一种莫名不好的预感突然出现,季远马上掏出手机给沈安途打电话。

"您好,您拨打的电话已关机……"

季远挂断电话,手开始发抖,差点握不住手机。他又拨通了谢文轩的电话,同时朝酒店正门口跑去,边跑边四处张望。两秒后,谢文轩接了电话。

"喂,季远?"

"沈安途跟你在一起吗?"季远嗓子发干。

"什么?你声音大点,我这边太吵了!"

"沈安途跟你在一起吗?"季远的吼声引来不少路人侧目。

"他不是跟你一起的吗?"

季远绝望地闭眼:"没有……"

"什么?!"

"沈安途不见了,他跑了。"

Part 2. 他真的算得明明白白

沈安途的手机里安装了特殊的定位器,即使关机了也能查到位置。谢铎在电脑后台看得很清楚,那个红色的小点闪烁着出了酒店,一转弯去了隔壁的数码城,进了一家私人手机店,然后就再也不动了。

沈安途把手机处理了。

谢铎静静地坐在瑞乾顶楼的办公室里,亲眼看着他和沈安途之间相连的那根纤细蛛丝轻易断开。

手机一直在振动,是谢文轩在给他打电话。谢铎不想接,但谢文轩好像知道这一点似的,在和谢铎较劲,一刻不停地打了十分钟,谢铎终于点了接听键。

谢铎还没开口,谢文轩变了调的声音便已经冲出听筒:"去给酒店负责人打电话,调监控!还有公交车、出租车,现在还有机会拦住他!"

谢铎没有说话,他和谢文轩通着电话,双方静默了有半分钟之久。

季远不知道谢铎说了什么,只看见谢文轩气得一脚踢倒了酒店的垃圾桶,吓得路过的保洁发出一阵惊呼。

谢文轩红着双眼对着手机大喊:"你把定位给我,我自己去找他!"

谢铎那头又说了句什么,谢文轩冷笑着回答:"你就等着吧谢铎,你迟早得后悔。"

季远忐忑地站在谢文轩身后,完全不知道发生了什么。他原以为沈安途跑了,凭着谢家的实力要找回来不过是一句话的事。但现在看谢文轩的样子,事情似乎并没那么简单。听谢文轩的口气,谢铎似乎并不打算把沈安途找回来。

等谢文轩挂断电话平复了一会儿后,季远上前问他:"到底怎么回事?沈安途跑了我们现在不用追吗?"

"不追!"谢文轩脸色铁青,嘴里说着脏话,"他自己都不追,我们追个屁!"

季远还是不明白:"什么意思?半个月前谢总还要我签合同保密沈安途的身份和行踪,如果一开始就要放他走,那干吗这么大费周章?"

季远还想问如果沈安途走了,那他和谢铎的合同还算不算数。但面对着谢文轩这个脸色,他实在没有胆量。

谢文轩一早做好的发型已经乱得不成样子,他刚才连电梯都等不及,直接从紧急出口的楼梯奔到楼下来找季远,见面第一句话便厉声质问季远为什么不看好沈安途。季远不背这个黑锅,当即反问他:"那你呢?既然都知道他那么重要,你又在干什么?我好歹还在这儿等他,你还不是一开始就跑得没影了?"

谢文轩头一次没有反驳季远的话。

"你应该看出来他记忆恢复了对吧?"谢文轩低着头,看不清表情。

季远张嘴开开合合,半个字也说不出。

"算了,不重要了。"谢文轩苦笑着摇头。

他们在酒店会场外的走廊上站着,程最的粉丝走后这里便空了,安静冷清,像是谢幕后的剧场,人走茶凉。

季远感到一丝自责,如果他听谢文轩的话看好沈安途,也许事情就不会变成这个样子。

"真不追了吗?我去找找吧。"季远说。

谢文轩颓然地靠在墙上,全然不顾墙上的白灰蹭到价格不菲的西装外套上:"你真以为沈安途跑得掉吗?如果我哥不肯放他走的话。"

季远一愣,之前忽略的细节突然清晰起来。

"为什么要让他出门?为什么要带他来人这么多的地方?我为什么不跟在他身边……"谢文轩伸手覆在脸上,"你也看到锦盛的情况了,那么大个集团,以前都敢公然和瑞乾叫板。你再看看现在,沈明飞出事,沈奇的工程出问题,沈超一门心思要盖游乐园,名誉一落千丈。老客户留不住,新客户不愿来,听不见上头的风声,资金链又出问题……"

季远经历过家里的破产,很清楚一个大厦盖起来难,塌起来可是容易得很。要不是谢铎把沈安途困在身边,锦盛本可以在沈安途手里发展得很好。

"锦盛是沈凛好不容易抢下来的江山,要是因为我哥的缘故毁了,别说沈凛怎么想,我哥自己首先就不能原谅自己。"

谢文轩的声音轻得像是在自言自语。

"但是沈凛呢?我哥把他从事故里救出来,一心照顾他让他好好养身体,他知道感恩吗?会不会回去之后第一时间就报复我哥?"

季远想起某些遥远的过往，说不出话来。

"沈凛怎么就这么狠心，说走就走了，出门转头就把手机卖了，他真的算得明明白白……"谢文轩说不下去了。

"算了，人都走了，现在说说这些也没用，回去吧。"谢文轩弓着腰朝前走去。

季远默默跟上。

他们坐电梯前往地下车库时遇见了程最的粉丝。他们拿着应援物，有说有笑，每个人都无比快活，仿佛同谢文轩和季远来自两个世界。

因为酒店来了太多粉丝，靠外面的车位全部停满了，谢文轩的车只能停在最里面的角落。

两个人一前一后踱步走着，谁都不想说话。然而就在这时——

"你们俩也太慢了吧？"

车库角落里一辆奔驰大G旁，站着一个戴口罩和墨镜的高挑男人，一身低调黑风衣，长手长脚，车模似的。

"我都在这儿等半天了，你们俩去哪儿了？我去楼上餐厅没找着人，又回去会场也没看到人，你们……"沈安途话还没说完，谢文轩就冲了上来，沈安途的后背猛地撞上车门。

"怎么了？一副小蝌蚪找着了妈妈的样子。"沈安途拍了拍谢文轩的后肩，戏谑道。

季远长舒一口气，正要跟沈安途解释，就听谢文轩的怒吼声回荡在整个地下停车场。

"沈安途你是傻的吗？！找不到人不会在原地等着？你知不知道我们有多担心？你手机丢哪儿去了？"

沈安途愣怔地看着谢文轩，个头将近一米九的大男孩急得眼眶都红了，下一秒就要哭出来似的，一连串的质问半点不停地砸了沈安途满脸。

"手机……好像被偷了，离开会场之前还在口袋里，出了门就没了……"沈安途讪讪地说。

面对这样委屈巴巴的谢文轩，他难得有些心虚。

谢文轩松开沈安途，转身摸了一把脸，又吸了几下鼻子，这才笑出来："没事，人在就好。"

沈安途失笑："什么叫'人在就好'？我还能失踪不成？"

谢铎瞪了他一眼，这短短半个小时情绪跌宕起伏，一肚子气只能自己消化。

他缓过了最初的激动，再看向沈安途时，刚才他问季远的那些问题便不受控制地在脑海里翻涌。

"你应该看出他恢复记忆了对吧？"

"你也看到锦盛的情况了……"

"他知道感恩吗？"

沈安途为什么不走呢？明明谢铎都给他机会了，他为什么不走？难道他其实还没有恢复记忆？

谢文轩不愿再细想，他一边用眼神控诉沈安途，一边掏出手机给谢铎打电话，嘴上半真半假地威胁："沈哥你等着，我这就打电话给我哥告状，你今年都别想再出门了！"

沈安途掰着手指算了一下，加上今天，离元旦还有十一天。

谢铎过了很久才接电话，谢文轩只说了一句"人找到了"，之后应了几声就挂断电话。

从沈安途"失踪"到他再次出现，只不过过去了不到一个小时，但谢文轩和季远心累得仿佛三宿没睡，他们把沈安途送回别墅后便离开了。

沈安途到家的时候谢铎已经在了，正坐在客厅的沙发上等他，西装都没换，应该也是刚回来不久。

"我回来了，抱歉有点晚，等我很久了吗？"沈安途脱掉风衣扔在沙发背上，习惯性地往厨房走。

"嗯？赵阿姨没做饭吗？"

锅里空空如也，灶台一点热气也没有。

"早知道我就从外面带点回来了，陶然居的饭菜味道真的不错……"

沈安途在厨房走了个来回，又去厕所洗了手回来，全程只有他一个人在说话。谢铎一言不发，只一双眼睛紧紧追随着他。沈安途感觉自己成了被猎人看中的一只鸟，他知道自己已经被枪口锁定了，却不知道那颗子弹什么时候会朝他射出。

沈安途终于装不下去了，叹了口气，走到谢铎身边坐下："我错了，我不该乱跑让你担心。但我发誓和他们走散后就一直在车边等着，也没被其他什么人发现。"

谢铎还是不说话，就这么用一双黑沉沉的眸子盯着他。沈安途没办法，只能使出撒手锏——耍赖。

他用胳膊肘戳谢铎的手臂："别生气了，别生气。"

但谢铎丝毫不为所动。

沈安途越挫越勇，又开始献殷勤，帮谢铎脱下西装外套，又是捏肩又是捶腿的。

不知道过了多久，谢铎终于动了。他一把握住沈安途的手腕，力气大到沈安途出声叫疼。

谢铎哑着声音问他："还走吗？"

沈安途奄奄一息："不走，你抓得我好疼……嘶——你看都抓红了！"

谢铎手上的力度不减："正好给你留个标记，如果以后你走了，我可以凭这个把你找回来。"

"说了不走，我现在身无分文能去哪儿啊？"

"太敷衍了，重来一次。"

沈安途本来还想笑话他，可是当他被谢铎认真的目光包裹住时，他还是敛起笑脸，郑重地道："好，我不走。"

Part 3. 别忘了

年尾的时候谢铎特别忙，没过两天就直接飞去了 A 国出差，沈安途卡着时差跟他视频聊天。

"你在做什么？"谢铎在酒店房间里洗了澡出来，正和沈安途聊着天,却发现对方心不在焉,问他什么都要慢个两秒才回答。

"等一下,马上就好。"沈安途埋头不知道在做什么,谢铎趁这个空当拿着手机去了浴室吹头发。他把手机放在洗手台上,这样就能一直看着沈安途。

"好了!"沈安途的声音里透着一股轻快,他举起画本,把自己刚刚完成的大作放进镜头里,"锵锵!怎么样?画得像不像你?"

谢铎把脸凑近屏幕。

"还行,"谢铎挑剔地说,"就是肩画窄了。"

沈安途听了模特的意见去改画,改完后就开始用平板看新闻。

自从沈明飞事件后,沈安途就经常看经济类新闻。他没有避着谢铎,还会跟谢铎分享自己都看到了什么,甚至毫不避讳地在谢铎面前谈锦盛。

"你看这条,锦盛破产的最大受益者——瑞乾!我发现锦盛总是被拿来跟你家公司比较,你们是死对头吗?"

"业务有重叠罢了,普通竞争对手。"谢铎回答得四平八稳。

"嗯……"沈安途继续翻看新闻,"啊!我看到有一条新闻底下评论都是骂你的。"

沈安途把这条新闻转发给了谢铎,谢铎点开一看,原来是沈超最近接受的一次访谈,说的是他在之前的土地竞标失败后的一些想法。

"我们锦盛一直致力于听从人们的心声,尽最大可能满足大家的需求,在Z市建立游乐园一直是市民们呼声最高的建议。可惜我们的方向是好的,但在手段方面还有很大的不足……"

谢铎很快看完了全文,大意是说锦盛没拿到那块地建不了游乐园不是他们的方案有问题,而是因为他们"手段"不行,暗示这里面有暗箱操作,非要把市民心心念念的游乐园替换成生态度假村。

前两天这篇访谈刚出来的时候谢铎就看过了,底下水军评论清一色都是说瑞乾为了赚钱吃相难看。

沈安途手速飞快地打字:"谢总不要难过,我帮你骂回去了。"

谢铎看着沈安途的后台数据,发现他不仅在这条新闻下面大骂沈超傻子，还去锦盛的官博下面问人家怎么还不倒闭。

谢铎失笑，对沈安途说："你去搜××频道的经济新闻。"

谢铎很少用舆论为瑞乾造势，不是不会，而是觉得没必要。但如果有些人因此觉得可以在瑞乾头上踩一脚，谢铎也不介意让对方开开眼。

沈安途依言去搜××频道，看到了一条视频新闻，封面就是谢铎端正坐着接受采访的画面，转发已经过万。

还没点开视频，沈安途就知道谢铎赢了，谢铎那张脸在镜头前完全不输明星。

谢铎言简意赅地解释了建立游乐园的不可行的原因，还在最后告诫网友"专业的事情就交给专业的人去做，管好自己"。

在这条视频下，网友们的评论就客观了很多，还清一色地刷起了"管好自己"的评论，沈安途看得乐不可支。

已经很晚了，沈安途一直注意着时间："你要睡觉了谢总。"

"嗯。"谢铎应了一声，"我会在元旦前回来，到时候能有三天假期，想不想去哪里玩？"谢铎知道他这几天一直自觉地待在家里哪儿都没去，很是无聊。

沈安途听到这话并没有什么反应，只是翻了个身趴在床上，把遮眼睛的刘海别到耳后。他的头发已经长得能扎出一个小揪，摆弄着谢铎给他买的新手机："哪儿也不想去，就想待在家里。"

关于那天下午沈安途疑似"失踪"，两个人产生了某种奇异的默契，都对这件事绝口不提。甚至谢铎已经解除了家里大门的禁制，沈安途只要有密码就可以随意进出，可他还是一步都没有离开过。

沈安途在自顾自地说一些假期安排，说要看跨年晚会，要买一些零食，要让谢铎给他当一次模特，想让谢铎当他的二胡听众，最后突然又想到什么，说："要不我们把谢文轩和季远叫来一起跨年吧，人多肯定热闹，我们四个人可以一起打牌！"

谢铎嘲笑他："打什么，小猫钓鱼？"

沈安途气结："斗地主！我现在可厉害了，十主九赢！"

"十主九赢什么意思？"

"十次叫地主有九次能赢！"

季远是在晚上睡觉前收到沈安途的消息的。
S："31号晚上来我家跨年吧，别忘了。"
季远握着手机，一夜未眠。

Part 4. 跨年

谢铎的飞机正好在31号下午落地，沈安途听说陈煦和他在一起后，也邀请陈煦一起来家里吃晚饭。周明辉知道了这个消息后，也厚着脸皮来了别墅。沈安途本来不打算让他进门的，但没想到周明辉一见面就先毕恭毕敬地叫了他一声"沈先生"，哄得沈安途高抬贵手给他留了条门缝。

季远是最后一个到的，他一进门就被屋子里的热闹给镇住了。

大客厅的落地窗户前多了一张牌桌，谢铎、沈安途、谢文轩和陈煦四人正坐在一起打牌。周明辉站在陈煦身后当狗头军师，几次嚷嚷着把陈煦出的牌抢回来，再丢出去几张自己要出的。陈煦阴着脸说不然让他打，周明辉立刻又好言好语地道歉。

谢文轩是这局的地主，他边出牌边跟所有人诉苦，说自己想邀请程最一起跨年但被婉拒了。恰巧客厅的电视正放到程最的广告，他喝了假酒似的上头，在谢铎只出了个J的情况下，直接扔出四个6。

沈安途被谢文轩的阵势吓住，悄悄探头过去想看他的牌。但谢文轩很警觉，把牌捂得很严实，沈安途只能去看另一边谢铎的牌。谢铎大大方方让他看，还问他要什么牌，等会儿全放给他。谢文轩大叫不公平，他情场失意必须要在牌场上找回雄风。

"季远，你来。"沈安途冲季远招手，主动把位子让出来，"我去厨房帮赵阿姨打下手，等一下就能吃饭了。"

"好……"季远走到牌桌边坐下。

沈安途要去帮厨，谢铎这个主人自然不能只顾着打牌，于是也站起身来，把位子让给了周明辉。

"到你了季远，出牌，出牌。"谢文轩见季远发呆，催着他出牌。

"哦……"季远拿起沈安途的牌看了一眼，随手丢出一个8，正好让谢文轩过了一张单牌。

厨房里，赵阿姨忙得热火朝天："八道菜不知道够不够呀，也不知道合不合大家的口味。"

沈安途在一旁帮忙摆盘，听到这话笑起来："够的够的，加上凉菜有十道菜啦。"

谢铎靠着门框插了一句："他们要是不爱吃就让他们饿着，我和沈先生爱吃就行了。"

赵阿姨也跟着笑起来："别人我不敢说，但我保证这几道菜沈先生绝对喜欢。"

饭菜做得差不多时，沈安途就让赵阿姨回去了。他和谢铎一起把饭菜端上桌，再喊牌桌上的众人一起来吃饭。

这栋别墅从来没有这么热闹过。

谢铎是不喜欢热闹的，过去他在谢家老宅里，每次逢年过节都能见到许多旁系亲戚。他们嘴上说着恭维的话，眼里却流露出嫉妒与不甘。谢铎被困在带着细小密刺的闲言碎语里，半点不能动弹。

但此刻无论是谢文轩的大吵大叫，还是周明辉的尖嘴薄舌，都仿佛是拍在沙滩上的海浪。它们打湿了脚踝，却不让人觉得讨厌，反倒令人期待下一波更大的浪潮。

晚餐正式开始，六个人围坐在一张桌子旁，有说有笑，气氛热烈。

周明辉特意带来了自己收藏的红酒，这次大家没什么顾忌，都喝了不少。谢文轩又开始诉说自己的情史，周明辉就喜欢跟陈煦过不去，哄着他灌了不少酒。没人敢给沈安途和谢铎劝酒，他们两个人就靠在一起说这两天的球赛。

只有季远异常沉默。

谢文轩已经醉得不轻，他拍着季远的肩膀，自认为很懂他的忧愁："哥们儿，没事，人生嘛，总有那么几天不痛快。我陪你，别那么不开心，喝！一醉解千愁！"

季远扫了一眼沈安途，又扫了一眼谢铎，低头抿了一口酒。

这顿饭一直持续到九点多，众人将战场转移到客厅，一边嗑瓜子一边打扑克，还规定输了的人得继续喝酒。

今晚程最在菠萝台有跨年演唱会，谢文轩一边要看牌，一边要守着节目，眼睛都快忙不过来了。陈煦已经醉得不轻，具体表现为打牌时和谢文轩一起抢地主。周明辉虽然手里握着牌，但眼睛盯着陈煦，嘴角还挂着恶意的笑容，不知道在心里盘算什么。季远是唯一一个认真打牌的，所以几局下来他喝得最少。

沈安途和谢铎负责把碗筷收进厨房，谢铎今晚也喝了不少，几次都差点摔了盘子，沈安途只好把他赶出厨房。

客厅的牌桌满了，谢铎也不想一个人干坐着看，于是他双手插兜慢慢悠悠地去了二楼书房，打算清理一下今天的邮件。

沈安途整理好厨房后，端了一个果盘放在客厅的茶几上："你们敞开了吃，不够的话厨房还有。我先去楼上洗个澡，你们先玩。"

转眼牌桌上又是几局结束，谢文轩和陈煦已经醉得不省人事，谢文轩熬到程最出场唱歌，刚唱完他倒头就在沙发上昏迷不醒，陈煦还能勉强睁着眼，但脑子里已经糊成一团。

这牌是打不下去了，季远茫然地盯着桌上的牌堆发了一会儿呆，突然小声说："我去把他们喊下来。"说完他便离了桌。

电视机声和谢文轩的呼噜声太大，周明辉又忙着照顾陈煦，没怎么注意季远，过了几秒才反应过来季远说了什么。

陈煦此时挣扎着站起来非说要回家，周明辉想让季远帮忙跟谢铎和沈安途说一声，却见他已经上了楼。周明辉只能扶着陈煦在沙发上躺好，然后自己才上楼。

周明辉大步迈上二楼的台阶，余光一扫，正瞧见季远进了书房，还关上了门。

说两句话罢了，为什么要关门？周明辉也走到书房门口，正要敲门进去，里面的说话声却让他突然停了下来。

沈安途正在卧室里吹头发，房门并没有关紧，昏暗的床头灯从门缝里溢出些光亮来，周明辉敲了好几次门他才听见。

"怎么了？"

沈安途并没有完全把门打开，只从门缝里露出小半张脸。他背着光，整个人仿佛由黑暗凝成。

"陈煦喝醉了，我带他先走。"周明辉顿了一下，"季远进了谢铎的书房，我觉得你最好去看一下。"

第八章
阴霾

Part 1. 我想跟你谈谈沈凛的事

谢铎坐在书桌后，书房里的日光灯很亮，但酒精让他的思维变得比平常迟缓，他眯着眼睛看了两秒才认出进来的人是季远。

"有事吗？"他问，声音里散发着酒后微醺的慵懒。

季远关上房门，缓慢地走向谢铎，动作里呈现出一种奇怪的紧绷感。

"谢先生，我想跟你谈谈沈凛的事。"

"沈凛"一词仿佛是某种信号，让谢铎在一瞬间神志清明，他加重了语调："沈安途怎么了？"

季远站在离谢铎一米开外的地方，低头看着自己的脚尖，肢体僵硬得像个被拷问的犯人："你知道我过去就认识沈……沈安途，我对他多少还算了解。这几天我观察了一下，他……很可能已经恢复记忆了。"

"证据呢？"

谢铎的动作和语气没有任何改变，季远却突然觉得如芒刺在背，他握紧拳头。

"有……有两件事。第一件事是我刚到别墅和他打牌的时候，我、他，还有小谢总一起打牌，我们玩真心话试探他，问他留学的时候有没有女朋友，他说没有，但他那时候明明就轮番换女友。如果不记得之前发生了什么他可以说不记得，他却坚持说没有，这不可疑吗？

"第二就是他在程最粉丝见面会上失踪那件事，我怀疑这是他早就安排好的，他肯定趁着这段时间去跟锦盛的人见了面。"

"他没有。"谢铎打断他。

当天晚上谢铎就要来了酒店的监控视频，他亲眼看着沈安途去了自助餐厅，没能找到人群里的谢文轩后，转身坐电梯返回了一楼的会场，正好与冲向酒店正门的季远错过了。

谢铎目光不善地审视着季远："你到底想说什么？"

季远缓缓抬头，脸色苍白，眼睛里全是血丝。

"我觉得谢先生不应该把沈安途留在身边，他根本不是什么好人。

你也许不知道,他在国外就是靠那张脸骗着千金小姐们为他花了不少钱……后来他跟了虞可妍,为了帮助那个女人拿到继承权,还干了很多龌龊事,他……"

"所以呢?"谢铎换了个坐姿,不耐烦地用食指点着桌面,"季远,我希望你不要误会,我花钱清了你的债务是来让你监视他的,而不是在背后故意中伤他。"

"我没有中伤他,我说的都是事实!因为谢先生帮我解决了债务,我很感激,所以才想把实情都告诉你。"季远的语速越来越快,他不由得靠近谢铎,伸手撑在桌角,"你不要被他的外表骗了,他手段阴狠,心比手更脏!"

仿佛是暴风雨前的宁静,谢铎的眼底一片漆黑,有什么可怕的东西正张牙舞爪地爬出来。

季远屏息等待着他的回应,在这一瞬间,他感觉一滴冷汗从脖颈滑过,落进领口,房间里的暖气也烘不热的湿冷感浸透骨缝。

他的眼睛一眨不眨地盯着谢铎,余光却瞥见他手背上紧绷的青筋和碾着地毯的鞋尖……

"你们聊完了吗?"

书房的门突然被推开,沈安途穿着浴袍靠在门框上,不知道已经听了多久。

谢铎猛然站起身,撞倒季远大步朝他走去。但沈安途在他走近之前就转头离开了。

"谢先生!"季远双手撑在地毯上冲着谢铎的背影大喊,"你不要忘了他沈凛是什么样的人!"

谢铎停下脚步,回头扫了他一眼,突然勾起嘴角,压低的眉梢满是讥讽。

"你真觉得我看不出他是什么样的人?"

谢铎走了,季远如脱力般坐到地上,后背的皮肤贴上汗湿的衬衫,冰得他打了个寒战。

谢铎回到三楼,在一片黑暗中,阳台上一点红色的火星在半空中浮动。谢铎开了卧室的灯,看见了半敞的床头柜,里面他的烟和打火机不见了。

沈安途在阳台上。

他只穿了单薄的浴袍,头发还没有完全吹干,冬夜的寒风刺骨,他却像感觉不到似的。

沈安途就这么托着手肘,在听见脚步声时霍然回头。

他把过长的刘海全部掀到头顶,露出饱满的额头和凌厉的眉峰。沈安途半阖着眼皮注视谢铎,这一刻他仿佛一把出鞘的利刃,身上再没有半点属于沈安途的温顺乖巧。

他是沈凛。

谢铎的心跳仿佛在这一刻静止。

"我从他说'很感激你'那句话开始听的,"沈安途转身对着谢铎,一阵寒风刮来,他冷得晃了晃,整个人更单薄了似的,连头发也凌乱地散落在脸上,"你觉得我的心比手更脏?"

"怎么可能。"

谢铎上前两步,把他拉进房间关上落地窗,又找来宽大的浴巾把他整个裹住。

沈安途直直地站着,任由谢铎摆弄。长时间在寒风里受冻,让他即便进入了温暖的室内,也没法忍住不发抖。

"你当时为什么要帮他还债?"沈安途问,他的鼻音很重。

谢铎找来吹风机,示意他吹一下半干的头发:"我以为你们是朋友,我帮他你会高兴。"

"我不高兴,一点也不高兴。"

沈安途的语气又冷又硬,浑身上下写满了抗拒。

谢铎的动作停下:"我已经叫了人过来,他马上就会离开。"

沈安途没有说话,只是从谢铎手里抢过吹风机,背过身去。

谢铎缓缓收回手:"沈……"

"今晚我睡客房,"沈安途打断他,"谢文轩喝太多了,我照顾他一下。"

谢铎沉默片刻:"我去客房吧。"

Part 2. 帮我个忙吧,季远

季远接下来度过了恍惚的一小时。

他在谢铎的书房里坐了二十多分钟,然后被带出大门,上了一辆车。车里都是陌生的面孔,其中一个人拿走了他的手机,把他曾经用过的旧手机和所有电子设备全部还给了他,同时奉上一份新的协议。

季远根本没有心思读清楚每一个字,只听那个人说他可以回到正常的生活了,只需要对这段时间发生的一切事情保密,帮他还清债务算是对他这段时间的报酬。只要他在这份合同上签字,就和谢铎、沈安途再没有任何关系。

季远毫不犹豫地翻到协议的最后一页,签字画押。

再然后,他就被半路扔下了车。

零点的钟声刚过,新年如期而至,路上到处都是脸上洋溢着笑容的人,只有他像是一袋被处理掉的垃圾。

季远在路边茫然地站了几分钟,直到一辆出租车驶过,他才回过神招手将车拦下。

跨年夜有点堵,大概过了四十多分钟季远才回到家。

回到了熟悉的安全区,季远终于能大口喘气了。他直接在玄关坐了大半天,然后冲到卧室里,从枕头下摸出一张皱巴巴的餐巾纸和一部不到一百块的老人机。

季远拿出旧手机,抽掉SIM卡后塞进了衣柜里,再颤抖着手将另一张卡装进老人机,照着餐巾纸上用酱汁写出的号码一个数字一个数字地输入,最后按下拨打键。

电话成功打通的"嘟"声在耳边响起,季远静静地等待对方接听,脑袋里却控制不住地回忆起谢文轩邀请他们去程最粉丝见面会的那天中午。

在陶然居的包间里,沈安途碰倒了奶茶,弄脏了手机和谢文轩的裤子,谢文轩只好去厕所清理,同时带走了沈安途的手机,于是包间里只剩下沈安途和季远。

"怪无聊的,季远,你的手机呢?拿出来放两首歌呗。"沈安途说。

"想听什么?"季远掏出了手机,这部新手机是谢铎给的,他的旧手机被谢铎以保密协议暂时收走。季远虽然不情愿,但毕竟要靠他还债,至于这部新手机里有什么,大概也能猜到一点。

沈安途回:"来点重金属摇滚的吧,越上头越好。"

季远不疑有他,放了一首经典的夜店摇滚DJ:"这首可以吗?"

"可以。"沈安途说完就拿走了他的手机,调高音量,扔在了包间的角落里。

"你干什么?"季远奇怪地看着他的举动。

"吃饭啊。"沈安途走回餐桌,没有回自己的座位,而是拉开了季远旁边的椅子坐下去,接着趁季远发愣的空当,掀开他外套的一角,熟门熟路地在内侧的口袋里找到了烟和打火机。

"都这么多年了,你还是喜欢把烟放在这个位置。"沈安途贴着季远的耳朵小声说道。

季远仿佛被人从头到尾浇了一盆冷水。

他目不转睛地盯着沈安途。

"你……你都想起来了?!"

"我的时间不多,季远,不要把时间浪费在这种问题上。"沈安途的桃花眼弯出狡猾的弧度,在狂躁的摇滚乐中,他终于露出了"沈凛"的本性。

他在季远耳边呢喃:"帮我个忙吧季远,我想联系锦盛。"

几乎是同时，谢铎的脸和保密协议的天价数字从眼前飘过，季远立刻摇头："不行！"

"为什么不行？你难道不想过回正常的生活吗？"沈安途一只手绕过季远的椅背，和他肩贴着肩，像一头把猎物圈在自己狩猎范围里的狼。

季远语塞，眼睁睁看着沈安途脸上的笑容消失。

"怎么，瞧不起我？"

沈安途的话像是火舌一样烫伤了季远，季远顿时从椅子上站起来："我没有！"

"嘘——"沈安途用食指抵住嘴唇，拉着季远重新坐下，脸上又挂起了沈凛的招牌笑容，"我知道你想跟着谢铎，瑞乾的继承人嘛，能得到他的青睐基本也就意味着下半辈子不用愁了。"

季远满脸惶恐，手心开始出汗。他几年前就见识过沈凛的手段，他可以跟失忆的沈安途呛声，但是绝不敢跟沈凛对着干。

"我的确想跟着他混，但是我发誓我绝对没有瞧不起你的意思！"

"那我现在给你离开的机会你为什么不要？谢铎能帮你还债我也能。"沈安途靠回椅背，把那支一口没吸的烟架在了季远的餐盘上，"你或许不知道，我琢磨了好几天怎么把你脸上这两颗水晶珠子给抠出来，想听听细节吗？"

季远说不出话，沈安途当然也并不想听他的回答，将筷子狠狠地插进烤鸭里。

"我讨厌你，季远，九年前就讨厌你，现在不幸更讨厌了一点。"

季远不知道从哪里生出一股勇气："你既然这么讨厌我，当时在杜兰会所为什么要叫住我？"

"哦，当然是因为需要你了。"沈安途回答得坦坦荡荡，毫不掩饰自己的阴险，"就是你想的那样，我需要一个人帮我瞒住谢铎联系锦盛，这个人必须跟过去的我没什么瓜葛，恰好你就出现了。"

季远咬牙骂了一句脏话："沈凛你……随便就能把一个人捏在手里的感觉是不是特别有意思？"

沈安途眯起眸子："有没有意思你不是最清楚？季远，别忘了你曾经对我做过什么，是你欠我的。"

季远的表情有一瞬间空白，接着那些压在记忆深处的画面带着一股霉菌味浮上心头。

"周姐，帮我教训一个人，就是酒吧里那个最傲气的服务生，价格随你开！"

"哦？出手这么大方，你想让我怎么教训他？"

"留条命就行……"

沈安途拔出筷子，同时也将季远从回忆里拔出。他用蘸了酱汁的筷尖在餐巾纸上写下一串号码："我要你联系这个人，告诉他我最近会去御水温泉，让他想办法给我送部手机。"

季远哑然："你知道……"

只听三个字沈安途就知道季远要说什么，接话道："是的，我知道谢铎在手机里装了监听和定位，否则你以为我现在为什么要让耳朵忍受这种噪音？"

季远无措地摇头："不行，我的手机也有问题，我没法……"

"谢文轩的西装肯定废了，等会儿你去给他买套新的。路上你会经过一家超市，你进去买包烟，柜台附近会有卖老人机的。"

沈安途竟然早就计划好了一切，季远还在犹豫："那……那手机卡呢？我之前的手机被谢铎收走了，如果我去办新卡肯定会被发现，而且万一被发现了……"

"不要慌，季远。"沈安途压低了声音，仿佛诱人犯罪的恶魔，"你照我说的去做，谢铎一定会放你走。如果失败了，一切后果由我和锦盛承担。"

"喂？哪位？"

季远猛然回神："您好，是西蒙先生吗？"

…………

季远挂断电话，把老人机在手中握紧，对着无人的空气说道："沈安途，老子现在不欠你的了。"

谢文轩喝醉了酒品很好，倒头就能一觉睡到自然醒，并不需要人照顾。谢铎睡在他隔壁的客房，早上七点不到，生物钟便让他清醒过来。他盯着天花板上陌生的吊灯愣了许久，才意识到自己在客房。

谢铎在床上坐了片刻，随后起身出门，朝三楼的主卧走去。这个时候沈安途应该还在睡。

卧室的门没锁，很轻易便推开了，谢铎放轻脚步走到床边——

床上没人，被褥大敞，一片冰冷。

谢铎冲进厕所，没人；衣帽间，没人。他回到二楼，推开谢文轩的房门，发现竟然连谢文轩都不见了。

"砰"！

客房的门狠狠撞上门框又弹回的动静响彻整个别墅。

谢铎从来没有这么愤怒过，他在走廊上来回晃了两圈，才想起还有监控。

两分钟后，谢铎盯着监控画面，看见沈安途在凌晨三点强行叫醒了谢文轩，两个人一起出了门。

Part 3. 有人喜欢沈凛吗？

这是谢铎的书房，开阔明亮，采光很好。靠墙是一排书架，经济类、法律类、文学类各种书都有一点，书架前就是书桌和座椅。

这张桌子无疑非常宽敞，上面摆着电脑、台灯、笔纸和各种文件，都是谢铎习惯用的。沈安途偶尔会在这张桌子上看书，他喜欢把自己的书横七竖八地压在谢铎整整齐齐的文件上，看着就很有安全感。

但现在这些书不见了。不，不仅是书不见了，这间书房里任何关于沈安途的东西都消失了,仿佛沈安途从来没有存在过。

沈安途抬头,发现谢铎正面对着他坐在书桌后。他眯着眼睛俯视沈安途,脸上的神色是他从没见过的冷漠。那样端正英俊的面孔,一旦皱起眉头就仿佛厌恶至极。

一转眼,书房不再是书房,谢铎也不再是谢铎,他的脸变成了各种男男女女的脸,他们对着沈安途或哭或笑,所有人都在重复着同一句话——

"沈凛,你真可怜。"

一个巨大的黑洞旋搅着无数黑色线条出现在沈安途身后,他无法控制地跌落,失重感袭来。

沈安途猛地从床上坐起来,他大口喘气,汗珠划过眉毛流进眼睛里,一阵涩痛。

半晌,沈安途终于活了过来,意识到刚才所有的一切都是梦后,他整个人都松快起来。

他下意识地看向手机,这才发现自己把手机关机了,也不知道现在是什么时候。

谢铎醒了吗?看见他不见了以后会生气吗?会来找他吗?

凌晨三点,他摸黑去客房强行叫醒了谢文轩。谢文轩的酒还没醒透,头晕目眩站都站不稳。他刚要跟沈安途抱怨这个时候叫醒他,沈安途就捂住了他的嘴。

"我们现在出门。"黑暗里,沈安途小声地在谢文轩耳边说。

"去哪儿?"谢文轩很不耐烦。

沈安途:"去哪儿都行,我想离开几天。"

谢文轩清醒了,他拉开沈安途的手,问:"为什么?沈哥你跟我哥怎么了?"

"季远今天晚上单独见了谢铎……我们到车上再说。"

沈安途坐在谢文轩轿车的驾驶座上，谢文轩已经顾不上思考沈安途为什么能开车了，他的脑袋已经被酒精糟蹋得乱七八糟，现在又被季远的事堵塞了神经系统。他不停地重复一句话："为什么啊？不可能吧！"

沈安途从来对自己的口才有十二分的自信，他没必要把事情讲清楚，他只需要说自己听到的部分就足够谢文轩浮想联翩——季远趁着沈安途不在，深夜去谢铎的书房败坏他的名声。

"就算季远真是这样的人，我哥也不会啊。我哥多好、多有心眼的一个人，他肯定不会当真，沈哥你要相信我哥！"

"那他当初为什么帮季远还钱？那么大一笔债务，难道不奇怪吗？我只是在会所里认出了一个熟人而已，谢铎为什么要这么帮他？"

谢文轩无言以对，他总不能说就是因为你认出了季远，我哥怀疑你们俩是一伙的，所以才要把他看起来，就像看着你似的。

谢铎撒的谎太多了，它们交织缠绕在一起，堵上了真相的嘴。

而坐在他身边的这位，谢文轩用余光扫了一眼开车的沈安途，像是恢复记忆了又干着失忆才会干的事。

"你放心，我只是想暂时出去散散心，否则也不会把你带上了。但是你不许联系谢铎！"沈安途看他握着手机蠢蠢欲动。

谢文轩叹气："我们这是要去哪儿？"

"你之前不是说西郊有一家高档温泉度假区？是叫御水吧？我们去那儿待两天。"沈安途扫了一眼手机导航，"你看我这个地址没问题吧？"

清晨五点，他们到达御水温泉，开了一个豪华套房。沈安途选择去二楼补觉，谢文轩则留在了一楼。

沈安途坐在床边，缺少睡眠让他头痛欲裂，但作怪的不只是身体。

沈安途想到季远就来气，虽然他的确暗示季远可以抹黑他，但那小子的用词绝对别有用心，他是真心想让谢铎厌恶他！要不是看在季远遵守承诺的分上……沈安途狠狠地磨牙。

谢铎，谢铎。

沈安途又想起那天在陶然居，季远问他的话。

"你有没有想过，如果谢铎知道你这样骗他，他会怎么想？"

沈安途在季远面前表现得有多自信，现在就有多怯懦。

他是一个贪心的人，他既想要锦盛，又不想失去谢铎这个朋友。但是谢铎呢？

沈安途从不敢深思谢铎为什么要把他从飞机的事故现场带走，他总是避免去回忆他们第一次在医院里见面的场景。即便沈安途很清楚谢铎只是因为锦盛总是抢瑞乾的生意，所以想教训教训他而已。

现在想想真是可笑至极，他竟然问谢铎"我们是不是绝交了"？

谢铎怎么回答的？

哦，对，他说没有。

他们当然没有绝交，他们压根儿就不是朋友。

所以谢铎为什么要把沈安途留下呢？

是因为"沈安途"吧。

谁不喜欢"沈安途"呢？他就是为了迷惑人而存在的。他温顺、乖巧、听话、懂事，一旦发现谢铎有一丝一毫的不开心，他就会立刻察觉并马上改变。他是一个完美的知己，谢铎并不是第一个被沈安途的伪装所迷惑的人。

可是沈凛呢？他心思阴狠，作恶多端，玩弄人心，不择手段，为了钱什么事都做得出。

有人喜欢沈凛吗？

"咚咚咚"。

门外传来很轻的敲门声，接着是谢文轩试探的声音："沈哥？你醒了吗？"

沈安途随便扯了两下身上乱七八糟的浴袍，站起身走到门口打开了房门。

"干什么……"

要说的话卡在喉咙里，沈安途瞪大眼睛，看着站在谢文轩身边的人——谢铎。

他突然从门缝里挤进来，关上门，落锁，动作快得不给沈安途任何反应的机会。

Part 4. 你应该学会信任我

房间里拉着窗帘，暗得仿佛深夜。

沈安途的状态很差，休息不好导致他双眼充满血丝，半长的头发凌乱地堆在头顶还打着结，脸色苍白，嘴唇干裂起皮，浴袍的领口一边外翻一边又半披着，完全没有半点往日的精致整洁。

谢铎仔细地打量沈安途，原本一肚子怒火自己消了大半，想吼出的重话也变得有商有量："你跑什么？手机还关机，你忘了之前怎么答应我的？"

"我没有，"沈安途竭力稳住情绪，"我只是……想一个人静一静。"

谢铎面无表情地逼问："一个人静一静？那为什么要带上谢文轩？"

沈安途低头道："我有点难过，想出去散散心，又怕你找不到我会担心，所以……"

"沈安途，这样拐弯抹角的不累吗？"

沈安途："……"

谢铎伸手帮他理好衣领，说："想要我赶走季远就直说，如果生气就骂我，有问题我们一起解决，别一声不吭自己就跑了。我们是朋友，你应该学会信任我。"

我没有不信任你，我只是不信任我自己。

沈安途想开口说话，但是又预感开口的瞬间会打开泪腺开关，于是只能沉默。

"听见别人嚼两句舌根就只会跑，跟我解释两句就这么难吗？还是说你觉得比起相信你我更愿意相信他？你胆子不是很大吗沈安途，怎么这次就变成胆小鬼了？

"你知道我今早发现你不见了有多生气吗？你还敢让谢文轩不告诉我……沈安途，我是一个脾气很差的人，我的忍耐力比你想象中要低得多，下次不许再玩失踪了，听见没有？"

"嘴呢？说话！"

"知道了……"

谢文轩很怕这两个人吵起来，他在二楼的走廊里晃悠来晃悠去，等着被"传唤"。他苦苦思索，如果待会儿沈安途夺门而出的话，他要把人带去哪儿。

谢文轩等累了，就在二楼的阳台躺椅上靠着，看着楼下冒着热气的露天温泉池打发时间。

这家温泉度假酒店做得很高档，每个套房都辟出了单独的温泉池，完美地满足了顾客保护隐私和享受个人空间的要求。

要不是现在情况不合适，谢文轩真想跳进去好好泡一泡。

就在谢文轩等得快要睡着时，迷迷糊糊间听见了开门的动静。他立刻起身，看见谢铎神态自若地走出来。

谢文轩放下一半心，走过去关心沈安途的情况。

"没事，他睡着了。"谢铎拿着酒店的菜单，"快到中午了，我们打算让人送点吃的进来。你想吃什么，一起点了。"

谢文轩惊呆了，谢铎没有骂他多管闲事，也没有追究他和沈安途一起偷跑，还问他想吃什么。

谢铎面上虽然看不出什么，但谢文轩知道他这已经算是心情很好了，看样子两个人确实和好了。

谢文轩探头去看谢铎手里的菜单："我看看。他们家菜品还挺丰富，那我就点……"

二十多分钟后，门铃响了，一号服务员送上餐盘，"二号服务员"谢文轩转手接过，毕恭毕敬地送上二楼，敲门道："哥、沈哥，出来吃饭吗?"

没一会儿,谢铎开门出来,从谢文轩手里端走了一大托盘的饭菜。

"自己去隔壁开个房间,这里归我和你沈哥了,出去。"

"砰"的一声,卧室房门在谢文轩面前再次紧闭。

谢文轩保持着抬手挽留状,脸上流下两行清泪。他点的大碗牛肉面还放在托盘上没拿下来啊!

沈安途昨天一整夜都没睡,在卧室里草草吃了点东西后,又重新回到床上补觉。

谢铎收拾了餐盘离开卧室,回到一楼客厅,从沙发上的手提包里拿出自己的笔记本电脑,开机,检查邮箱,在各种未读邮件里找到了自己想要的那一封。

这封邮件里包含一个十几G的视频,谢铎下载了,并点了播放。

视频刚开始便是温泉酒店的正门,不到半分钟,沈安途和谢文轩的身影便清晰地出现在画面中。监控拍下了他们进门、订房间和进入套房的全过程。沈安途进入房间后就再也没有出来,但其间有服务员进出过。

监控画面只停留在套房门口的走廊上。在清晨五点半左右,一名服务员推着餐车进入房间,送去沈安途和谢文轩点的早餐。但是他在快六点的时候又去了一次,这次他只端着一杯牛奶进门,同时收走了两个人的餐具。

谢铎在邮件里找到了他们的点餐信息,在五点五十八分的时候,沈安途所在的房间用座机打给了前台,加点了一杯牛奶。自此,直到谢铎进门,都再没有任何人进出这间套房。

谢铎拖动着进度条,把服务员两次出现的画面来来回回看了五遍。随后他掏出手机,找到周明辉的号码拨了过去。

"喂?老谢。"

周明辉的声音不像往日那么有精神,但谢铎没空理会,他对周明辉说:"给我去查监控里的这个服务员,我要他这几天的全部动向。"

监控画面虽然不够清晰,但有几个镜头能看到那名男服务员的正脸。那是一张普通的大众脸,看上去老实本分,没有任何异常,但谢铎笃定这里面有问题。

在沈安途的定位停止在御水温泉的那一刻,谢铎立刻让人查找这里和锦盛的关系。虽然调查显示锦盛和这家温泉度假区并没有任何生意上的往来,但沈安途的未婚妻虞可妍是这里的尊享会员。

当然,这两天虞可妍并没有出现在这里,谢铎的人也查到她正在锦盛替沈安途坐镇公司,昨晚还去了饭局。

谢铎突然想起最近还是假期,又对周明辉说:"不用着急,元旦假期结束前告诉我结果就行。"

"不,最迟明天我就回你消息。"

Part 5. 他到底图什么

既然现在沈安途有谢铎照顾,那谢文轩就全然没了顾虑。他搬出来以后,在这家温泉度假村里欢快地过了两天,享受了所有的休闲服务项目,全记到了谢铎头上。

谢文轩再见到谢铎和沈安途是第三天的中午,元旦假期即将结束,谢铎和沈安途要回去了。中午为了"犒劳"谢文轩,他们邀请他在酒店的餐厅吃饭。

谢文轩在收到吃饭邀请的消息时正在做 SPA,等他到餐厅包间的时候,沈安途和谢铎已经在了。

他们不知道在聊什么,沈安途笑得特别开心。

"度假?旅游?去哪儿玩?什么时候去?"谢文轩只捕捉到几个字,兴奋地坐在两个人对面。

谢铎看见了谢文轩也当没看见:"有说要带你吗?"

谢文轩大为光火:"喂!你们不能这样对我!你们想想我为这个家付出了多少!是谁凌晨陪沈哥你出来散心?是谁及时和堂哥你联络?是

谁不吃不喝全身心缝补你们两兄弟感情的裂缝？是我！谢文轩！"

此时，沈安途终于纡尊降贵地用眼角扫了他一眼："好吧，约你一起也行，但是费用自己出。"

谢文轩抱头哼唧，他不明白这两个人请他吃这顿饭的意义。

"好了，不开玩笑了。"沈安途正经起来，"这次的事情真的要谢谢你，小轩，凌晨把你叫起来拉到这里，你的假期肯定没过好。"

假期过得很好的谢文轩有点不好意思，说："一家人嘛，应该的，应该的。话说你们怎么突然决定去旅游？"

"这是这两天我们一起泡温泉的灵感，我们的很多兴趣都一样，结伴旅行的话肯定特有意思。不过我们才刚决定，连个初步计划也没有，等确定了时间、地点再告诉你。"沈安途的语气非常轻快。

"那到时候可别忘了叫我。"谢文轩看着对面两个人，脸上笑开了花，内心却思绪万千。

结伴旅行。

谢铎和沈安途。

瑞乾的继承人和锦盛的掌门人。

Z市尽人皆知的死对头，今天你抢我的地盘，明天我截你的生意，不是在干架，就是在去干架的路上。

就是这样的两个人，他们竟然打算结伴旅行？

谢文轩将目光转向沈安途，这一个中午他脸上的笑容就没消失过。

他到底怎么想的？他想做什么？如果他真的恢复记忆了，为什么还要留在谢铎家？锦盛都成这样了，他一点都不关心吗？他到底图什么？

谢文轩一点也猜不透，此时他又不由得想起外界关于沈凛的传闻——心怀叵测、笑里藏刀……难道沈安途说的每句话都是在别有用心地演戏？

服务员陆续上菜，沈安途点的都是谢文轩爱吃的。但谢文轩忧思过度，没吃几口。

沈安途问他怎么吃这么少，于是谢文轩开始了自己的表演："还不是因为沈哥做饭太好吃了，都把我的胃养刁了，吃什么都觉得差了点味。"

谢文轩哄人手段一流，沈安途就算知道他说的是假的，还是被哄得很开心。

三个人吃完饭后各自回房收拾东西，等会儿司机会来接他们。

沈安途和谢铎没什么东西好收拾的，两个人甚至连衣服都是现买了让人送过来的。

难得来温泉酒店，沈安途想在临走前再泡一次温泉。

"那你自己去，我在客厅坐一会儿，顺便回几个电话。"谢铎说。他见沈安途急匆匆上楼换了衣服，又急匆匆地下楼冲进温泉里。

"慢点跑。"谢铎说，顺手打开了电视机。

客厅离室外的温泉池有一段距离，同时有电视和水流的声音，能很好地掩盖说话声。

谢铎坐在沙发上，看着沈安途泡在温泉里，舒舒服服在石阶上趴下后，他掏出手机给周明辉打电话。

昨天谢铎一整天都跟沈安途待在一起，没空找周明辉问情况，现在终于找到机会可以回个电话了。

"老谢，你的直觉是对的。"

周明辉第一句话就让谢铎的心沉了下去。

"我的人昨天找到了给沈安途房间送早餐的那名服务员，但是他前天在休假，根本没来上班。我已经把这个人的照片发到你邮箱了，他和监控里的服务员虽然长得像，但仔细看还是能看出不是同一个人……"

周明辉的说话声渐渐成了背景音，谢铎的注意力被电视上的新闻吸引。

"今日清晨，某渔民在塬滨海港捕鱼时发现一具高度腐败的男性尸体，警方初步判断其死亡时间为两个月前。塬滨海港正位于鄂曼希山附近的海域，该死者与此前在鄂曼希山私人飞机事故中失踪的锦盛集团董事长兼总裁沈凛是否有关联，目前还在进一步调查中……"

"喂?喂?老谢你在听吗?"

周明辉的声音让谢铎回神,回头看向远处温泉池里的沈安途。

他察觉到谢铎的目光,快活地抬手冲谢铎挥了挥,笑得一派烂漫。

第九章
铺网

Part 1. 内部会议

锦盛集团大楼的顶层会议室里，一张圆形会议桌旁围坐着七个人，并不能算是董事会，只能说是沈家的内部会议。

西蒙挨个把人打量过去，在心里将一桌人分成了三个阵营。他和虞可妍显然属于沈凛一派；沈超和沈开平的旧部范鸿、石晓东、刁永洲算一派，因为这三个人最近明目张胆地捧沈超上位；最后林淼自成一派，他是沈开平原配妻子的弟弟，为了弥补对妻子的亏欠，沈开平将妻子手里的股份全给了她娘家，大部分都在林淼手中。但林淼对锦盛不感兴趣，他虽然是董事会一员，却从不发表意见。

简单来说，最主要的矛盾来自沈凛和沈超。其实原本老四沈奇和老五沈明飞在沈凛失踪后也想分一杯羹，但都被沈超赶出了局。

在沈超、范鸿、石晓东、刁永洲这四个人中，每个人都和云翼公司有往来。沈凛的飞机事故必然和这四个人中的某一位或者某几位有关联。

西蒙垂眸，低头做会议笔记，实则在这四个人的名字上画上重重的痕迹。

这场会议的起因还要回到中午，塬滨海港发现一具死了两个月的男尸被新闻爆出后，西蒙办公室的门就没合上过，所有人都在问——

那是沈凛吗？沈凛死了吗？

"各位，我再重复一次，虽然目前 DNA 的比对结果还没出来，但是那具尸体绝不可能是沈总。"西蒙郑重地说。

"绝不可能？为什么不可能？新闻的图片都出来了，那个尸体穿的衣服和当时沈凛穿的衣服一模一样，都是黑色西装，而且一看料子就不错，除了沈凛还能有谁？你说哪有这么巧的事？都是两个月前死的，都是在鄂曼希山海域，还都穿着高定西装？"

说话的是刁永洲，他办事不利索，嘴上却总是不饶人。今天也是他跑来告诉西蒙，他们已经提议于十五天后召开临时股东大会，选举新的董事会和董事长，于是才有了现在这个会议。

"就是啊，刁叔说得很对，我们锦盛是个大公司，始终没有董事长领头算什么事？大家也看到我们集团现在这种情况了，那是必须选出新的董事长带领大家重整旗鼓啊。再说了，就算那具尸体不是沈凛，他都失踪了两个月还没被找到，那肯定是死了呀，不然为什么这么久还找不到人？"

接话的是沈超，方脸寸头，个高体壮，身上的肌肉快要从西装里绷出来，表面看上去十分可靠，像个精英派大家长，可一开口说话就暴露出轻浮感。

虞可妍笑了："诸位，要我说，你们应该希望他好好活着才对，毕竟他人在的时候锦盛能和瑞乾叫板，结果现在呢？他失踪才两个月，两个弟弟一个人出问题，一个工程出问题。好哥哥看起来挺用功，像是能考个第一，结果拿到卷子才知道考的是数学而自己复习的是英语。好好一个大集团为什么搞成现在这个乌烟瘴气的样子，各位董事心里都没点数吗？"

沈超的脸色立刻难看起来："你懂什么？一个外人，沈凛还没娶你过门，我们家的事轮不上你插嘴！"

虞可妍挑眉："沈大少是失忆了吗？我今天能坐在这里又不是靠的沈凛，我靠的是我手里那20%的锦盛股份。话说多亏了你弟弟没娶我，他要娶了我我现在可不就守活寡了？可真是好险。"

西蒙把视线移向虞可妍，这位在场所有董事里唯一的女性。

虞可妍并不是大众审美里的标准美人，但她的气质总是让人在见到她的第一瞬间就挪不开眼，那是家族培养出来的自信和智慧。

三年前，因为沈开平的决策失误，导致锦盛负债累累，不得已只能选择增资扩股。沈凛就是那个时候带着虞家的投资空降锦盛，所以虞可妍算是锦盛的"外人"，没少被内部高层排挤。但再怎么排挤，她手里也握着锦盛货真价实20%的股份。

当然，虞可妍背后的虞家才是众人不敢小瞧她的根本原因。虞家的芬梅卡集团几乎掌握了半个欧洲的经济命脉，而虞可妍正是虞家掌门虞老先生的亲孙女。

至于这样的豪门贵女为什么会和沈凛在一起，外界有很多传闻，但都大同小异。据说两个人相识于大学，虽然那个时候沈凛还没有手握锦盛，他依然获得了虞可妍的青睐，还让人千里迢迢回来帮他夺得了锦盛，沈凛借女人上位的传闻因这件事愈演愈烈。

西蒙对于沈凛和虞可妍的事情知道得不多，他在 A 国被沈凛选为秘书的时候，虞可妍就已经在沈凛身边了。但这几年时间下来，足以让西蒙了解到一件事——这两个人感情很好，但仅仅止步于朋友。

沈超冷笑着回道："说到底，你也是为了董事长这个位置吧？"

虞可妍用漂亮的美甲撩起一小撮卷发，笑道："瞧您这话说的，锦盛这么大块饼，除了西蒙这个小秘书有心无力，在场的各位谁不想呢？对吗？范总、石总？"

被点名的范鸿笑容可掬："虞小姐也不用把话说这么难听嘛，大家都是锦盛的股东，就都是一家人，锦盛没了对我们都不好呀。我们大家今天坐在一起，就是想关心一下沈三少的情况，再讨论一下锦盛的未来发展。选董事长这个都是其次，无论谁当，我们该怎么出力都还是怎么出力的嘛。"

西蒙在范鸿的名字上画了一个圈，如果不是共事了这么多年，根本看不出这个笑得像弥勒佛似的中年男人出手有多黑。他可能前一秒还在跟你笑着聊家长里短，后一秒就能捅你一刀。沈凛还在锦盛的时候防范鸿胜过防石晓东和刁永洲。

相比较其他两个人，石晓东是沈开平旧部里最安静的一个，却也是最深不可测的那一个。他头发花白，看上去不怒自威，通常不发表意见，但只要开口，基本就能一锤定音。他同时也是沈开平生前最看重的下属，因为他在年轻的时候曾为沈开平挡过刀，在分股份时，他也是三个人里分得股份最多的那一个。

"小沈董的事肯定是要再查的,我们都相信小沈董没事,人要继续找,谁对飞机动了手脚也要查。"石晓东说话了,"但是,我们集团现在这样确实也需要新的领导人,至少要让外界看到我们集团的新形象。所以我们可以先暂时选个代理董事长,等小沈董回来再说。大家觉得怎么样?"

"我没异议。"

"我也同意。"

代理?西蒙在心中冷笑,他低头,在石晓东的名字上也画了个圈。

Part 2. 约饭

"我派人明里暗里试探过几次,只有石晓东表现得坚信您还活着。鉴于他这几年的动作,我倾向于认为他不是真心希望您没事,而是故意表现得如此正直,很可能是清楚您还活着。"

"很好,看紧他。"

陶然居空无一人的洗手间里,沈安途正靠在洗手台边,用临时手机和西蒙通话,镜子里倒映着他艳丽的眉眼。

没人知道塬滨海港那具尸体是沈安途下的套,他的对手们巴不得他死在飞机事故里,只有真正的凶手知道沈安途还活着。所以当其他人都觉得那具尸体是沈安途的时候,凶手反而会装出坚信沈安途没死的样子,从而减轻自己的嫌疑。

"DNA 比对结果出来了吗?"沈安途的语速很快,现在距离他离桌已经过去了两分二十八秒,他的时间很紧。

"出来了,如您所料,吴康雅的确是沈开平的亲生女儿。"

沈安途的飞机事故一个关键疑点就在于云翼公司和他没有恩怨,要说有人操纵云翼公司报复沈安途,那好歹也得有个由头。可沈安途得罪过的人太多了,这些人中与云翼公司有交易的又数不胜数。

这时,沈安途想到了自己那个表妹吴康雅,她是云翼公司中与沈安途有直接关系的人。

沈安途笑着捋起头发:"这就说得通了,沈开平那么重男轻女,自己的亲生女儿都不要,却把妻子妹妹的女儿留在身边照顾有加?吴康雅这么多年没有声音,不代表没有怨气,沈开平死后连一点股份都没有留给她。"

沈安途对吴康雅的印象很淡,因为这个女人外貌不出众,气质阴郁,也不怎么愿意和人来往,沈安途甚至都没有跟她说过话。但沈家的血脉即是原罪,这一切都是沈开平的错。

是沈开平与妻子结婚后本性难改,同小姨子珠胎暗结。沈开平当然是不可能认的,那么这对母女生活的艰难程度便可想而知。

沈开平把这件事隐瞒得很好,西蒙能查到的不多,只知道沈开平的这位小姨子一直没有嫁人,平白怀孕后始终不肯说出男方是谁,并且三十岁不到便香消玉殒,到死都为人诟病。

这还没完,沈开平重男轻女到了极点,他也许出于愧疚一直养大吴康雅,却始终不认她,他这辈子都没有认一个女儿。

再看看她的哥哥们,即便无能如沈超、沈奇,也还是可以在公司里作威作福,什么都不用做就能吃着公司的红利风风光光过日子。

在这样的环境下长大的吴康雅,心里积攒了多少怨气恐怕不是常人所能想象的,这个时候一点小小的火星就能毁掉她所有的理智。

是谁知道了吴康雅的身份?许诺了她什么好处?沈家人的名分?锦盛的股份?或者两者都有?

"去查查她跟石晓东、范鸿、刁永洲三个人的往来,不可能没有一点痕迹……等等,既然云翼跟他们几个人都有联系,你恐怕查不到什么。这样,你让虞可妍去试她,给她更大的好处,就说能让她进董事会……"

沈安途话还没说完,听筒那头就插进来一个娇媚的女声。

"我都给你当了两个月的苦力了,你竟然还要使唤我!凛凛你什么时候回来呀?"是虞可妍。

沈安途叹气:"再说吧,把手机还给西蒙。"

"沈凛你这是什么态度,你别忘了我可是你的正宫!"

沈安途知道以她的性子不能来硬的，于是只好压下内心的急躁耐心地哄道："好好好，你是正宫，你是正宫，离股东大会还有十天不到，辛苦你去试探一下吴康雅。她不见得会相信你，却一定会着急，毕竟我失踪后云翼公司倒闭了，但她背后的那个人还在暗处藏得好好的。"

三分钟后，沈安途挂断电话，把手机卡拆了扔进马桶冲掉，又去洗手台洗了手。

他在镜子前理好头发，让刘海妥帖地遮着眼睛，重新伪装成温柔无害的样子。

沈安途走出洗手间，门口的保洁员推着清洁车进入。两个人擦肩而过时，沈安途手里握着的临时手机消失了。

"你怎么不吃了？"

沈安途回到包间的时候，看到谢铎的碗里是空的，自己的碗里倒是堆了不少菜。

"没胃口，吃不下。"谢铎的目光落在沈安途身上，像是看透了什么似的，让沈安途有些心虚。

"再吃一点吧，这鱼味道很好，我给你把刺挑了，你再吃两口？"沈安途没等他回答，夹了一块鱼尾上的肉到碟子里，小心地挑着毛刺。

挑刺很费工夫，但沈安途很有耐心，像是在完成一件艺术品。他用筷子灵活地扒开鱼肉，顺着肉的纹理一根一根挑走细刺。他怕谢铎等急了，挑完一小块就送到他面前，用那双闪着光的眼睛看着他，没人能够拒绝。

谢铎看着沈安途挑刺，再看着他把鱼肉送到自己面前，每一个动作都自然无比，仿佛真的对自己十分关心。

谢铎用筷子夹起那块鱼肉送进口中："不用给我挑，你自己吃。"

沈安途放下筷子，问："怎么，你不喜欢吃陶然居的菜吗？"

"嗯，味道太重了。"

沈安途笑起来，眼睛弯成新月状："那以后还是我给你做饭吧，再当外卖小哥亲自给你送到公司,怎么样?"

谢铎妥协了,说:"好。"

Part 3. 争执

沈安途这两天痴迷于拍照,他买了一台照片打印机,又买了一本新的相册,比之前谢文轩带来的那本相册大一倍,专门用来放近期的照片。

谢铎开始觉得沈安途买的影集太大,后来才发现事实完全相反,那么大本相册竟然都不够用。

沈安途没什么拍照技巧,自拍基本就是对着脸拍,用手机的前置相机把自己和谢铎圈在一个框里就开始一阵乱拍,最多开个滤镜。好在他们俩的颜值扛得住。

沈安途也不会选照片,只要没拍糊,全洗出来塞进影集里。有时候一个角度类似的照片能有好几张,不过他都不在乎。他很认真地在照片后面写上日期和地点,高兴起来再画幅简笔画。

有的时候沈安途会把谢文轩带来的那本相册拿出来翻看,看得非常仔细,还会对着一张照片出神好久,也不知道在想什么。

此时沈安途就趴在客厅的地毯上,新买的大相册和照片散落在旁边没管,只顾着看面前摆着的小相册。他挨个看着那些照片,计算着大概的时间点。

他和谢铎的高中照片只有三张,之后的照片就多了很多。当时的沈安途正失忆,谢文轩那么能说会道,沈安途没有半点怀疑。现在他才知道,因为高中照片素材太少,不好修图,之后沈安途频频出现在媒体和其他人的相机里,才会有素材供技术人员使用,才能P出这么多他和谢铎所谓的"合照"。但即便是合照,为了防止沈安途看出端倪,两个人正面合拍的照片也很少,大多数都是远景照或者干脆没有脸。

再反观沈安途正在做的新相册,里面的照片几乎每一张都是两个人的正脸。

沈安途还洗出了几张谢铎的单人照,有一张他最喜欢,那是谢铎盯着镜头的正面照。他穿着随意的居家服，俯视着沈安途，浓密的长睫垂下来，从来都面无表情的一张俊脸上破天荒地露出了微笑。

沈安途把那张照片塞到了相册的最后一页，他想，如果有一天要走，他必定带走这张照片。

沈安途还在神游，门铃突然响了。他看了一眼时间，已经是上午十点半，是赵阿姨带着食材来了。

十一点半的时候，沈安途带着保温饭盒出门，开车去了谢铎的公司。中午十二点不到，谢铎在地下车库接他上楼。

谢铎的时间很紧，下午一点半就有个会，沈安途不能留太久。

两个人一起吃完饭，收拾餐具的时候，谢铎忽然说："我妈这两天身体不舒服，让我回去看看，今晚就不回家了。"

沈安途自然点头说好："伯母的身体最重要，你平常太忙了，恐怕也没什么时间回家看看吧，正好快过年了，多陪陪他们。"

谢铎应了一声，帮着他把餐具收好，又送他出门。

直到目送沈安途的车完全驶离，谢铎回到办公室，脸上温和的面具终于褪下，一丝戾气攀上眉梢。

谢铎是在沈安途开车来的路上接到管家张叔的电话的，张叔说李薇的身体不太好，想要谢铎回来看看，留在家里照顾两天。

"医生看过了吗？怎么说？"谢铎问。

"看过了，问题呢……也不是很大，老年人嘛，或多或少都有点问题。但是夫人她……唉，医生说这是心病，要子女多陪着说说话，纾解一下情绪。"张叔说话支支吾吾的。

谢铎一听就知道是怎么回事了，他不想为难管家，于是说了声"好"就挂断电话。

自从谢铎表明了自己不婚的态度后，李薇就一直闷闷不乐。

谢铎很了解自己的母亲，她是非常传统的女性，看起来温和贤惠好说话，其实最固执。谢铎能拿公司和谢长青对抗，却没办法扛住李薇的眼泪，这一关很难过。

晚上谢铎回到谢家老宅的时候，快晚上九点了。他已经在公司食堂随便吃了点，一问管家，却听说李薇还没有吃晚饭，说是没胃口吃不下。于是他让保姆煮了粥，亲自端到李薇的卧房。

谢长青在书房看书，卧室里只有李薇在床上躺着。

谢铎喊了一声"妈"，李薇偏头看了他一眼，又转过头闭上眼睛，好像不愿意看见他似的。谢铎坐在床边，把粥碗放在床头柜上："妈，起来吃点东西再睡吧。"

隔了好一会儿，李薇才说："我不吃。"

"我听张叔说，你中午就没怎么吃，晚上再不吃身体会垮的。"谢铎劝道。

李薇哼了一声："垮掉又怎么样，反正也没人挂心。"

"妈，说气话刺激我不能解决问题，你有什么不高兴的就直接告诉我，我们好好谈谈。"谢铎的语气非常冷静。

李薇一拳砸在棉花上，满肚子火就是发不出来。她最看不惯谢铎这个样子，冷冰冰的不像个人，什么都入不了他的眼，好像就连她这个妈现在死在他面前他都不会皱一下眉头。

"谈？好，我们这就来谈谈。你到底为什么不结婚？啊？"李薇气冲冲地从床上爬起来，半点生病虚弱的样子也没有。

谢铎皱眉："妈，这个问题我已经跟你说过很多次了，没有再谈的必要。"

李薇气得直喘气，声音也大了起来："好，我们就再谈点别的。你是不是藏着什么人？"

"他叫沈凛。妈，我们母子俩的事不要迁怒别人。"谢铎依旧很镇定，说完后还有空问李薇要不要吃点东西再谈。

"迁怒，迁怒？"李薇看着眼前优秀的儿子，一股难言的荒谬感涌上心头，"到底是哪里出了问题？你从小那么优秀，从来没让我操过心，到底是哪一步出了问题！"

李薇说着说着眼前一花，仰头就要向后倒去。

谢铎眼明手快地扶住李薇："妈！你怎么样？哪里不舒服？我去叫医生！"

李薇喘着粗气，艰难地推开谢铎的手："我哪里不舒服？你说我哪里不舒服？你一天不结婚，我就一天也好不了！"

"你妈妈从前年开始就有高血压了，心脏也不太好，你今天才知道吗谢铎？这几年你回过家几次？你忙着跟沈凛在外面花天酒地的时候，考虑过你妈知道后会怎么样吗？"

谢长青说完就关上了卧室的门，把谢铎留在门外，卧室里有医生正在给李薇做检查。

谢铎低头在门外站了片刻，然后踱步下楼去了客厅，一个人静静地坐在沙发上。

张叔看见他这个样子，很是心疼，走过来安慰他："夫人现在正在气头上，说话也许比较难听，少爷你别往心里去。"

谢铎没有说话。

张叔继续说："都是一家人，能有什么大的矛盾呢？你这两天多陪陪她，母子间把话说开就好了。"

谢铎摇头："正因为是一家人，有些事情才更加说不开。这个世上有些规则，是人专门为家人制定的。隔壁的孩子放学打篮球，是热爱运动；自己家的孩子放学打篮球，就是不务正业。张叔，如果今天是你的儿子不打算结婚，我妈会表现得比任何人都宽容大度，可能还会劝你想开一点。但如果是我……"谢铎朝二楼扫了一眼，没把话说完。

张叔其实并不知道谢铎和谢长青、李薇之间的具体矛盾是什么，谢铎冷不防把这件事说出来，张叔也是一愣。他琢磨了片刻，叹气道："的确是这么个理，不过旁的人也管不着啊，就因为是最亲近的人，才会忍不住用自己的标准来限制他吧。还是再说说吧，多交流总归是好的。"

晚上忙完公司的事后，谢铎又一刻没有耽搁地回到老宅。

李薇说要绝食，当真不肯吃东西，好不容易被劝着吃了两口，看到谢铎又全然没了胃口，几次下来把自己折腾得够呛。

谢铎照例端着吃的送到卧室和李薇"谈判"，但其实他们根本没什么可谈的。因为李薇不想听他说话，只想让他听话。

谢铎凌晨有个跨洋会议，晚上都没怎么睡，一天高强度工作下来，晚上还要应付李薇的蛮不讲理，他已经做不到清醒了。

"妈，你是不是觉得这样做很痛快？看到我因为你绝食而焦头烂额的样子，你是不是特别解气？"谢铎早上用定型水草草抓了一把的发型全乱了，刘海凌乱地垂在额头上，随着他说话而轻微晃动。

李薇瞪大眼睛："谢铎，你怎么跟妈说话呢！"

谢铎没停："你是不是觉得，如果这个时候真生一场大病，我在病床前失魂落魄、追悔莫及就更好了？到那时候我就会知道，不该惹你生气，不该不听你的话，我就是个不孝子，你是不是这么想的？"

李薇被气得话都说不出来，只能虚弱地指着谢铎的鼻子骂："你现在就是个不孝子！"

"我做了什么？是你自己不肯吃饭，是你把自己害成这个样子的，我在这里留了三晚，说的话你一个字都不肯听，非得逼我说伤人的话。"谢铎的语气越来越冷，"妈，你到底在干什么？"

"我干什么？谢铎你有没有良心？妈妈都是为了你好！"李薇的眼圈里充满了血丝，自从知道谢铎藏了沈凛后，她没有一天能睡个安稳觉，"你想结交谁不好，非得是沈凛？你还有种用瑞乾跟你爸爸呛声，锦盛和咱们家什么关系你不知道吗？他就是想搞垮瑞乾！先从让你跟家人闹矛盾开始，再慢慢让你断掉其他的人际关系。你看看你现在这个样子，他已经成功一大半了！等你掏心掏肺，把瑞乾的底透个精光，他转身就能回去发展锦盛。到时候你呢？公司垮了，人脉也没了，你还剩什么？谢铎你自己说，你还剩什么？！"

疲惫感一寸一寸爬上脊背，压得谢铎喘息不能，他没再跟李薇争辩。

"我让保姆把粥煨着，你要是饿了就自己去吃。"

说完，谢铎端着碗走了。

Part 4. 早点回来

"这条领带要带吗？"

沈安途坐在地毯上帮谢铎收拾行李箱，谢铎从老宅回来不过一天，今天下午又要去 B 国出差，估计要半个月。

沈安途搜索了 B 国的新闻，有些担心地说："你要去的那个市昨天才发生了一起恐怖袭击案，好像不太安全啊。"

谢铎从沈安途身后路过："我会带足够多的人。领带要带。"

"你下午去机场我开车送你好不好？"

"好。"

明明是两个小时的路程，沈安途却觉得转眼就到了。谢铎把车停在航站楼前，下车去后备厢拿行李。沈安途想帮忙，谢铎没让。

时间不早了，谢铎看了一眼手表，对沈安途道："我要走了。"

一月的寒风剔骨刀似的冷，头顶的天阴着，天气预报说明后天可能有大雪。身旁的行人来往匆匆，不知道有多少人要离开这座城市。

沈安途穿了一件很厚的羽绒服，双手插在口袋里，口罩上方露出的脸颊冻得有点红。

"路上小心，到了给我发消息。"

谢铎垂眼看着他："嗯，你不要乱跑，等我回来。"

在谢铎看不见的地方，沈安途口袋里的手紧紧握成拳头。他盯着谢铎的眼睛，几次想说什么，都咽了回去。

"我走了。"谢铎后退一步。

沈安途盯着他的眼睛："早点回来。"

谢铎的眼里风起云涌，却并没有外露分毫，他同样对沈安途说："嗯，等我。"

沈安途目送谢铎走进航站楼，高大的身影混进人群中很快就再也找不到了。他用力闭了闭眼，转身回了驾驶座，调整了座椅，把后视镜扳到合适的位置。他看着镜子里自己温顺的眉眼，伸手把前额的刘海全部掀了上去。

他脚下油门一踩，轿车飞驰而出。

第二天早上八点不到，沈安途拎着行李到达了御水温泉。

"我昨晚就预订了房间，姓谢。"沈安途对前台的服务员说。

服务员是个笑容明媚的小姑娘，看起来像是刚毕业没多久的大学生。她把房卡交给沈安途，沈安途双手接过并道谢，拿回房卡的同时手里多了一部小巧的手机。

西蒙一直在等沈安途的电话，八点十分左右，他的手机进来一个陌生号码的电话，他毫不犹豫地接起来，用英文问对方："Hello?（你好？）"

"It's me, Andrew. How is it going ?（是我，安德鲁。最近怎么样？）"沈安途站在二楼的阳台上打电话，这间套房正是之前他在元旦时住的那间，这里的二楼阳台可以看到远处的山，景色很不错。

"一切按计划进行，但不是完全顺利。虞小姐的确成功接触到了吴康雅，从对方的情绪状态判断，她的确有问题。可是至于她跟哪位达成了交易我们没能查到，因为她第二天就失踪了。"

"失踪了？"沈安途皱眉，"那她丈夫郑巍呢？"

西蒙解释："他们夫妻关系并不好，两个人一吵架吴康雅就离家出走，完全不和他联系，所以郑巍从没当回事。今天是吴康雅不见的第四天，还不算太久，郑巍没有起疑。吴康雅也没有其他的亲人朋友，没人在意她的失踪。我也是查了监控才看到，吴康雅在出门购物的时候上了一辆计程车，之后便再也没出现过。"

"没事，股东大会还没开始，网已经铺好了，就等着那位自己跳进来吧。"

沈安途从恢复记忆的那天开始,就始终在想,究竟是谁想要他的命?他死了对谁最有好处?这个人无疑就在锦盛。

沈安途一直都知道,锦盛内部有一股盘根错节的势力,他花了三年时间都没能清掉,反而差点被害得丢了性命。他势必要让他们付出代价。

对方利用沈开平的旧势力把自己藏得很好,但是野心家永远不会错过露头的机会。距离沈安途失踪已经过去了两个多月,一具形似沈凛的尸体终于让他们按捺不住上了钩。

沈安途的眼神变得阴狠。

股东大会,这是交手的最后一天了,看看谁能笑到最后吧。

"准备一下,我要看到股东大会的全过程。"

"是,Andrew……"

"还有什么问题吗?"

"你……真的不打算回来了吗?"

"嗯,剩下的就交给你和可妍了。别担心,我会一直在后面看着的,有问题随时联系我。"

第十章
危险

Part 1. 股东大会

上午九点整，锦盛集团的股东大会正式开始，整个大型会议厅里坐满了股东。西蒙本来没有参会资格，但他作为沈凛的秘书，有些后续事宜需要他在场。

西蒙在进入会场前遇见了沈超。沈超今天穿了一套很是显眼的暗红色西装，还做了发型，整个人意气风发，见人就笑。西蒙恰好和他坐了同一趟电梯。

"啧，外国人就是不一样，高鼻梁、大眼睛，随便收拾一下都这么帅气逼人。"沈超打量着西蒙说道。

西蒙微笑着对他说了"谢谢"。

沈超又指着西蒙对自己的秘书和助手道："你看，中西方文化差异吧，我那天夸小陈长得帅，就是那个新来的大学生，他连连摇手说没有，羞得恨不得钻进地缝里。你看看我们西蒙秘书，多大方，是吧？哈哈哈。"

秘书和助手一起赔笑。

沈超明显兴奋过了头，沈安途从西蒙胸前的钢笔式微型摄像机看得很清楚。沈超对今天的董事长一位志在必得，但沈安途觉得他高兴得太早了。

沈安途失踪后，整个公司四分五裂，大概可以分为两大派，一派是沈开平的旧部，也就是范鸿、石晓东、刁永洲三人，另一派就是沈开平的儿子们。

前两个月沈超、沈奇和沈明飞三人闹得很凶，在外人看来就是沈氏兄弟们争权夺位。但沈安途却不这么认为，理由很简单，他这三个兄弟没一个有脑子。当然，客观一点来说，沈安途上位后一直在打压自己的兄弟，沈超和沈奇被他赶去了外省的分部，沈明飞直接去了娱乐圈，一点权柄也摸不到。他们在锦盛没有半点根基，就算闹起来也不该有这么大的水花，沈超背后肯定有推手。

沈安途敢肯定，那些推手就是范鸿、石晓东、刁永洲三人为首的沈开平旧部。

沈开平这个人的封建思想极重，重男轻女是其中之一，自己的江山必须得由自己的亲儿子继承又是其一。否则他也不会在"嫡子"死后，又找回五个私生子当成下一任继承人培养。

这就意味着，沈开平虽然讲义气，对曾经跟自己一起打江山的旧部们不错，却也不会给他们太大的权力。曾经跟过沈开平的手下，除了好兄弟范鸿、石晓东、刁永洲三人，其他人一概都是闲职。

沈安途曾猜测，如果沈开平能当上总裁，绝对会玩"杯酒释兵权"那套。也许他开始的确打算这么做，但沈安途的出现打破了他的计划。

沈开平担心沈安途会坏了他的江山，特意叮嘱旧部们看着他。旧部们早就对沈开平有意无意的压制怨气不小，现在有了沈开平的"圣旨"，终于能在他弥留之际大肆抢夺集团权力。沈安途刚接手锦盛时过得很不顺，后来凭借雷霆手段，换掉了不少公司的老人，培养出了自己的人手，日子才好过一点，但这不表示他们完全消失了。

在一瞬间，沈安途想了很多，而电梯不过才刚刚抵达目的地。沈超在临走前明目张胆地挖墙脚："西蒙秘书，你跟了我弟弟这么多年，能力大家有目共睹。现在我弟弟不在了，你的能力不好埋没了，你要不要考虑跟我混？我保证你还是董事长的首席秘书，怎么样？"

西蒙依旧保持着无可挑剔的笑容："感谢沈大少的抬爱，时间不早了，我们还是先进会场再说吧？"

沈超一副拿他没办法的样子："好好好，咱们会后再说。"

沈超的自信都快要溢出来了，沈安途看得翻了个白眼。

会议开始前，照例是一段开场讲话。以往都是沈安途言简意赅说两句，今天讲话的是范鸿。也不知道是谁给他写的讲稿，又臭又长，从锦盛的创立一直讲到今天，台下甚至有人打起了瞌睡。

最终范鸿说到了重点。

"我们年轻的董事长沈凛现在下落不明，集团又处于危机状态，必须有人带领锦盛往前走。这也是今天召集大家来这个股东大会的目的，我们需要票选出新的董事，再由董事会产生新的董事长……"

沈安途还在公司的时候，共十一名董事，有六个都是他的人。现在既然要选新的董事，必然会把沈安途的势力全部替换掉，这是意料之中的事。

在即将召开股东大会的前十五天，锦盛上下暗流涌动，不知道有人为了拉票又做了什么交易。

沈安途在二楼阳台的躺椅上坐着，一边用手机看实时监控，一边在心里预测着新董事会名单。首先，范鸿、石晓东、刁永洲这三个人不会变，沈安途在股东里的人脉应该能把虞可妍保住，林淼也会继续留在董事会，再接着应该是沈超，剩下的就是在范石刁的势力里挑人了。

投票的过程很慢，沈安途甚至抽空和谢铎打了个半个小时的电话。谢铎的飞机落地没多久，正坐车往酒店走。

"早饭吃了吗？"谢铎问。

"吃了，我今天醒得很早，八点不到就到御水了，等一下泡个温泉再吃午饭。"沈安途的眼睛注意着股东大会，维持着轻快的语气对谢铎说，"对了，我刚发现这里的楼顶也有高尔夫，下午我试试……"

和谢铎结束通话后，股东大会的投票结果也差不多出来了。

十一位新董事，沈安途猜中了十个人，除了之前内部会议的那六个人，还有另外五位高管和投资人——其中四位都是范鸿、石晓东、刁永洲三人的亲信。

因为情况特殊，十一位董事将在股东大会当场投出董事长，沈安途拿着手机从躺椅上坐了起来。

沈超被选为董事后异常高兴，投个票故意大声和周围的人说实在是为难，根本不知道选谁好，丝毫不在意周围人尴尬的笑容。西蒙默默地看向沈超的方向，带得他胸前的摄像头也朝着沈超，沈安途又忍不住翻了个白眼。

十分钟后，董事长的选举结果出来了，宣读人还是范鸿。他先是表情惊讶了一瞬，然后露出笑容。那笑容使他看起来憨态可掬，像极了弥勒佛。只见他对着讲台上的话筒说道："经十一名董事联合投票决定，锦盛集团新任董事长就是……"

"我们的石总，石晓东！"

手机上的镜头先是转向了石晓东，又转向了沈超。石晓东只是淡淡地笑了笑，随后便在众人的掌声里走上讲台。而沈超……几乎所有人都在看沈超，只见他瞠目结舌，脸色蜡白，原本喜庆的暗红色西装也成了个招摇的笑话。

很快，缓过神来的沈超怒气冲冲地离开会场，没人敢拦他。

镜头里的石晓东和往常没什么两样，从容镇定，并不能从他的脸上看到一丝成为新董事长的得意。

沈安途喝了一口刚倒的热茶，蒸腾的热气模糊了屏幕。

一切都在计划之中，沈安途关掉了视频监控。

锦盛新董事长上任的消息在新闻头条挂了一中午，从下午开始，沈安途就联系不到西蒙和虞可妍了。不过这也是计划中的一环，沈安途并不担心。

舒舒服服地泡在温泉里，沈安途能想象得到石晓东气急败坏的脸。不过这一切都跟他没有关系了，如果计划顺利的话，沈凛这个人将会在世界上永远消失，从此以后只有沈安途。

Part 2. 避开一切姓谢的东西

沈安途再次接到西蒙电话，是第二天下午的四点一刻。他正在户外用品店购物，谢铎之前说要带他去露营，沈安途打算提前准备起来。

沈安途对露营没有半点经验，只能任由导购员说得天花乱坠，往购物车里塞了不少东西。

为了看清质量，沈安途摘掉了墨镜，他刚试了一把折叠椅，觉得还不错，便问道："有没有其他颜色的？"

导购员："我去库房看看，先生请稍等。"

沈安途点头道谢，站在原地等他。他百无聊赖地打量着货架上的东西，突然发现对面一个陌生男人正在盯着他看。而当沈安途的视线扫过去时，他又低下头去看手机。

沈安途直觉有什么不对，但此时和西蒙联系的手机振动了起来。沈安途接通："终于有空给我打电话了？什么情况？"

"你现在在哪儿？"西蒙的声音很低，带着某种不好的暗示。

沈安途简单地回答："逛商场。"

"Andrew，你必须马上离开商场。无论那是锦盛还是瑞乾的地盘，你都得立刻离开，尽量避开监控。你应该戴着口罩吧？不要让任何人看见你。"

沈安途的余光看见对面的男人依然在看自己，还拿着手机仿佛在比对什么。他心一紧，拿起墨镜就往店门口走去。

取折叠椅的导购员回来了，他冲着沈安途的背影喊道："先生，您东西不买了吗？"

沈安途没有理会，大步离开户外用品店，一刻不停地往前走，前方两百米就停着谢铎的车。

"如果你在御水是用谢铎的名字开的房间，那么我建议你放弃那个地方，包括谢铎的别墅。如果你是开他的车出来的，那么也别想着再开回去了，扔掉身上所有他给你的电子产品，从现在开始避开一切姓谢的东西。"

听见西蒙的话，沈安途脚下转了个弯，朝着远离商圈的方向走去。他压低声音："到底怎么回事？石晓东就算报警，也管不到谢铎头上，我为什么要和他划清界限？"

西蒙那头停顿了一秒，话筒里传来的声音有些失真："因为谢铎今天上午在B国遭遇了枪袭。如果我没猜错的话，应该是石晓东让人做的。但谢家似乎认为……这是你的安排。"

沈安途突然停下脚步，他的脑袋里突然出现了一阵嗡鸣，这嗡鸣盖过了周遭车流的鸣笛声,也盖过了行人的咒骂声。这一瞬间他无法思考,动弹不得。

"现在警察、谢家,还有石晓东都在追查你的下落。告诉我你的位置,保持通话,我现在去接你……"

沈安途听见自己问:"他现在……怎么样?"这声音僵硬得像个电子机械音。

"你问谢铎吗?不清楚,只知道死了一个保镖。"西蒙加快语速,"告诉我位置,Andrew,你那边还是很吵,你还在马路上吗?"

突然,口袋里传来一阵悠扬的铃声,是谢铎给他的那部手机。沈安途担心自己在路上错过谢铎的电话,特意把铃声调得很大。但现在,手机屏幕上正显示着一个陌生号码。而无论是谢铎还是谢文轩,都没有给他打一个电话或是发一条消息。

沈安途像是突然忘了自己身处何方,他茫然地环顾四周,只看到一双双不怀好意的、带着窥视的眼睛。

寒意从脚底开始向上攀爬蔓延,蛇一般将他一圈一圈死死捆住绞紧。当这种寒意最终抵达头顶的时候,沈安途在窒息的钝痛里大步向前。

第一步,他将那部手机关机;第二步,他抽出手机卡扔进路边的垃圾桶;第三步,他将手机砸在地上,狠狠地踩上去,直至屏幕完全碎裂。

"不用找我,去 Heaven 酒吧,老地方见。"

Heaven 酒吧后门的巷子里站着一个外国男人,他身形高大,一头利落的金色短发,一双幽深的蓝眼睛,鼻梁高挺,五官立体得堪比大卫。

西蒙一直等到夜幕初垂,他连晚饭也顾不上吃,一步都没有离开。

沈凛始终不接电话,他挂了两三次后直接关了机。但西蒙还是再一次给他拨了电话,当然还是徒劳。

西蒙叼着烟,抽得很慢。他预想着等会儿和沈凛见面的场景,心里既紧张又兴奋。

西蒙总共跟了他三年半,但早在五年前就知道了沈凛这个名字。那个时候西蒙只是芬梅卡集团分部的一个实习生,而沈凛只是人们口中虞小姐的新男友。但后来沈凛帮虞可妍夺回了继承权,又抢走了芬梅卡集团三分之一的权力后,人们便开始叫他"沈先生"。

后来西蒙慢慢了解到,沈先生并不是一个没有身份的无名小卒,他是华国某大集团的私生子,同样是为了夺回权柄,他需要回国发展。为此,他要挑选一个信得过的秘书带回国,西蒙就是被选中的那一个。

"西蒙,虽然我是个比较冷血的人,但你既然跟了我,就是我的朋友。如果你想离开华国,想回家,请随时告诉我,我会为你准备好机票和计程车。"

离开 A 国的那个晚上,沈凛曾这样对西蒙说。

西蒙保持着绅士特有的礼貌和距离感,回答道:"非常感谢,沈先生,我会的。"

自此,沈凛成了西蒙生活的圆心,他成了一颗行星,终年围绕着沈凛这颗恒星转动。恒星并没有要求行星绕着自己旋转,他以为这是行星自愿的,他看不见或者根本不在乎自己对于那颗行星的致命引力。毕竟围着太阳旋转的天体有那么多,光行星就有八颗,西蒙只是最不起眼的那一颗。

天色完全暗了下来,静谧小巷里的夜色比这个城市任何一个角落里的夜色都更浓些。西蒙的一支烟抽到了底,他没有再抽第二支。

此时,一阵由远及近的脚步声在巷子里回荡起来。西蒙站直身体,看向那脚步声的方向。

他的恒星来了。

Part 3. 谎言

长时间沉浸在黑暗里的结果,就是西蒙一眼便认出了那个黑色的轮廓。他双手插在裤子口袋里,每一步都走得很快很稳。

沈安途终于走近了,西蒙看清了他,他只穿了一件单薄的高领毛衣,脸倒是被口罩和过长的头发遮得很严实。

两个多月没见，西蒙惊觉自己舌头有些打结。他快速思考了一秒，问沈安途："怎么穿得这么少？"顺便脱下了自己的大衣外套，动作熟练地披在沈安途的肩头。

"有人跟踪我，不得已变了个装。"

三个小时的艰难行程，沈安途只用一句话揭过，他藏在发间的眸子里漆黑一片。他扫了一眼西蒙，又扫了一眼肩头的大衣，伸出一根食指，用指尖轻轻一挑，大衣便从肩头滑落，掉在了满是灰尘的地面上。

做完这一切，他径自推开酒吧的后门，头也不回地走了。

西蒙愣了一秒，捡起大衣匆忙跟上。

Heaven是沈安途以个人名义投资的酒吧，一楼有酒精、DJ、激光灯，二楼是包间和私人会客室。沈安途在这里有单独的房间，只有心腹才知道这里，同样，能留在这里的也只有心腹。

上了二楼以后沈安途就不怎么顾忌了，他把口罩扔在了一个过路服务生的托盘上，那服务生过了几秒才想起来喊一声"沈先生"。

沈安途在铺着红色地毯的走廊上大步走着，身后跟着西蒙，一路上听见了无数声"沈先生"。所有人都对他毕恭毕敬，他却连一个余光都不屑给予。

在走廊昏暗的灯光下，沈安途在心底冷笑。

沈先生？沈先生是谁？他早在两个月前就该死了的。

早在三年前，沈安途刚接手锦盛那会儿，他就在锦盛这栋摇摇欲坠的通天大厦里发现了一个蚁穴——主管财务的经理张盛偷偷挪用了部分公款进行赌博。

那个时候沈开平病重，锦盛步履维艰，眼看就要坚持不下去，人人自危。张盛拿走的钱不多，又做得隐蔽，所以没人发现。

沈安途来了以后，为了收买人心，不但没有揭发张盛，还假装什么都不知道，给了他重权，一副非常器重且信任他的样子，张盛很快倒戈向沈安途。因为没人发现他在账目上动的手脚，张盛的贪念越来越大，在赌桌上输光的钱,全部用锦盛的公款填上,金额数字尾巴上的零越来越多。

近年锦盛在沈安途手里发展得很好,他挪走的数字立刻就能被后来的进账补上。加上沈安途的有意掩护,他一直舒舒服服过到了现在。直到沈安途在飞机事故里失踪,锦盛接连受到重创,资金链对接不上,张盛根本瞒不住,所以他才会在股东大会的前一天带着全家人连夜逃去了国外。

石晓东成为新董事长后,一查就能发现问题。届时他就会发现,自己拿到的锦盛已成为一个空壳,他会一万次后悔自己曾在沈安途的飞机上动手脚。

他一定会找张盛,可即便找到张盛又有什么用呢?谁能把钱从赌场里要回来?

这个时候,石晓东有两种选择。

一是默不作声吃了这个亏,和当年的沈开平一样,选择增资扩股减轻负债。这个时候虞可妍就会代表芬梅卡集团强势进入,她手上已经有20%的股份,如果再来一轮,她就能控股锦盛,成为锦盛的第一大股东。

石晓东好不容易爬到了董事长这个位置,椅子还没坐热,又怎么会甘心把偌大的集团拱手让人?沈安途认为他会采取第二种方法。

到目前为止,锦盛的一切活动都建立在沈安途已经死于意外的基础上。石晓东能成为新的董事长,也是因为所有人都默认沈安途已经回不来了,所以锦盛发生的任何事情都和"已死"的沈安途再牵扯不上任何瓜葛。

但石晓东却很清楚,沈安途还活着,这一切都是沈安途布的局。自己本想用来暗害沈安途的飞机事故,也变成了协助他完成计划的一环。

沈安途很遗憾没能亲眼看见石晓东气得跳脚的样子。

不过石晓东没那么蠢,他不会放过沈安途,所以他一定会想到另一种方法——把张盛对公司所做的一切推到沈安途的头上,一切都是沈安途授意的。

沈安途在路上用手机搜了一下自己的名字，跳出来的所有新闻几乎都是——

"惊！锦盛前董事长沈凛飞机事故疑似自导自演，只为挪走公款金蝉脱壳？"

石晓东会报警，警察找不到沈安途，就会调查沈安途的所有资产以及他身边相关的人，包括西蒙和虞可妍。

沈凛在锦盛作威作福三年多，怎么可能没有一点额外收入？那些说不清来源的钱都可能源自锦盛的公款，到时候把沈安途的所有资产拿来充公，说不定能补上一点锦盛的窟窿，石晓东大概会这么想。

然而很快他们就会发现，曾经那么不可一世的锦盛掌权者沈凛竟然穷得可怜，他连市中心一套别墅的贷款都没还清，奢侈的吃穿用度全靠未婚妻虞可妍补贴。

沈安途这边查不出任何问题，石晓东的希望落空了。他曾阻止所有人找到沈安途，恨不得他死在飞机事故里。现在如他所愿，"沈凛"再也不会出现了。

那么为了保住锦盛，石晓东不得不选择方法一，于是沈安途赢了。

在沈安途的剧本里，结局应该是他从此改头换面，他是干净的"沈安途"，关于沈凛的一切都会和他不堪回首的过往一起埋在那场飞机事故里，永远不为人所知。

而不是像现在这样——谢铎躺在医院里生死不明，而他却成为罪魁祸首，被锦盛、瑞乾、警察三方势力抓捕。

走廊的尽头就是沈安途的私人房间，他在门口停下，等着西蒙上来用钥匙开门。

门开了，沈安途迈着长腿两步走到房间中央，站定，转身看向走进来的西蒙。

这个房间一直有人定时通风打扫，即使两个多月没来住，房间里还是一尘不染，甚至空气中还飘着沈安途喜欢的柑橘香。

沈安途把额前的碎发全部掀到头顶，上挑的眉峰顿时凸显，锋利得像把柳叶刀。

"到底是哪一步出了问题，西蒙？"

"抱歉，Andrew。"西蒙看着沈安途的眼睛，用英语解释说，"石晓东让人搜查得很细致，如果你回家一趟就会发现，他们为了查找线索甚至拆掉了马桶的水箱……所以他们找到了你和谢铎同去陶然居吃饭的监控视频……"

沈安途盯着西蒙看了几秒，突然笑了。那笑容如午夜昙花一闪而过，接着他便收起了一切表情。长时间的挨冻让他脸色苍白，冷得像是爬满了白霜。

"Lie, Simon. Lie!（谎言，西蒙。谎言！）"

漏洞百出的谎言，石晓东为什么好好地要去查陶然居？还是将近半个月前的视频。

西蒙直直地站着，任由沈安途的拳头砸到脸上。他听见皮肉相撞发出的闷响，整个人都向一旁偏去。

"除了你，根本没人知道我的行踪，哪怕是虞可妍也……"

沈安途不想说下去了，他揪住西蒙的领子，把他摁在墙上，又一拳打上去。

西蒙没有反抗，他在剧痛中仍然挣扎着去看沈安途的脸。他看见愤怒在沈安途的脸上像火花一样迸溅，那么耀眼，它们滚烫地落在自己身上，灼伤了他。

但西蒙并不觉得自己有错。

这样的沈凛怎么能放弃大好前程，隐姓埋名做个普通人呢？

殴打一个不还手的人并不解气，沈安途把西蒙推到地上，烦躁地把遮眼的头发别到耳后。他背对着西蒙，平复着呼吸，下了最后通牒。

"西蒙，你被解雇了。"

沈安途走到一旁的沙发上坐下，双腿交叠着跷在茶几上，居高临下地看着西蒙，又一次重复道："你被解雇了，从现在开始，我们没有任何关系，滚出我的酒吧。"

"为什么？"西蒙艰难地撑起身体，踉跄着膝行两步跪在沈安途脚边，他青紫的脸上满是惊慌，"Andrew，你不能这么对我，我跟在你身边三年零七个月，谢铎只不过才跟你在一起待了两个月。他囚禁你、欺骗你，你们是敌人！这样的人死了也就死了！"

"你问我？"沈安途一脚踩在西蒙的肩膀上，说话语气很轻，但下脚很重，"我猜是这里的风土人情让你忘记了正确的上下级关系，明天就回国吧西蒙。"

西蒙的眼眶变得通红："我会走，但在那之前我要确保你的安全和名誉。我已经让人把张盛控制住了，他正在回国的路上。你只要带着他去公安局，就能洗清所有罪名，到时候锦盛还是你的！"

"感谢你这么关心你的前任老板，但是抱歉，你已经不是我们公司的人了，张盛的事会由新的西蒙接手，你可以走了。"

沈安途每说一个字，西蒙的表情便绝望一分。当听到"新的西蒙"这个词时，他终于崩溃了，仰着头冲沈安途大喊："为什么？！难道我在你身边三年多的价值还比不过谢铎？"

沈安途猛地站起身，用同样的音量吼回去："又来了，又来了！为什么他可以我不行！为什么星期六可以星期天不行！为什么下雨天可以晴天不行！哪来那么多为什么？！因为一天有二十四小时，一年有三百六十五天，因为早在十二年前他就帮过我，他是这个世界上第一个给我尊重的人，听懂了吗，西蒙？"

第十一章
过去

Part 1. 谁都不能动他一根头发

大雪覆盖了整个B国，急切又猛烈，一个晚上就让世界变成纯洁的白色，遮住了泥泞的道路和灰色的屋檐。

今天是谢铎和沈安途失联的第三天。

枪袭事件发生后，谢铎被送往医院。在失血过多昏迷前，他曾警告任何人不许联系沈安途，怕他知道了会担心。而当他第二天终于从昏迷中苏醒时，却发现再也联系不上沈安途了。

谢铎试图查找沈安途的手机定位，却发现仪器遭到损坏，信号无法定位。他打电话给御水温泉，服务员告诉他，谢铎名下的那间套房预定了两周，但是只有第一天晚上有客人进来入住，从第二天晚上开始，房间便一直是空的。谢铎不信邪，整日盯着家里的监控，希望下一刻就能看见沈安途推门而入的身影，这一等就等了三个日夜。

"你看我说什么来着？老谢，让你不信我，现在呢？人家自导自演了一场飞机事故，本来是想带着钱跑路的，你从中横插一脚，打破了人家的计划，沈凛不弄死你才怪！嘶——你说沈凛这个人怎么能这么坏？他那演技我真是服了。我们所有人都还在想这个人失忆了什么时候恢复记忆，结果人家可能根本就没失忆。他把我们老谢骗得团团转，人也差点没了。不过你放心，让我逮着他，我一定让他吃不了兜着走！"

周明辉太吵了，谢铎不耐烦地皱起眉头："出去。"

周明辉是和谢铎一起来B国出差的，枪击案发生时他刚好在另一辆车上，因此幸免于难。

他知道谢铎现在心烦，于是做了个在嘴上拉拉链的动作，转身走出病房，正遇上前来送饭的谢父和谢母。他们在枪击案发生的第一时间就赶到了B国。

李薇怕谢铎吃不惯异国医院的饭菜，特意自己做好了带过来。

"伯父、伯母。"周明辉侧身让他们先进，走时替他们关好了门。

谢铎的大腿被子弹打中，差一点就伤到大动脉。李薇一想到谢铎差点没命,就忍不住要掉眼泪。

她推开病床上的伸缩餐桌,把午饭从保温桶里拿出来。谢长青扶着谢铎坐起身,两个人起先忍住了什么话也没说,但看见谢铎整个人魂不守舍的样子,李薇还是没忍住。

"你现在什么都别想,把事情交给我和你爸。这段时间我们会处理好国内的一切,你在这里好好休息就行。"

谢铎抬头看向李薇:"你所谓的'国内的一切',包括沈凛吗?"

"当然。"谢长青接话,"警察在当天就下达了通缉令,严查各个海关和私人机场,那小子对你做的事,我们要他十倍偿还。"

"不能交给警察!我说过了,如果找到人,直接送到我这里,任何人都不能动他一根头发!"谢铎握紧了手里的筷子,整个人透出一股病态的偏执。

"都什么时候了你还在替他着想?"李薇红着眼眶,"你都从鬼门关走了一遭回来了,还这么执迷不悟?"

"不可能是他做的。"谢铎冷着脸。

李薇大声反驳:"怎么不可能?警察已经抓到了开枪的团伙,带头的人招认了是锦盛的人买凶。敢问在锦盛,还有谁会恨到想要你的命?"

"跨国买凶都有掮客负责联系买卖双方,开枪的人根本不知道雇主是谁。"

"仅凭这一点当然不能确定,那谢铎我问你,他现在就住在你家,你受伤这三天里,他有联系你吗?他有哪怕只言片语的问候吗?你还能打通他的手机吗?如果不是他做的,他为什么连一句解释都不肯给你,哪怕是狡辩,哪怕是在骗你,他说话了吗?"

没有。没有。不能。没有。

谢铎清楚每一个问题的答案,却仍旧固执地重复:"不是他做的。"

李薇情绪失控,捂着脸转身离开。谢长青长叹一口气后跟了出去。

因为谢铎受伤,谢长青和李薇接手了集团的所有事宜,包括此次在

B国的商谈。谢铎于是闲了下来，他白天表现得一切正常，复健、看书、处理必要的文件，晚上却很难入睡。

窗外的雪还在下，但是已经没有昨晚下得那样大了，盯着那片白色久了以后，会产生一种恍若置身异界的错觉。

我所处的世界是真实的吗？我见到的和经历过的都是真实的吗？沈安途是真实的吗？沈安途对谢铎说的话都是真实的吗？

还是说，这一切都是谢铎的自我欺骗？

沈安途看穿了谢铎的谎言，然后把这些谎言当成伪装披在身上，这是谢铎完全料想得到的。他从一开始就知道沈安途是什么样的人，但他还是选择相信沈安途。

沈安途是一个无可挑剔的朋友，他们志同道合，无话不谈，仿佛是世界上的另一个自己。

可事实真是这样吗？

谢铎勾了勾嘴角，对着窗外的漫天大雪露出一个嘲讽的笑容。

Part 2. 你来干什么

"那你好好休息，谢铎哥，我明天再来看你。"崇诗睿起身要走，从她下午三点来病房到现在的四点半，谢铎始终没有拿正眼看过她。哪怕她嘘寒问暖，帮他端茶切水果。

谢铎在用电脑处理文件，头也不抬地说："明天不要再来了。"

崇诗睿的脸色有些难看，挤出一个笑："你明天很忙是吗？那我后天……"

谢铎终于将视线投到她身上："不要再来了，崇诗睿。我不知道我父母对你说了什么，值得你在B国这种恶劣的天气下来看我，我真的对你不感兴趣。"

崇诗睿忍住胸腔里沸腾的酸涩，委屈地道："抱歉，我只是听说谢铎哥你受了伤所以想来看看，没有别的意思……"

谢铎开始重新操作键盘："麻烦出去的时候把门带上，谢谢。"

崇诗睿提着包迟迟没有挪步，等着谢铎能再留她一会儿。然而片刻后，只换来谢铎一句不耐烦的"还有事吗"。

崇诗睿终于走了，谢铎烦躁地合上电脑。刚才他看起来是在处理文件，其实不过是在一篇空白的文档上打满了无意义的字符。

今天是他联系不到沈安途的第五天，雪依旧下得很大。

晚上九点，谢铎洗漱完毕后躺在床上。这几天有伤在身，他遵照医嘱休息得很早，但这不代表他能很早入眠。

这两天练习走路的时候他有些急躁，差点又扯到伤口。所有人都劝他不要着急，李薇和谢长青甚至打算在B国过年。他却恨不得现在立刻飞回国，亲手把沈安途从Z市的某处揪出来。

入睡前的步骤总是这样——先是焦虑，再是愤怒，最后是无奈，不过睡意总是会来的。

这段时间B国总是下雪，这家医院又格外僻静，谢铎会在大脑筋疲力尽后听着落雪声入眠。但今晚不太一样，深夜，谢铎被门外的动静吵醒了。

病房的隔音效果很好，谢铎听不清外面在吵什么，但从激烈程度来看，一定发生了什么大事。

谢铎的心跳开始不受控制地加速，他从床上坐了起来，紧紧地盯着门外。不知道为什么，他有某种预感，他就是有某种预感。

吵闹声更大了，有英语也有中文，谢铎听见几个字眼——

"进去""别动""冷静"……

谢铎掀开被子，他想下床，他必须立刻知道外面发生了什么。

就在这时，病房的门突然被人从外面推开，两个人影匆忙挤了进来。然后其中一个又迅速把另一个推了出去，接着紧紧关上门并落了锁。

谢铎坐在床边，因为要下床的动作牵扯到了腿上的伤口，很疼，但他现在没空管这个。

病房里没开灯，谢铎什么也看不清。那个人也不说话，只能隐约看出他正举着枪,一步一步朝着谢铎走来。

"谁?"

那个人的动作明显一滞,但很快便加快脚步朝床边走来。谢铎在他靠近之前摁亮了床头的台灯。

一个裹着破旧的羽绒服,满身雪渍狼狈不堪,却又异常漂亮的男人出现在他的视野里。

是沈安途。

谢铎的大脑有一瞬间空白,他甚至怀疑自己是不是在做梦。因为前天晚上他就梦见沈安途翻窗户来见他,可他的病房在十六楼。

沈安途一直没说话,也许是因为冻得狠了,他脸颊通红,嘴唇发白,但眼神非常狠厉,那不是应该出现在"沈安途"身上的眼神。他的双手微微颤抖,现在的他看起来比谢铎在前几天枪击案里遇见的那几个人更像犯罪分子。

谢铎像是没看见他的动作,沉声问他:"你来干什么?"

谢铎明显感觉到沈安途抖得厉害,可他回答得倒是干脆利落:"你看不见吗?我是来杀你的,谢铎。"

房间里寂静无声,B国持续了近五天的漫天大雪突然停了。

一瞬间,两个人同时动了起来。谢铎握住沈安途的手腕猛然用力,沈安途早就察觉到他的意图,双手死死地握着枪柄。

谢铎质问他:"你来干什么?我走之前怎么说的?不要乱跑,等我回来,为什么不听?"

"不可能!"沈安途的身子止不住地颤抖,"要我背着所有罪名等着你来救我,绝不可能!"

"嘶——"

谢铎不小心大腿受力扯到了伤口,突然一阵刺痛。

沈安途立刻慌了神,兔子似的跳起来在床边站直,惊慌地看着谢铎的腿:"你怎么样?我是不是压到你的伤口了?我……我去叫医生!"

疼痛来得快去得也快,谢铎拉住他,嘲笑道:"慌什么?没事。"

过了大概半分钟，沈安途才平静下来，脱力般地跪坐在地上。

谢铎趁机把枪扔到床头柜上，对着沈安途拍了拍床铺："坐上来。"

沈安途摇头，他坐在床下，一双眼睛里盛满了情绪，一眨也不眨，就这么固执地盯着谢铎。

两个人明明都有许多想问、想说的，却不知该从何说起。

最后还是谢铎先开口："都想起来了吗？"

沈安途垂下眼帘，没有说话。

谢铎皱眉："说话。"

沈安途看向他："没有。"

谢铎冷笑一声："沈安途，都这个时候了你还要骗我吗？"

沈安途慌了，不经大脑思考的劣质谎言一个接一个地往外冒："我没有……我……我真没有，我就想起了一点点。我们高中……还有……还有季远的事，就一点点……"

谢铎沉默着，低垂的眸子里不带一丝情绪，冷得远胜 B 国的雪夜。沈安途根本无法承受这样的目光，他在一瞬间崩溃了，开始全身发抖。

"谢铎，你不能这样对我！"

谢铎面不改色："你在干什么，沈安途？你今晚到底是来干什么的？"

沈安途那双总是狡黠的桃花眼里空荡荡的，表情茫然地看着谢铎。

"谢铎，如果我惹你生气了我可以道歉，但是求你不要讨厌我。"

谢铎皱了皱眉。

Part 3. 当年到底发生了什么

"谁说我讨厌你了？"

沈安途无助地仰头看着他，像一只濒死的天鹅："你知道我恢复记忆了，知道我是沈凛了，你就不会跟我做朋友了……"

谢铎像一个恶劣的审判者，冷酷无情地逼问："为什么？"

沈安途的视线四下躲闪，却最终被这目光逼得无路可逃，只能把藏在最深处的伤口露给他看："因为没人喜欢沈凛。"

他悲伤地说道:"沈凛奸诈恶毒,从头腐烂到脚,什么恶心事都干过。我坑蒙拐骗,负过的真心可以从病房一直排到医院门口,谁会喜欢沈凛?"

谢铎的心被狠狠地揪了一下:"当年到底发生了什么?"

沈安途深深地低下头,在长达两分钟的沉默后,他妥协了:"你想听什么?"

"全部。"谢铎又拍了拍床铺,命令道,"起来,坐到床上来,地上冷。"

沈安途犹豫了一下,裹着脏兮兮的羽绒服小心翼翼地坐在了谢铎的床边。

像是不愿意面对似的,沈安途低头看向自己湿漉漉的长靴,好半天才开口:"我从头跟你说吧。"

"我妈妈是沈丽君,爸爸是沈开平。你大概查过我的身世,沈开平你很熟了,但我妈你也许不清楚,她……"

沈安途顿了顿。

"她是一个愚蠢、贪财又势利的女人,但是她爱我。"

沈丽君来自农村,她是被亲戚带着进入酒吧打工的。那个时候她刚满十八岁,年轻漂亮,正是一朵鲜花将开未开最美好的时候。亲戚怂恿她:"嫁给有钱人你就发达了。"

沈丽君没读过书,但是她有种底层生物的敏锐感。她记住了这句话,很快便摸清了向上爬的规则。

沈开平那时还是混混头子,因为长得张扬帅气,手段阴狠也仿佛变成了特别的优点。夜场的女人们都想跟他好,沈丽君也接近过他,并很快有了身孕。

沈丽君同其他女人一样,在和沈开平有了孩子后,想借孩子一跃成为沈太太。那时候她有个"同事",也千方百计怀了沈开平的孩子,比沈丽君早三个月。她在某天晚上挺着肚子闯进了沈开平找乐子的房间,没能成为沈太太不说,命差点都没了。

长期生活在食物链底端的沈丽君嗅到了某种危险，于是她悄悄逃了，带着肚子里才两个月大的沈安途回到乡下，好好地把孩子生下来后，又带了出去。

　　沈丽君见识过大城市里纸醉金迷的生活，她再也不想过苦日子，她想发达，想成为富太太。于是她换了一个新的城市，一个新的身份，现在的她是父母双亡，为了养活弟弟不得不辍学出来打工的小姑娘。

　　"以后有机会我给你看我妈妈的照片，她看上去真的很年轻，为了骗那些同情心泛滥的有钱人上钩，我们之间的年龄差越变越小，从十五岁变成十岁，最后变成八岁，竟然都没人怀疑。"沈安途小声笑起来。

　　"她虽然没读过书，也不大聪明，但就是莫名擅长和男人交际，招男人喜欢。她的身份让她没法真的嫁入豪门，却也让她得到了她想要的——她成了有钱人的情妇。"

　　沈安途的声音低沉下来。

　　"因为她的身份，小时候我无数次被同学欺负、孤立。我求过她，让她好好找份工作，安安稳稳生活，钱少一点也行。然后她把我骂了一顿，说我是白眼狼，说她这么做都是为了我好。如果她换份工作，不要说好学校了，恐怕就是一日三餐都喂不饱我。"

　　"你妈妈说得没错。"谢铎插了一句。

　　沈安途抬头看他，嘴角勾起一个不怀好意的弧度："当时我也这么认为，直到我知道她的存款已经有了八位数，名下有三套别墅、两辆豪车，她还这么教训我。她就是爱钱，我说了，她是一个愚蠢、贪财又势利的女人，她以为自己能骗男人，其实不过是被男人骗得团团转，也就只在钱上才过分机灵。"

　　"我上初中的时候她又觉得自己找到了一个可以托付终身的好男人，他们当时都快结婚了，婚期就定在我中考结束的那个暑假。

　　"但是就在我中考结束的那个晚上，她突然收拾好我们的行李，说要带我去旅行。虽然很突然，但我还是很高兴。我们是连夜开车走的，我问她要去哪儿，她说不知道，就去远一点的地方吧……

"后来的事你肯定都知道了,我们发生了车祸,我妈抢救无效死亡,之后沈开平找到了我。"

"谢铎?谢铎!儿子!"

"谢铎,你没事吧?!"

突然,门外传来一阵激烈的敲门声,是谢长青和李薇的声音。

寂静中爆发的巨响吓得沈安途全身一抖,谢铎提声对着门外道:"我没事,你们回去吧。"

"沈凛是不是在里面?沈凛,你给我滚出来!我儿子已经被你逼成这样了,你还想干什么?!"

沈安途惶恐地看向门口,谢铎的眉头皱起很深的"川"字:"放尊重点!我要沈凛今晚在我这里过夜。这里是病房,请你们保持安静。"

屋外终于恢复宁静,谢铎拍了拍沈安途的背:"没事,别怕。"

"嗯。"沈安途握紧了谢铎的被角。

Part 4. 世间焉有安途

"沈安途?世间焉有安途,从今天起你就叫沈凛吧,男孩子,名字锐气一点的好。"

沈安途至今都还能清楚记得他第一次见到沈开平的情景。

逼仄的车厢里密不透风,光也透不进来,因为车窗全部贴了黑色的膜。沈开平坐在后座上,双手握着龙头拐杖,看上去并没有多老,一头黑发里却夹着一半银发。他很瘦,脸颊干瘪,眼睛又细又长,看人的眼神像在看牲畜。

那是一个偏执的疯子,沈安途一眼就看出来了。他虽然年纪小,却已经见识过世间百态。他知道沈开平很危险,就像沈开平自己说的那样。

"你听话,就什么都有;不听话,就会被拉去喂鳌烈。"

鳌烈是沈开平养的一只恶霸犬,见人就狂吠不止,把狗笼栅栏撞得哐哐响。

沈开平有一套人生信条，那就是无论什么东西都要最好的。如果得不到，那就在剩下的里面挑出一个最好的。

这套信条同样适用于他的后代。

沈开平最满意的儿子是他原配正妻生的那个，聪明伶俐，性格活泼，长得又可爱。沈开平很宠他，什么都不舍得让他做，听说上了初中还要用人服侍着穿衣服。沈开平把他保护得很好，还早早地立了遗嘱，他死后所有的一切都归这个儿子所有，他是沈开平的最优选。

后来这个"最优选"死了——沈开平的仇家绑架了他的妻儿，双方谈判不成，仇家残忍撕票，沈开平失去了"最优选"。短暂的沉寂过后，他开始在"剩下的"那些孩子里进行挑选。

他总共找到了五个男孩，按照年纪排序，老大沈超，老二沈奕星，老三沈凛，老四沈奇，老五沈明飞。

每个男孩都有过人的地方，但同时每个人身上都有沈开平不满的缺点。比如沈安途够聪明，成绩够好，但性格阴郁，曾被沈开平评价为"阴沟里的老鼠"。

总之谁都比不上那个死去的儿子。

"就像养蛊那样，为了挑出最好的那个，就把五个儿子放在一起，相互厮杀。谁能活到最后，谁就是最好的。"

沈安途的语气很轻松，脸上还带着笑容。

"其实我们五个人里，最符合沈开平标准的是沈奕星，他甚至看上去比沈超更像个大哥。他身上有种与生俱来的气质，怎么说呢，给人一种领导者的感觉，很可靠。据我所知，他的成绩也很好，明明比沈超年纪小，却比他高一个年级。但非常不巧，他本人很抗拒沈开平。"

沈安途也是后来才知道，沈奕星是沈开平硬从他的养父母手里抢过来的。

原先沈开平不愿意承认私生子，所以那些曾经和他好过的女人里，有能力的就自己养孩子，像沈超、沈安途、沈奇、沈明飞的母亲；没能力的就把孩子送人或者干脆扔掉，像沈奕星的母亲，沈奕星一出生她就把他送给了医院里隔壁床孩子夭折的产妇。

沈奕星的养父母是小城市平凡的工薪阶层,他们没有多少钱,但非常善良,也把沈奕星教得很好,小小年纪就非常懂事,很有担当,从小学开始就一直是班长,所有人都喜欢他。沈奕星的生活一直稳定顺遂,直到高一那年的暑假,沈开平找上了门。

沈奕星过得很幸福,无论是他还是他的养父母都不想离开彼此,所以他们拒绝了沈开平的要求。于是沈开平人贩子做派,在沈奕星去上补习班的路上直接把人房上车带回了Z市,和其他四个男孩一起关进一幢别墅里。

和无依无靠的沈安途不同,沈奕星有完整的家,有爱自己的父母,沈开平对他来说就是无妄之灾。于是在那个暑假里,沈奕星每天都会逃跑,每次都会被抓回来,打一顿关起来,但是刚能走路了就又接着跑。

沈安途和其他三人目睹了沈奕星逃跑挨打的全过程,沈超和沈明飞笑骂沈奕星不识好歹,沈奇胆小,看了一会儿就回房间了,只有沈安途心中生出了一种物伤其类的悲凉感。于是在某个晚上,沈奕星又一次想逃跑的时候,沈安途帮助他引走了保安,拖延了时间。

第二天早上沈奕星没有被抓回来,沈安途很高兴,以为他终于逃走了。然而当天晚上他就看到了一则男高中生坠河而亡的新闻,死者正是沈奕星。

沈安途自责又难过,一个月没能睡好觉。

沈奕星死后,沈安途成了"最优选",于是他噩梦般的生活开始了。

在剩下的四个男孩里,只有沈安途没有母亲。男孩之间的对抗本来就已经够呛,再加上三个母亲在生活上不着痕迹的排挤,沈安途过得很艰难。他经常吃不到早饭,或者脏衣服没人洗——她们故意让用人遗漏沈安途的衣服。

但沈安途有个很大的优势,他的学习成绩很好,如果没有谢铎,沈安途可以稳坐Z中第一的宝座。

起先沈超也在Z中,但每次考试都在中下游,为了不被沈安途比得太难看，沈超的母亲求沈开平让他转了学，去了一所私立高中。而沈奇、沈明飞比沈安途小，沈安途上高一那年他们还在上初中，所以学校反而成了沈安途最喜欢的地方。

"你不知道，沈开平这个疯子，他大概觉得当初如果自己那个儿子会一点功夫就不会被绑架，于是硬逼着我们四个人学格斗，所以我们会在放假的时候两两练习对打。"

沈安途继续说，谢铎默默地听。

"沈超看我不顺眼，经常用对练的借口揍我。他身体素质比我好，我打不过他，常常带着一身伤去上课。"沈安途冲谢铎笑笑，"你大概没有注意过。"

谢铎哑然，他确实没有印象。

"不过没关系，我在学校里还有你，谢铎。"

谢铎有一瞬间迷惑："高中的时候我们……"

"我们根本不熟，对吗？"沈安途又笑了，"你知道吗？我生病反胃那天晚上，我问你我们是怎么成为朋友的，你说我们高中时关系就很好，我们做了十年的好兄弟。我知道你是在骗我，但是我真的很高兴……"

"虽然你可能从来没有注意过我，但你是开学后第一个跟我说话的人。其他人知道我的身份后都排挤我，只有你对我的态度没有改变。也许你本来就不曾在意过我，对我只是对普通同学的礼貌，可对于那时的我而言，这已经算是救赎了。"

Part 5. 我们都是傻子

谢铎简直不敢相信自己的耳朵。

沈安途笑道："其实我回国后一直想找个机会跟你重新认识一下，可是……"

谢铎直直地盯着沈安途，幽深的瞳孔里泛着细碎的光，仿佛把漫天星辰搅碎了塞进一颗指甲盖大小的玻璃珠子里。

片刻后，谢铎说："沈安途，我们都是傻子。"

沈安途不解。

谢铎："我之前说从高中开始我们就是朋友，这的确是假的；我们做了十多年的兄弟，这也是假的。但是沈安途，我想跟你成为朋友这一点从来都是真的。我现在再说一次，沈安途，我这辈子交过很多朋友，但是'挚友'这个唯一的称号只属于你。我对你的过去并不是一无所知，也因此更加欣赏你的勇气和才能。沈安途也好，沈凛也罢，都是我想结交的。"

"从高中起就只有你总让我产生危机感，每次考试出成绩时，我必定先看你的成绩。你很出色，沈安途，你这样的人怎么会默默无闻呢？"

这次轮到沈安途震惊了，他身体前倾，眼睛盯着谢铎，像一只无法消解人类情绪的小动物。

"但是请你原谅我，那时的我就是个蠢货，固执地端着自己那点虚无的自尊心。直到你高三离开以后，我才意识到，其实我应该早一点跟你交好。我们拥有相同的爱好，相同的抱负，我们早该成为朋友的。"

"噗……"沈安途再也忍不住，开始捂着脸笑起来。开始还是小声轻笑，最后变成放声大笑。

谢铎说得没错，他们都是傻子。即便现在在商场上叱咤风云、翻云覆雨，在十多年前那间小小的教室里，他们都是懦弱无能的胆小鬼。

哪怕他们其中的任何一个人先站出来，在早晨上学的路上撞见时说一句"你好"，结局可能就会有很大的不同。

他们本可以真的像谢铎想象中的那样，一起上学，一起高考，一起并肩闯出一片天地。

但是他们没有。

他们白白浪费了十年，平白吃了很多苦头。

"没关系，谢铎，没关系。你看，我们现在不是成了好兄弟吗？英语里有句话叫'All is well that ends well'（结局好就一切都好），中文该怎么说来着？总之……总之现在没事了。"

沈安途不知道自己笑得满脸都是泪水。

"谢铎,我这辈子从来没交过好运,这是唯一一次。我感谢这场飞机事故,感谢它把你送到我面前。"

声带仿佛凭空消失,谢铎一句话也说不出。他只能紧紧握住沈安途的肩膀,动作间大腿上的伤口的痛感仿佛在提醒他,这一切都是真的。

"因为这场事故送来了你,所以无论是谁在我的飞机上动了手脚,我都不会计较。但是,他竟然敢动你!"

沈安途的声音骤然冷了下来,他的人格似乎一瞬间从"沈安途"切换到了"沈凛"模式。

谢铎这才想起来,沈安途的故事还没有结束。不仅仅是没有结束,甚至都没有到他最在意的部分。

"后来怎么了?你为什么突然出国?"谢铎问。

沈安途缓了一阵才继续道:"开始我以为,沈开平虽然是个恶人,但他好歹在我无依无靠的时候拉了我一把,既然他需要儿子,那我可以当他的儿子。可后来我才发现,事情没那么简单,我只不过是另一个沈奕星。"

沈安途后来去找过当年要和沈丽君结婚的富商,几番拼凑,终于还原了当年事件的原貌。

当时沈开平找到了沈丽君,说要沈安途回来给他当儿子,为此可以补偿沈丽君一笔钱,这笔钱足以买断普通人的一生。但沈丽君头一次把钱放在了第二位,她知道沈开平是什么样的人,沈安途绝不能回去,所以她拒绝了。

因为害怕沈开平报复,沈丽君去求自己的未婚夫,让他出面保一下沈安途。但没想到沈丽君拒绝的那笔钱此时已经到了未婚夫的手里,她偷听到他和沈开平讲电话,说是晚上就可以直接带人走。

沈丽君别无他法,只能带着沈安途逃跑。

但她只是对沈安途说:"宝贝中考考得这么好,妈妈带你去旅游。"

沈安途什么都不知道,他坐上了沈丽君的车,开开心心地玩着手机,和沈丽君计划去旅游的路线。然后——

"那根本不是意外车祸,是沈开平蓄意安排的。

"他们跟我说我妈伤得很重,抢救无效死亡。不是的。

"你猜我是怎么知道的?

"距离高考还有102天的时候,我在房间里看书,两个用人在我窗台底下的花园里聊天,非常详细地描述了我们发生车祸的整个过程。他们说我母亲死不瞑目,说得好像亲眼看到了似的……"

沈安途安静地坐在谢铎的床边,语气平淡毫无起伏,像是在说别人的事。

谢铎拍了拍他的肩膀:"他们是故意的,有人在背后指使。"

"我知道。"沈安途说。

沈安途当然知道,距离高考最关键的一百天,他昨天才拿到了数学月考的满分卷,下一次模拟考他依旧会是Z市文科第一。他的前途一片光明,那些人在想什么,沈安途怎么会不清楚。

但是他没有办法,他忍不住,那一瞬间他什么也看不见了。他的大脑像是中了病毒,显示器刺啦作响,一会儿出现沈丽君夸奖他的笑脸,一会儿出现沈奕星逃跑时狼狈又坚定的背影,间或穿插着用人们八卦的叹息声和笑骂声。

"所以第二天,我去了沈开平的书房。"

Part 6. 他需要钱

接下来的事情沈安途不太愿意讲,但谢铎坚持要听,所以他只囫囵说了个大概。

得罪了沈开平,自然不会有什么好下场,他被沈开平扔到了Y国。这里落后又混乱,黑暗充斥着每一个街头不起眼的角落。沈安途被扔在一间阁楼里,身无分文,每天有人来送一日三餐,仅此而已。

沈开平告诉他:"要么乖乖认错,给老子磕三个头,我放你回来高考;要么就在这个鸟不拉屎的地方平庸地待一辈子吧。"

这根本不是沈安途的错,他要认什么?他这辈子犯的最大的错就是成了沈开平的儿子。

他绝对不会向沈开平低头,也不要平庸地过一辈子。

刚开始的一个月过得很痛苦,沈安途砸坏了阁楼里所有的家具,还绝食,故意弄伤自己,但是都没用。后来他才想明白,沈开平根本不在乎,没了沈安途,他还有三个好儿子。

沈安途又计划逃回国内,但是他孤身一人,身无分文,没有护照、身份证,和当地人语言不通,报警也没人信。每天来给他送饭的男人不仅不会帮他,甚至还往他的饭菜里吐口水。

沈安途尝试了所有方法,别说回国了,就连离开一个市区都很难。

错过高考的那天晚上,沈安途哭了一整夜。

谢铎开始后悔自己揭了沈安途的伤疤,他已经无法阻止这些伤口的形成,但至少希望它们别再这样疼。

六月九号,高考结束的第二天,沈安途独自一人在异国他乡的小阁楼里度过了自己十八岁的生日,未来一片黑暗,看不到尽头。也正是这个晚上,他彻夜未眠,想高考,想妈妈,他决定为自己拼一条出路。

现在的沈安途非常能够理解沈丽君对钱的执着,他需要钱,需要很多很多钱,只要有了钱,他就可以买到新的身份,就能买到回国的机票,就能重新上学。

可是钱从哪里来呢?

这是一个非常不公平又异常公平的世界,想获得什么就得先付出点什么。沈安途估量了一下自己,他还有一张能用的脸。

刚开始的时候他在最廉价的夜场酒吧干活儿,为了来钱快什么都干,不会跳舞就去学,不会喝酒就多练,客人不喜欢他面无表情,他就拼了命地笑,被欺负了他也咬牙忍着。

但是他挣得太少了,酒吧老板欺负他是个外国人,又是个才成年的小孩,支付的薪水很少。沈安途抗议不成还差点被打,他唯一的收入来源就是客人给的小费,即使这样偶尔还会被霸道的同事给抢走。

整整两个月，沈安途每晚泡在酒吧，凌晨才回家，浑身酒气，钱没挣到多少，倒是把自己搞得像个邋里邋遢的绝望的酒鬼，来送饭的人看了都忍不住啐他一口。

不要说别人了，沈安途每每看到镜子里的自己都觉得厌恶。但是他必须坚持，坚持不下去的时候就想一想沈丽君，想着未来哪天自己发达了，能给她重新买个好点的墓地，再让沈开平跪在墓碑前向她请罪。

他靠着给自己画饼充饥度过了艰难的两个月，以及接下来十年里所有难以忍受的坎坷。

沈安途的状况自然传到了沈开平的耳朵里，他在得到这个消息后似乎放弃了沈安途。之前他还会隔一段时间来问沈安途有没有反悔，现在却完全不闻不问了，送饭的人也逐渐懈怠，时来时不来的。

但这两个月也不是全然浪费了，沈安途学会了说Y国话，虽然还不是特别熟练，至少日常交流没问题了。

此时的沈安途掌握了夜场的基本规则，他离开了底层的酒吧，去了高档的夜店应聘。店长上下打量了他一圈，问他会什么。沈安途说："我会跳舞。"

夜店会跳舞的美女司空见惯，会跳舞的男人却不常有。

沈安途其实根本不会跳舞，但是他会观察，两个月的时间足够让他掌握到某些关键的律动和舞蹈精髓。当然算不上专业，却也能让人眼前一亮。

沈安途一夜成名，越来越多的客人慕名而来，但麻烦也随之而来。他的粉丝越来越多，而有些人扬言要毁了他。

沈安途并不害怕，反正他现在一无所有，生活已经不会更糟。他不觉得那些人是麻烦，而是把这些都看作机会。

沈安途小心翼翼地和众人周旋，用甜言蜜语和迷人笑容蛊惑众人。他学会把所有情绪掩藏在伪装之下，只为从他们的口袋里掏钱。

但是不够，还远远不够。

沈安途仔细想了一下，只要回国，无论在什么地方继续上学，都很难逃开沈开平的势力范围。所以他打算去A国，至少不用日夜担心哪天再被抓回去。

而要在A国上学，学费和生活费都是远超想象的，他需要更多的钱。

终于，他选中了第一个目标，那是一个非常乖巧的富家千金。她明显是被朋友怂恿来的，懵懵懂懂，刚看到沈安途扭两下腰就羞得脸红尖叫，却又忍不住从指缝间偷看沈安途。

从那晚开始，她每天晚上都会来，送丰厚的小费。沈安途此前从不对任何客人示好，却破例每天请她喝一杯果汁。

一个月后，当这个小姑娘在酒吧后门拦住他，问他有没有女朋友的时候，沈安途知道自己成功了。

选这样的小姑娘理由很简单，她们单纯善良，渴望爱情，又因为胆小不会对肉体接触有过多要求。沈安途保持距离反而会让她们觉得他是个可靠的绅士，同时她们也很有钱，愿意为了爱情一掷千金。

沈安途对她，对接下来无数个这样的女孩说："我有喜欢的人，但是她不爱我，我正在尝试忘记她。如果你不介意的话，我们可以试试。"

女孩那么单纯，什么都不懂，激动万分地答应下来，却不知道自己只是沈安途向上爬的踏板。

三个月后，沈安途小赚了一笔，然后提出分手，理由是忘不了白月光，不能继续欺骗她。

女孩悲痛欲绝，再也没来过夜场。

沈安途用类似的手段骗了不知多少人，现在人们终于知道，他哪有什么白月光，他只是想要钱而已。他还说自己要钱上大学呢，谁信？他就是个骗子。

沈安途也因此挨过不少教训，第一个教训就来自富家千金的哥哥。他被人围在巷子里狠狠地打了一顿，他用手臂好好地把脸护住，等人打完了又爬起来继续赚钱。

一年以后，他遇到了季远。季远不是第一个要沈安途陪喝酒的，但他们那种灌酒方式一次就会要人半条命。沈安途不想理会他们，所以拒绝了季远，却没想到引来了季远的报复。

那晚沈安途被夜场一个颇有名气的混混带人拖进小巷里殴打，要不是后来虞可妍及时出现救了他，沈安途恐怕已经落下残疾。

后来沈安途才知道，虞可妍是为了逃避家族联姻来Y国散心的。当时虞可妍在虞家的处境不是很好，她上头有两个哥哥争权夺位，虞可妍唯一的用处就是被拿来联姻。

虞可妍从周芸手里救下了沈安途，送他进医院休养。在看清他的长相后，还问他愿不愿意假扮她的男朋友，她需要一个听话懂事能带给外人看的男人来掩饰。

这一刻，沈安途突然看见了希望。他对虞可妍说，我帮你争取虞家的权力，帮你脱离联姻的命运，你给我钱，我要去A国上学。

当时虞可妍觉得他是异想天开，但不过是支付一点点学费而已，又有何不可？她没想到的是，在接下来的四年里，沈安途真的一步一步帮她拿到了芬梅卡集团三分之一的权柄。

第十二章
安途

Part 1. 死对头又怎么样

"所有人都以为我是逼死亲爹、排挤兄弟、靠女人上位的，除了第一条，其他的都对。"

沈开平早些年受的伤在上了年纪后争先恐后地发作起来，蚕食了他的身体。在一次决策失误后，锦盛亏损严重，沈开平受不了刺激竟然中风了。

沈安途知道这个消息的时候，生了一天的闷气。他的报复还没有开始，沈开平竟然就要死了？世间哪有这样的好事？

于是沈安途和虞可妍达成了交易——"芬梅卡不是想开拓华国市场吗？你帮我拿到锦盛董事长的位置，我把锦盛送给你当踏板。"

谁能想到，在沈安途最初的计划里，锦盛从来都不是他的目标，他只是单纯地想报复沈开平。

沈开平那么在意锦盛这座江山，那么在意血缘和继承人，他就偏要把锦盛夺过来，让它在发展最好的时候冠上别人的姓氏。一想到沈开平看到这一切时愤怒不甘的样子，沈安途便觉得痛快至极。

"我不要他死，我要他活得好好的，甚至他脑死亡一个星期后我才让人拔了气管。"沈安途说得咬牙切齿。

虞可妍的投资其实进入得并不顺利，当时还有另一家国外集团也想入股锦盛，可沈安途骗沈开平说："等我娶了虞可妍，她手上的股份还不是归我？锦盛还在沈家人手里，我知道你不喜欢我这个儿子，但谁叫我也姓沈呢？"

沈安途没猜错，上了年纪的沈开平的想法更加愚昧保守，既然都是来抢他江山的狼，倒不如给一个姓沈的。

但光钱到位还不够，没有正确的决策和运营，集团情况照样每况愈下。沈安途要实权，于是他又对躺在病床上的沈开平说："你不想看到锦盛恢复原来的繁盛吗？让我试试吧，爸爸，我帮虞可妍拿到了她想要的，我也能帮你拿到你想要的。"

沈安途了解沈开平,也了解他那三个兄弟。沈开平花了十多年时间,始终没能从"剩下的"三个人里挑出一个满意的。而沈安途这个曾经被他放弃的儿子,反而成了最像他的那一个——野心勃勃,奸诈狡猾,不择手段,他让沈开平忌惮,但无疑也是沈开平最满意的继承人。

　　沈开平一边把权力下放给沈安途,一边又让手下牵制他。但沈安途是一头饿了十年的狼,沈开平放开了锦盛的栅栏,他自然毫不犹豫地一口咬上去,吞吃啃噬,没过多久就把锦盛一半的权力握在了手里。

　　沈开平这个时候已经察觉到事态不对,他还没死,还活得好好的,他还不想那么快退位让贤。

　　当时沈开平的身体恢复了一点,已经可以坐着轮椅出院了。他找到沈安途,让他把公司的权力还回来,沈安途当着他的面捧腹大笑了好久。

　　"你在说什么呢爸爸?现在我是锦盛的董事长,而你只是一个连路都没法走、入土半截的老头儿,我凭什么听你的?哈哈哈——怎么?生气了吗?又想把我扔去Y国?求求您千万不要,哈哈哈——"

　　沈开平当天就进了急救室,抢救了一晚上才捡回一条命。

　　沈安途说到这里,反省了一下自己:"好吧,逼死亲爹这一条也算对吧。"

　　谢铎无奈地摇了摇头。

　　此刻已是凌晨,再过两个小时天就该亮了,但他们两个人谁都没有睡意。

　　"其实在我发现张盛挪用公款这件事后就已经做好了计划,一两年后,当这个财务的窟窿大到一定地步,我就会揭发他,然后趁机再一次增资扩股,把锦盛完全交给虞可妍。我们的交易结束,到那个时候我就可以功成身退,恢复自由人的身份,开始新的生活。但这个时候我重新遇见了你,谢铎。"

　　高中的时候,沈安途虽然知道谢铎家里有钱,却不知道他是瑞乾的继承人。而他接手锦盛后,被各种事务缠身,即便和瑞乾集团明争暗斗了小半年,也没空想众人口中的谢家是哪个谢。

终有一次，在某商务名流的宴会上，经别人介绍，沈安途见到了自己的"死对头"——谢铎。

那年沈安途已经二十五岁了，他度过了人生中最黑暗的年月，曾和各种牛鬼蛇神打过交道，算计别人，被别人算计，受过很重的伤，伤好以后又双倍报复回去。他一步一步踩着自己的血往上爬，终于到了今天这个地位，如今谁见了他都要尊敬地叫一声"沈先生"。但这样的沈安途，却在见到谢铎的一刹那，又变回了那个躲在角落里，自卑又无助的十六岁高中生。

谢铎还是那么优秀而耀眼，他站在人群里，所有人都是专门衬托他的背景板。

沈安途一眼就在人群里看见了他。

虽然从见到谢铎的那一刻开始他就手脚发冷，止不住地颤抖。但他掩饰得很好，假装和女伴说笑，和谢铎擦肩而过。谢铎只是冷漠地扫了他一眼，接着便同身边的人继续对话。

沈安途在心里苦笑，看吧，他就知道会是这样的下场，谢铎恐怕都忘了自己和他曾是高中同学。

但很快，一个卑劣的念头让他的手脚重新热了起来：只要他一直是锦盛的掌权者，只要他们一直是竞争对手，他就可以和谢铎并肩而立。死对头又怎么样？只有沈安途才有资格做谢铎的死对头。

多年来压在他心底的负能量终于有了发泄的出口。

这一刻，天边月不再是天边月，它落进了沈安途面前的水池里，好像伸手一捞就能藏进口袋。

于是两年前就能离开的沈安途一直留到了现在，张盛也多过了两年好日子。直到沈安途发生飞机事故，他被谢铎带走，才让这个计划重新提上日程。

说来也奇怪，在飞机事故后沈安途失忆的那么长一段时间里，他对身边的一切都保持着警觉。他怀疑自己的身份，怀疑医院里的护士，怀疑来家里做饭的赵阿姨，怀疑谢文轩，却独独没有怀疑谢铎。

接下来沈安途用三分钟简要还原了他瞒着谢铎在锦盛做的计划，一分钟解释了这个计划失败的原因，接着花十分钟痛骂石晓东以及前任秘书西蒙。

谢铎正认真听他说话，但见他的脸色越来越差，渐渐察觉出了不对劲。他伸手探向沈安途的额头："怎么这么烫？你是怎么来B国的？"

沈安途都没发现自己在发烧，但他不想让谢铎更担心，于是把这个话题含糊揭过："坐船来的，晚上受了点凉。"

知道了自己在生病后，沈安途就不再和谢铎挨在一起，而是挪去了床角。谢铎在心里大骂自己是蠢货，沈安途一直在发烧，他竟然到现在才发现，怪不得今晚沈安途的情绪不太对劲。

"我去叫医生过来，你乖一点，别乱动！"

沈安途怏怏地道："别叫医生，如果医生进来，你爸妈也会进来，他们会把我抓走扔到大海里去喂鲨鱼……"

"你都已经开始说胡话了！快起来，我来按铃叫医生。"谢铎说完掀了被子就要去抓他。没想到他鱼似的滑溜，一翻身便下了床。

"别叫，我自己出去。"沈安途把鞋子穿好，"我很快就走。"

"沈安途你敢！"

沈安途笑起来，眼角弯出狡黠的弧度："你现在知道了，我是沈凛。"

Part 2. 让他走

"我得走了。你好好在这里养伤，我回去处理一些事情，我保证我们会在一起过年。如果你不回华国，我就来B国找你。"

当清晨的第一抹阳光照上窗台的时候，沈安途这样对谢铎说。他笑起来，笑容疲倦但满足。他的脸上泛起不正常的红晕，眼眶下有很重的青黑色。这不只是一夜没睡的结果，谢铎看着很忧心。

"沈安途你听见我说话没有？我说你不许走！"谢铎皱眉，"你现在还在发烧你不知道吗？国内的事情我会帮你处理，你至少先把身体养好了。"

沈安途假装没听见，直直地朝大门走去。

"沈凛！"谢铎气到直呼他的大名。

沈安途从没见过谢铎这么气急败坏的样子，但谢铎越生气他就越高兴，坏水都快要从眼睛里溢出来："没看见沈总现在很忙吗？别这么不懂事。"

谢铎的脸冷了下来，这下是真生气了。

沈安途赶紧说："开玩笑的。"

谢铎拄着拐棍送沈安途出门的时候，走廊里挤满了人。B国安保人员立刻警惕地端起枪，坐在凳子上的谢长青和李薇突然惊醒，蹲在墙角的谢文轩迷迷糊糊擦了擦嘴角，周明辉靠着墙壁神色不明地看着他们。

"让他走。"说完，谢铎便冷着脸回了病房，背对着门口躺在病床上。

沈安途回头无奈地笑了笑，他在众人胆战心惊的目光中走向谢长青和李薇，冲他们深深鞠了一躬："对不起二位，谢铎受伤的事我会给你们一个交代。"

谢长青皱眉打量他："我们不需要什么交代，只要你以后别再出现在谢铎面前就行。"

沈安途起身，脊背挺得笔直："可以。"

身后的病房里传来病床不堪重负的嘎吱声，沈安途忍住笑意，又加了一个副词："暂时可以。"

李薇偏头用手帕掩住口鼻，正眼都不想看他："你害谢铎害得还不够吗？"

沈安途一愣，愧疚地低头："抱歉。"

"既然如此，从今往后你就跟谢铎断个干净，过去发生的事情我们可以不再计较。"

"那可不行。"沈安途眉毛一挑，死气沉沉的眼神突然变了，刚才还在长辈面前毕恭毕敬地做小，不过一瞬间就像换了个人似的，痞里痞气像个流氓。沈安途不能说的话,现在的沈凛都能说了。

沈安途勾起嘴角道:"实不相瞒,我和令郎已经是对天盟誓过的结义兄弟,他的事就是我的事,谁伤他一分,我就要谁偿还十分。昨晚我就是为了看他专门赶来的,年轻人的事就交给年轻人吧。老一辈身虚体弱的,在家喝喝茶、听听曲儿就行了。"

"噗……"谢文轩实在没忍住,笑了出来,然后又在谢长青可怕的眼神下捂住嘴巴乖乖缩在一旁。

"你!你这个人怎么说话的!"李薇气得想破口大骂,但她的教养又让她实在骂不出来。

还是谢长青冷笑着回应:"还是先担心一下锦盛吧,小沈总。"

姜不愧是老的辣,谢长青戳中了沈安途的痛处。他不再嬉笑,收敛了表情再次向他们鞠了一躬,接着对病房里喊了一句:"我走了。"

不等任何回应,沈安途径自朝走廊的出口走去,经过谢文轩时给了他一个感谢的眼神。

围堵的安保人员没有命令不敢放人,依旧挡在沈安途前行的路上。沈安途顺着胸前那把枪一寸一寸朝上看去,两个人眼神相触时,安保人员拿枪的手抖了一下。

"让他走。"谢长青的声音从身后传来。

安保自动朝两侧分开,沈安途大步朝前走去,再没有回头。

沈安途回国的当天,华国的新闻媒体集体爆炸,一时之间所有的新闻都包含着"沈凛"这个关键词。即便谢铎不看,也没有一天听不见他的名字,因为谢文轩每天都要来病房汇报沈安途的行程。

托谢文轩的福,谢铎知道了沈安途回国后的第一时间就带着张盛去了公安局。

张盛的一家老小都在沈安途手里,他不敢往沈安途身上泼脏水,老老实实交代了罪行。

在公安局做完笔录后,沈安途一脸憔悴地出现在媒体面前,痛诉对昔日得力手下的失望和愤怒。

"那请问沈先生失踪的这段时间都在哪里呢？锦盛出现了这么大的危机，为什么一直不回来主持大局呢？您和张盛挪用公款一事真的没有任何关系吗？"一名记者把话筒挤到沈安途嘴边。

镜头里的沈安途显得有些虚弱，他回国以后马不停蹄地处理张盛的事，只在飞机上睡了一觉。虽然吃过药后已经不发烧了，但离恢复还早得很，他到现在都觉得太阳穴突突地疼。

因为要面对媒体，所以他换上西装收拾了一下，半长的头发还没有修理，只是全部用发胶固定在脑后。虽然他看着没什么精神，但只要一个眼神就能让人明白，那个曾经在Z市商界翻云覆雨的男人又回来了。

沈安途握住话筒，嗓音沙哑地说："我并不是失踪，而是受伤太重，一直在医院里休养。至于我为什么一直没有露面，那是因为我在飞机事故里出现了短暂的失忆症，直到最近才恢复。这件事牵扯太多，所以我要求对外保密，包括对锦盛。"

"这么说飞机事故并不是您自导自演？"

"当然不是，谁会为了钱把自己和他人的性命当赌注？"

"那请问沈先生知道害您的幕后黑手是谁了吗？"

沈安途对着镜头缓缓笑了："不能说知道，只能说有些眉目了吧。这么多年来，我沈凛自认没有做过什么伤天害理的事，不知道为什么有人要害我。相信警察可以把真相查个水落石出。"

Part 3. 回到锦盛

时隔两个半月，沈安途重新回到锦盛，忙到恨不得把一个人当八个人用。

开完一场两小时的会议后回到办公室，他才清空没多久的桌子上又堆满了文件。

"西蒙，你知道吗？我感觉自己就像个大型垃圾处理场，什么烂摊子都往我这儿堆，我不仅要进行垃圾分类，还得当场把可回收垃圾直接做成成品给他们送回去。"

沈安途吐槽完才想起来自己的秘书已经换人了。

新来的秘书唐骏是个地道的本国人,没有西蒙高大英俊,也没有西蒙会看眼色,但胜在听话能做事。

这已经不知道是沈安途第多少次叫错名字了,于是他想了个办法:"唐秘书,你有英文名字吗?"

唐秘书老实巴交地回答:"没有,沈总。"

"那从现在开始你有了,你就叫西蒙,有问题吗?"

"没有。"

"很好,去工作吧。"

沈安途叹了一口气,认命地开始处理工作。他现在无比怀念在谢铎别墅里的日子,每天吃饱了睡睡饱了吃,还有人照顾。再看看现在,他拼了命地工作,得不到几个钱不说,还伤身又劳神。这都要怪石晓东和西蒙,当然主要是怪石晓东。

就在几天前,就在这间办公室里,沈安途大张旗鼓地把石晓东赶了出来,确保厕所的保洁阿姨都能在十分钟内知道这个八卦。

那是沈安途从公安局出来的第二天,他还在感冒咳嗽,却不想再浪费时间。他带人风风火火上到锦盛大楼顶层的董事长办公室,命令石晓东立刻收拾东西离开这间屋子。石晓东脸色很不好,但还称得上镇定。他表示经过新的股东大会选举,现在他才是锦盛的董事长,要走的是沈安途。

沈安途懒得跟他废话,直接让人宣读公司章程。石晓东申请召开股东大会且能被选为新董事长的前提,是沈安途因事故失踪,不能管理公司事宜这个事实。而一旦沈安途回归,该前提不再成立,那么董事长换届的决策便有待商榷。按照公司章程,是需要再次召开股东大会重新投票的,但这个时候沈超帮了个忙。

正如沈安途所料,沈超在之前的股东大会被石晓东骗得很惨。石晓东等人一开始就和沈超达成了交易,他们帮沈超拿到锦盛,事成之后沈超会转让一定比例的股权。但他没想到这几个人只是把他当枪使,让他干尽了得罪人的事,然后再一脚踢开,成为整个锦盛的笑柄。

现在沈安途回来了,沈超为了报复石晓东,主动揭发了不少股东大会的投票黑幕。很多股东都被买通了,沈超手里藏了点证据。那么根据法律法规,那天股东大会上的决策无效,如果石晓东不肯离职,他们可以在法院里吵一架。

一堆法条和章程摆在面前,石晓东没再争辩,只是临走时在沈安途耳边道:"祝沈董早日找到害你飞机失事的凶手。"

"多谢。"沈安途脸上笑得有多欢,心里骂得就有多狠,石晓东这个老东西,临走了都不忘恶心人。

但同时,他这句话也在告诉沈安途,沈安途可以把他从董事长的位置上拽下来,可以当着全公司人的面让他出丑,却不能给他实质上的惩罚。即便知道当初在飞机上动手脚的幕后黑手是石晓东,沈安途也没有证据,他很可能永远也找不到那个失踪的黑匣子,也许还包括吴康雅。

沈安途和谢铎差点丢了性命,锦盛集团险些破产,而导致这一切的元凶却依旧能过着好日子,没有半点损失。

沈安途绝不可能咽下这口气,但他现在没空想这个,他必须先把岌岌可危的公司救回来。

之前锦盛一团混乱的主要原因就在于分裂,各个派系只顾着自己的利益,没人想着经营公司。而现在沈安途回来了,他在锦盛的威名犹在,不需要使什么手段,那些趁他失踪转向其他势力的人手便纷纷回归。沈安途恩威并重,一个濒临坍塌的集团开始重新运作。

最主要的当然是解决资金问题,但因为有虞可妍在,这件事反而是最为顺利的。

本来锦盛的负债就很高,这是房地产公司的通病,加上张盛掏空的那部分,如果再没有外来资金注入,下个月锦盛就将发不起员工的工资了。所以当沈安途提出再一次增资扩股时，没什么人反对。

于是很快，所有媒体都开始报道芬梅卡集团控股锦盛这件事，连带着猜测起沈安途和虞可妍的婚期来。毕竟两个人很早就订婚了，现在虞家得到了锦盛，相当于获得了来自沈安途的彩礼，两个人离结婚几乎只差一个仪式了。

而就在这个时候，出乎所有人的意料，沈安途和虞可妍二人突然公开宣布分手，从此以后只是普通的商业合作伙伴关系。

而这么一个在媒体间掀起轩然大波的决定，其实只是在锦盛对面一家小咖啡馆里随意聊出来的。

那天虞可妍抵达咖啡馆的时候，沈安途已经在了。他坐在常坐的角落里，穿着正式的西装，头发剪回了过去的短发，还做了个造型，露出光洁的额头，干净利落，眉眼精致锐利，和三个月前的打扮没有任何区别。但虞可妍很明显看出他不一样了，毕竟过去的沈凛可不会一边盯着手机屏幕一边傻笑。

虞可妍在他对面的位子上坐下，向服务员点了杯拿铁，然后上下打量着沈安途道："看来某人最近过得很顺利嘛。"

沈安途收起手机，重新调整表情："恰恰相反，非常艰难，我现在已经完全沦为一台没有感情的工作机器。"

服务员把咖啡端上来，虞可妍说了谢谢，然后再次观察起沈安途来。他现在的状态很好，前所未有的好，像是一株长期待在黑暗里的阳生植物突然见到了光。

这让虞可妍不由得想起半个月前的那个晚上，沈安途得知谢铎遇上枪袭生死未卜，信任的秘书西蒙背叛了他，他打电话时，歇斯底里的，像个疯子。

"我要找谢铎把话说清楚！虞可妍，帮我准备飞机，我要去B国，现在就要！"

虞可妍劝他冷静："不止警察在查你，谢家和石晓东都在找你，你只要坐上我的飞机，下了飞机就会被直接押送回国。"

"那就坐船出去，无论用什么办法，只要你能帮我去B国，怎么都行，什么条件我都答应你！"

"冷静一点，Andrew，如果一直坐船，你可能需要半个月才能晃到B国，那个时候谢铎说不定都已经出院回国了。"

"那就先坐船出境再转飞机，我跟谢铎的堂弟确认过了，谢铎伤到了大腿，短时间内都不方便行动，我无论如何一定要去找他说清楚。虞可妍，求你了……"

虞可妍握着手机愣住了，从她认识沈安途到现在，这么多年，从来没听见沈安途用这种卑微的语气说话，更别提求什么了。就算当初在Y国被人用鞭子抽都没服过软的人，那么精明算计、冷漠无情的沈凛，竟然为了要见一个人，完全丧失理智，肯让虞可妍漫天要价。

虞可妍向他反复确认："你知道就算你陪在谢铎身边也帮不了什么忙对吧？"

"知道。"

"同样你也知道，现在留在国内处理公司危机比傻乎乎跑去B国见兄弟一面更明智对吧？"

"知道。"

虞可妍没什么要说的了："准备一下，最迟清晨你就能上船。"

Part 4. 谢谢你

"干吗用这种眼神看我？"沈安途的脸蒙在咖啡袅袅升起的热气里，他半眯着眼，整个人呈现一种毫无戒备的放松感。

虞可妍笑他："你以前可不是这样的。"

和沈安途刚在一起的前几年，虞可妍觉得他就是一台机器，只要给他设定目标程序，他就能在最短的时间内让你看到你想要的结果。比如，虞可妍说我要一个听话的情人，沈安途就会每天准时抱着一捧玫瑰在公司楼下等她，眼神含情脉脉，任谁看了都觉得他对虞可妍情根深种。可只有虞可妍知道，他漆黑的眼睛里什么也没有。

时间久了以后，连虞可妍都劝他没必要这么敬业，他们只是契约关系。沈安途却说无所谓。

后来虞可妍才隐隐约约察觉到，在他那些没心没肺的笑脸下总是藏着一点孤独的影子，不过他向来伪装得很好，没人瞧得出。而又因此，他看上去更加孤独。

虞可妍搅拌着咖啡道："我的意思是，你现在这样更好。"

沈安途也笑了，但突然喉咙一痒开始咳嗽个不停，好半天才停下来。

虞可妍抽了张纸巾给他："感冒这么久了还没好？你去 B 国这一路上到底经历了什么？"

沈安途用纸巾擦了擦嘴角，叹了口气："一言难尽。"

为了避开三方势力的抓捕，沈安途只能坐货船出国。原定计划是在 X 国周转，坐飞机前往 B 国，这样他的行程可以缩短到两天。但非常不幸的是，轮船在经过 Y 国时被警察拦下，因为这艘船被人举报偷运违禁品，所有人都必须接受检查。沈安途只好改变计划，从 Y 国想办法前往 B 国。这样一来，沈安途足足花了五天时间才抵达目的地。

接下来就是怎么偷偷溜进谢铎所在的医院了。沈安途提前和谢文轩约定好，谢文轩会在晚上谢父谢母不在的时候带他去见谢铎。但他没料到谢家的安保这么严密，任何去见谢铎的人都要验明身份，至少要露脸。但沈安途这张脸早就成了谢家的黑名单上头一号，要真露了脸，按照谢家的办事速度，警察会在三分钟内把他铐走。

好在谢文轩急中生智，给沈安途弄了把空枪，沈安途靠着把谢文轩当人质的戏码才进得了谢铎的病房。

这一路上的过程艰难到沈安途都懒得复述，但不管怎么样，他找到谢铎了，这是最重要的。

见沈安途不愿意说，虞可妍也就不再追问，只说："工作再忙也别忘了身体。"

沈安途抿了一口咖啡："既然你这么关心我，那明天新商业广场的剪彩仪式你替我去。"

"想得美。"

"为什么不行？现在锦盛是你的了，下一次开股东大会你就是锦盛的董事长，提前为集团做一点贡献难道不是理所应当的？"

虞可妍双手撑着下巴，笑得明艳动人："我知道你在想什么，凛凛，你今天让我去参加剪彩仪式，明天就会把所有公司事务推到我头上。而你，就能开开心心地享受'退休生活'。没门！按照约定，你什么时候把锦盛变回半年前的样子，什么时候才能恢复自由身。"

沈安途面无表情地放下咖啡杯，瓷制杯底和杯垫之间发出清脆的响声："咖啡AA。"

"哼，小气。"虞可妍抠起自己的美甲来。

沈安途盯着虞可妍看了一会儿："可妍，谢谢你。"

虞可妍惊恐地瞪他："大可不必，我们之间可没有情分。我帮你只是因为利益，要是哪天你踩到了我的底线，我照打你不误。"

沈安途笑了，没再说话，这就是他喜欢虞可妍的原因。从某种程度上来说，他们是同一种人，知道自己想要什么，每件事情都分得清清楚楚。但事实就是，如果没有虞可妍，沈安途不知道什么时候才能逃离Y国，更别提去A国上学；如果没有虞可妍，沈安途不可能在回国后的第一时间就拿住锦盛；如果没有虞可妍，沈安途也不可能抵达B国见到谢铎。

不过感谢是一回事，婚约又是另一回事了。

"现在你是芬梅卡集团三分之一的掌权人，又为芬梅卡打开了华国的市场入口，没人敢对你的婚姻指手画脚了。我觉得我们可以提前结束这部分的交易，你认为呢？"

虞可妍捂脸哭泣："哦，狠心的男人，这就把人家甩啦，呜呜呜——"沈安途面无表情地看她演戏。

得不到回应的虞可妍只好正经起来。

"我当然没问题，但是你要想好，有虞家在你背后撑腰，你的生意会好谈很多。如果解除婚约,其他人就会重新考虑你的价值。"

沈安途淡淡地道:"无所谓,我又不是真靠女人上位的。"

虞可妍知道他的手段,并不担心,笑着对沈安途道:"我知道你这么多年从来没有真正开心过,现在你得偿所愿,我由衷地替你开心,等你真结婚那天务必叫我。"

"一定请你,话说你想要纸质的请柬还是电子的?"

"电子的就行,我是个意志坚定的环保主义者。"

两个人又闲聊了片刻,沈安途必须回公司继续上班了。临走前,虞可妍问他:"石晓东你想好怎么处理了吗?"

沈安途皱眉:"现在没有证据,很难将他定罪。谢铎那边也在继续查枪击案,雇佣国外的杀手团必然要经过掮客,警察已经确认了那名掮客的身份信息,但至今没有抓到人。"

"那就让他继续在公司里逍遥?我现在想起那场飞机事故都觉得后怕,他每次在我眼前晃来晃去我都想揍他一顿。"虞可妍气愤地道。

"也不是完全没有办法。"沈安途冲虞可妍眨了眨眼,"把他关进监狱目前还有点困难,但是让他过得不那么痛快的方法却有很多。"

Part 5. 我回来了

经过一系列的丑闻,锦盛的声誉一落千丈。为了挽回公司形象,沈安途什么方法都用上了,包括自己的"美色"。

他开始不停出现在媒体的镜头里,各种会议,各种采访,前两天还上了一个经济杂志的封面。明明就是普通的黑色西装,双手交叉站立的姿势,就凭他那张要笑不笑的脸,硬是把一个正经财经类杂志搞出了时尚杂志的调调,因此在网络上火了一把。

这样高强度连轴转下来,累是累了点,但沈安途的心情还是很不错的,因为谢铎终于肯回他消息了。

虞可妍说得没错,工作再忙也不能忘了身体。沈安途这次一病就病了很久,好像自从飞机事故后,他整个人的身体机能就变得脆弱了起来。

沈安途觉得这样下去不行,于是这两天没事就泡在健身房里,之前消失的肌肉线条再次清晰起来,他照镜子的时候觉得很满意。

当然,最让沈安途心情大好的,还是谢铎逐渐康复的消息。

谢铎向来要强,沈安途问他恢复得怎么样,他总说很好,可真要问他什么时候能回国,却又不肯说了。沈安途猜测他年前应该是回不来了,于是又琢磨起去B国看他。

不过这些都是以后的事了,年前需要沈安途操心的事可以列满整张A4纸。

"哎呀沈凛老弟,真是相见恨晚啊。晚上的宴会你一定得来,到时候我们接着聊!"

"一定一定。"

沈安途送万鑫集团的老总进了电梯,心里稍稍松了口气,这应该是年前锦盛谈成的最大一笔生意了。

"做得不错,年终给你们包个大红包。"沈安途挥退了手下人,留自己和唐秘书等另一部电梯,打算离开中层会议室,回顶层的办公室。

"叮"的一声,电梯门缓缓打开,石晓东带着一行人出现在沈安途面前。

"沈董。"石晓东走出电梯,笑容得体,语气熟稔,不知道这两个人关系的会以为他们交情很深。

"石总来用会议室?"要比谁更会装,沈安途还没输给过谁,他的态度比石晓东更热情。

"是啊。"石晓东下巴一扬,示意刚刚万鑫老总离开的方向,"沈董好大的面子,竟然把瑞乾的老熟人给抢了过来,不愧是沈董。"

沈安途哈哈大笑起来:"过奖过奖,干我们这行的嘛,不都是这样?"说着他收起笑容,压低声音,意味深长地说,"听说谢铎伤得不轻,那还不趁他病,要他命?当初我出事的时候,瑞乾不也照样抢我们的生意。"

石晓东眼尾一挑,很快敛去情绪,笑道:"沈董很会把握时机啊。"

221

"过奖过奖。"

沈安途笑着与石晓东擦肩而过,往他身后的电梯走去。

石晓东却突然伸手一拦:"沈董,之前西南边的商业街全部是由我负责管辖的,十多年都是如此,可今早却突然有个不懂事的实习生跑过来说西南片区给了吴总?这是什么意思?"

沈安途表情惊讶地道:"嗯?昨天石总没来开会吗?我们和几位主管商量了一下,大家一致认为西南那片商区关系太……'杂乱',很多账目说不清楚,正需要吴贺这样雷厉风行的年轻人去理一理,大家都觉得很合适呢。"

石晓东咬牙:"昨天什么时候开的会?根本没人通知我。"

"没人通知?那您可得好好管管手下人了,这么重要的线上会议竟然没人告诉您,这可真是……"沈安途话头一转,"不过没关系,石总年纪大了,正好把肩上的担子卸一卸,我听说令爱最近才得了个大胖小子?现在您可不有空看孙子了?石总,不用谢。"

沈安途笑着推开石晓东的手臂,临走前眼珠子一转,看向他身后的女秘书,很是轻佻地眨了眨眼:"李秘书今天的裙子不错。"

电梯门很快闭合,载着沈安途和唐骏往顶层去。石晓东转身看向身后的李秘书,眼里一片漆黑。

李秘书惊慌地解释:"我只给沈董送过几次文件!石总您信我!"

石晓东的视线挨个扫过身后的手下。

"开会!"

今晚的宴会非常重要,是 Z 市所有有头有脸的商业人士聚会的日子。

这对于某些集团大佬来说是一件非常不情愿的事,因为在这个宴会上,你会遇上自己的死对头。而你们见面时即便在心里把对方骂个半死,表面上也得相互吹捧,还不能不去,非常难受。

前几年沈安途都会盛装出席,他在会场里转一个小时,就能给锦盛谈成大几亿的生意,不过最关键的还是故意硌硬谢铎。要知道整个 Z 市都清楚他和谢铎的死对头身份,很少有谁敢不知死活地同时邀请他们俩参加宴会,所以沈安途在公共场合遇到谢铎的次数很少。而一旦遇上,他必定要让自己成为众人眼中的焦点,抢谢铎的风头。

但今年的晚宴不会有谢铎,谢铎还在 B 国,也不知道他身体恢复得怎么样了。

沈安途对着车窗叹气。

"啧。"身边的虞可妍放下手里的镜子,"带老娘出来参加晚宴就这么让你难以接受吗?我哪点比不上你过去的那些人?"

沈安途回头扫了她一眼,继续忧郁地看向窗外:"你的胸没有她们的大。"

"放屁!"虞可妍对着镜子挺起胸膛,把低胸的裙子前襟又往下拉了拉。

很快,轿车停在了宴会会场门口,沈安途推门下车,又转到另一边,颇为绅士地替虞可妍开了车门。

虞可妍下了车,理好自己的礼裙,手挽上沈安途的臂弯,靠近他说:"今天是我作为锦盛准董事长的第一次登场,给老娘笑起来!"

沈安途悻悻地道:"还没进会厅,不见人不营业。"

两个人就这么小声说着话走进了会场,门童毕恭毕敬地替他们开了门,鼎沸的人声和音乐声立刻包围了他们。沈安途如他自己所说,在见到人的第一秒就扬起职业的笑容。这一刻他就是耀眼的沈凛,一身挺括的银灰色西装,配上他那张扬的脸,立刻夺走了所有人的目光。很多人直到跟沈安途打完招呼,才发现他今天带来的女伴是虞可妍。

沈安途一路上听到了不少有趣的窃窃私语,说沈凛可真有意思,和虞可妍在一起的时候参加宴会从不带她,两个人分手以后却突然结伴亮相,真不知道是怎么想的。

沈安途自己也觉得有趣,但没等他多听两句,虞可妍就拉着他交际去了。

宴会就是沈安途的主场,他从进门开始就忙碌起来,端着香槟一路跟人聊到会场正中央。

大家都知道锦盛最近元气大伤，沈安途在力挽狂澜，恨不得跟在场所有老总签合同。但的确也没什么人敢拒绝他，沈凛深得他爸沈开平的真传，今天你拂了他的面子，很可能明天就会被他抢走生意，也只有瑞乾不怕他玩脏的。

沈安途被人们围在中间，和他们把酒言欢，同以往所有的宴会一样，他是众人眼中的焦点。

"程会长他们好像还没来？"

"他们哪年不是最后才到？"

众人正半真半假地抱怨，虞可妍却示意他们去看会场另一边的角落里："倒也不是都没来，诸位看那边，那是不是王副会长？"

人们遥遥朝那个方向看去，只见一群穿着低调黑西装的人围在一起谈笑，其中一位面对着他们的正是商会的王副会长。沈安途端起酒杯道："走，我们过去打个招呼。"

于是一行人跟在沈安途身后，浩浩荡荡地往会场另一边走去。

虞可妍的绯色裙摆在半空中划出一道优雅的弧线，她挽着沈安途，身姿摇曳地大步走着。走到一半，她身边的人忽然突兀地停顿了半秒钟。却也只有半秒，当她偏头想要从他脸上找出端倪时，却什么也没发现，沈安途和身旁人谈笑的表情无懈可击。

虞可妍顺着他的目光往前方扫视过去，一个高大的背影引起了她的注意。这个男人正背对着他们和副会长说话，他被一群人挡在里侧，但由于个头过高，所以显得有些突出。他们走近了虞可妍才发现，这男人一只手里还拄了一根拐棍。

众人不断靠近的脚步声终于惊扰了在角落里聊天的客人，他们纷纷回头看过来，连同原本背对着他们的高个男人也骤然回头。

英俊硬朗的面部线条，端正的五官，幽深的双眸，因为偏头的动作让他的颈部线条格外性感。

是谢铎。

沈安途和谢铎的视线在半空中交汇，这一刻，原本热闹的宴会场突然变得鸦雀无声。

沈安途看见谢铎的嘴唇无声地动了动，他在说——

"沈安途，我回来了。"

第十三章
共演

Part 1. 更重要的是你的安全

清晨的光从窗帘透进来一些，房间里开着暖气，温度正好。昨晚是这个月以来沈安途睡得最好的一个晚上。

谢铎的腿还没好全，暂时不用去公司。但沈安途不能旷工，他要在年前把锦盛的名气拉上来，这样年后就会省心很多。于是他一大早就起来了。而谢铎因为生物钟起得也很早，刚从客房出去就看见沈安途在厨房里忙碌。

他们昨晚从宴会回来已经是深夜，便就近睡在了沈安途的公寓里，一个开阔的大平层。这还是谢铎第一次来沈安途的家，他打量着眼前这个卧室，整个房间只有黑白灰三种色调，家具用品也不多，看着不像是有人常住的样子。

谢铎拄着拐棍走到吧台旁坐下，等着沈安途把早餐送到他面前。

"我很少在家里开火，所以今天才发现冰箱里什么也没有，只在壁橱里找到几包泡面，凑合着吃点吧。"沈安途把冒着热气的面碗放在谢铎面前。

"很香。"谢铎说，然后吃了一口，又夸，"好吃。"

沈安途没忍住笑出声："再夸两句，我还想听。"

于是谢铎板着那张不苟言笑的脸说："人也帅。"

沈安途身上的毛都被顺了个畅快。

谢铎吃了一口面，问他："你是怎么处理石晓东的？"

谢铎知道沈安途睚眦必报的性格，即便现在没有证据让石晓东伏法，他也不可能什么都不做放任石晓东逍遥自在。

果然，沈安途朝他露出沈凛标志性的狐狸笑容："我用了些不入流的手段，简单总结一下就是——职场冷暴力。"

谢铎抬起眼皮扫了他一眼，示意他继续。

"锦盛遇到危机的时候公司里几乎所有人都在找下家，毕竟公司都快倒闭了，谁还有心思好好工作？这可给了我一次换血的好机会，我用这个理由换掉了石晓东手下不少人。这还只是第一步，接着我又有意无意地在开会时漏掉他，却故意提拔范鸿和刁永洲，几次之后公司上下都知道我在针对石晓东，聪明人都会知道该怎么站队。这个时候再适时散播一点消息，暗示石晓东和我的飞机事故有关，这下谁还敢跟他交好？"

沈安途边说边注意谢铎的表情，但凡他有一点不高兴，沈安途都会立刻闭嘴。虽然谢铎曾说过欣赏"沈凛"的才能，但沈安途始终不想让谢铎觉得自己是一个阴险狡诈之人。

幸好谢铎神色如常，还提醒他："小心逼急了他会报复。"

从跨国买凶这一点就能看出石晓东这个人心思阴狠，很难说他不会做出什么更歹毒的事来。

"那正好，"沈安途毫不在意地吃了一口面，"我们正愁找不到证据，只要他自乱阵脚做点什么，我们就能揪住他的尾巴。"

谢铎的声音骤然冷了好几度："所以你在拿自己的命冒险？"

沈安途心中警铃大作，立刻改口："那不能！在国内他还不敢这么嚣张……我有没有跟你说过我的新秘书？我特意选了一个身手好的。还有我的车，我的车也找人改良过了，我还雇了保镖……"

"吃饭。"谢铎打断他。

沈安途沮丧地低头吃饭，连精心打理好的头发都掉下来一小撮，软趴趴地垂在脑门上。

不过紧接着谢铎又说："沈安途，我不反对你的计划，但比起让他伏法，更重要的是你的安全，明白吗？"

沈安途眼睛一亮，刚要开心起来，却又听谢铎道："算了，你现在是'沈凛'，我又管不了你，你爱怎样就怎样吧。"

"你怎么还在生那晚的气？"沈安途哭笑不得，看见谢铎的眼神后又当即改口，"我错了，我错了。"

Part 2. 钱是钱，命是命

"那么今天的会议就到这里了，北边那块地麻烦刁总在年前和建筑商联系好，年后我们就开工，辛苦你了。"沈安途起身，朝刁永洲伸出右手。

"哎，沈董甭客气，本职工作嘛。"刁永洲很上道地同他握了手。

"散会。"

沈安途说完就离开了会议室，假装看不见石晓东的脸色。

城北那块地是沈安途回来前石晓东拿到的，并不是什么重要地段，不过是Z市要和邻市通地铁，那处荒凉的郊区才被市政厅捡起来开发。因为是石晓东拿到的地，本来理所当然由他来负责，但是沈安途以让他配合吴贺重整西南商区为由，把这块地给了刁永洲。

上电梯前，沈安途看见刁永洲和范鸿追着石晓东往楼上办公室去了。

电梯里，唐骏兢兢业业地向沈安途汇报他今天的工作行程。由于今早他晚来了一个多小时，导致一些工作全被压到了后面。

沈安途拿手机看了一眼时间："部门报告提前到中午十二点半，下午再让吴贺抽空来见我一面。另外，郑巍来了吗？"

唐骏答："来了，已经在您办公室等着了。"

董事长办公室里，郑巍正坐在沙发上焦急地等待。他面前的那杯茶已经全部喝完，只留几片茶叶粘在杯壁上。当沈安途推开办公室的门大步走进时，他像只惊弓之鸟般猛地起立："沈董……"

沈安途在一周前就让人找过他一次，但那次他宿醉未醒，话都说不清，沈安途只好作罢。后来郑巍主动联系沈安途，找了几次沈安途才有空见他。

郑巍的五官并不突出，但很精神，曾经当过两年兵。原本他可以一直留在部队的，但不巧在一次训练里受了很重的伤，才不得不退役回家。然后家里便资助他开了云翼公司，没过多久又娶了吴康雅，日子过得非常滋润。

但沈安途的事故一出，很多客户都不肯再用云翼的飞机了。加上各种舆论，不出一个月，云翼就倒闭了。

郑巍不是没有抱负，但如果他想要重整旗鼓，再把公司开起来，就必须过了沈安途这关。

"郑老板,坐。"沈安途在他对面坐下,让唐骏重新把茶水给他添满。

"谢谢。"郑巍坐下,腿部肌肉绷得很紧,双手一会儿握拳一会儿覆在膝头,十分惶恐不安的样子。

沈安途还没开口问他什么,他自己就先解释起来:"上次您找我的时候,我……我那段时间状态很不好,公司破产,父母的生意受到很大打击,老婆也离家出走,我心情挺糟糕的,所以就……"

"没事,非常理解。"沈安途从茶几下拿出一包烟和打火机推到他面前,"这件事说起来我也有责任,大家都觉得我的事故是因为贵公司的飞机和飞行员出了问题。"

提起这话,郑巍就激动起来:"没有的事!警察都来问过好几次了,检修员确定飞机是好的,飞行员……飞行员自己都死了他能有什么问题?一定是有人在飞机上动了手机,嫁祸给我们公司!"

"当然,我非常信任郑老板和您的公司,否则也不会跟您合作这么久。但警察现在找不到证据,我想郑先生应该也知道,飞机上的黑匣子不见了,肯定是有人拿走了,这是整个事故的关键线索。"

"我知道,我也去公安局做了笔录。但请沈董相信我,这真不是我做的。我和您无冤无仇,还指望沈董提携,又怎么会故意害您呢?"

沈安途没说话,拿起茶几上的打火机在手里随意转动,片刻后忽然转移了话题:"您刚才说,夫人离家出走?"

郑巍双眼无神:"是的,都半个多月了。"

沈安途挑眉:"这么久了,郑老板都不担心吗?"

郑巍摇头苦笑:"我们一吵架她就这样,而且前几天才给我发了消息,说是去国外散心了,短时间内不会回国。"

"你确定?"沈安途按开打火机,一簇幽蓝的火苗骤然升起,"公安局没有查到任何有关吴康雅的出境记录。"

郑巍正想问沈安途为什么对吴康雅起了兴趣,突然脑海里灵光乍现,猛地站起身:"沈董是说……可是……可是她没理由害你啊!她又得不到好处!你们还是亲戚,她……"

"冷静一点郑老板,我今天找你不是为了问责,我相信您的妻子也不会是导致我事故的幕后黑手。"沈安途起身按着郑巍的肩膀让他重新坐下,"但她的离开太可疑了。实不相瞒,她离家出走的前一天,虞可妍才刚跟她见过面。"

郑巍茫然地看着沈安途。

沈安途拍了拍他的肩膀:"试着联系一下她吧,如果我没猜错的话,她应该已经被人控制了,那条消息十有八九不是她本人发给你的。"

另一边,石晓东的办公室。

"东哥你这是生什么气呢?那块地不过是从你的手里转到了我的手里,还是在我们手里啊,有什么区别呢?沈凛就是看不惯你之前抢了他的位置,你避着点他不就完了?"刁永洲大大咧咧地坐在石晓东对面。

范鸿瞧见石晓东脸色不对,用眼神示意刁永洲闭嘴。

"东哥,沈凛那小子现在就是有意针对你,他故意拿走了你的生意和项目不说,还辞掉了不少我们的人,现在又故意用这招来离间我们。这都不算是使绊子了,这就是明目张胆地挑衅,我们难道就这么忍了?"

石晓东没说话,他注视着对面墙上挂着的一幅字画,上头龙飞凤舞写着几个大字——"执志不绝群,则不能臻成功铭弘勋"。

见石晓东沉默不语,刁永洲以为看懂了他的心思,说道:"谁能想到沈凛又回来了呢,是吧?那小子真跟大哥一模一样,那手段,我都佩服。他才回来几天,整个集团上下又服服帖帖了。唉,算了吧东哥,时不利兮骓不逝,我们都这么大把年纪了,别争了,好好过日子吧。"

听完这话,石晓东冷笑一声:"大哥?你以为沈开平真把你当兄弟?"

刁永洲初中没毕业就跟着沈开平了,他没爹没娘,把沈开平这个大哥看得很重。他一听石晓东这种口气,不乐意了:"东哥,你这话是什么意思?我们今天能混成这样不都多亏了沈大哥吗?"

范鸿见情况不妙,立刻对刁永洲说:"那么大声吵什么?有这精力去管管你那个新项目,这可是要跟外省打交道的。你不是在北面有人吗?"

提前去问问,快去。"

刁永洲臭着脸走了,范鸿等门一关严实就问石晓东:"东哥,那传闻不会是真的吧?"

石晓东扫了范鸿一眼,他就知道这事瞒不住范鸿。

石晓东不是那种能忍的脾气,为什么可以一而再再而三地容忍沈安途在头上撒野,当然是因为被抓了把柄。刚才范鸿那样激他,他都不动声色,这里面必定有问题。

石晓东看向范鸿,淡淡地问:"什么传闻?"

范鸿见石晓东不肯承认,也不勉强。但如果这是真的,那他们和沈凛之间的仇可就不那么容易化解了。

钱的事可以用钱解决,但若是扯上别的什么,那性质就不一样了。

偏偏又是沈凛,还牵扯上他的事故。

紧接着范鸿又想到,沈凛这么排挤石晓东,恰恰也说明他没有证据。可这世上哪有什么密不透风的墙?万一真被沈凛找到什么,石晓东会怎样?和石晓东交好的他又会怎样?

玩手段是一码事,违法犯罪又是另一码事了。

无数个念头在脑子里转得飞快,但范鸿面上还是那个慈悲的样子。他笑着对石晓东道:"没什么,就是有人在背地里胡说八道,说你跟沈凛当初的事故有关联,这不是胡扯嘛!但沈凛肯定会因此报复你。无论如何,我们三个人都是兄弟,如果东哥你有需要,尽管吩咐就是了。"

范鸿走了,石晓东用食指和中指狠狠地把烟掐断。

锦盛集团顶层董事长办公室的灯一直亮到晚上十点才熄灭。

沈安途活动了一下酸涩的肩颈,带着唐骏坐电梯去地下车库。

"西蒙,你注意让人盯一下郑巍,今天他进出公司被不少人看到,我怕有人会对他做点什么。"

"是。"

到了地下车库,沈安途在原地等着,唐骏去开车。突然,一阵微弱的脚步声从身后传来。沈安途心中警铃大作，他摸了摸藏在身上的小刀，还在，等着那个声音靠近自己的时候突然转身——

"Andrew。"

沈安途把手从大衣口袋里拿出来，上下打量着面前的外国男人，突然绽放一个笑脸："好久不见啊，Simon。"

Part 3. 我有一个想法

沈安途差点没认出西蒙来，因为他完全不复往日的商务精英形象，脸上满是络腮胡子，头发凌乱，蓝眼睛暗淡无光。可就算他这么不修边幅，也还是能让人看出点颓废美来。沈安途开始不着调地想，如果这个人进焰行娱乐的话，能给公司赚多少钱。

"Andrew，我们能谈谈吗？"西蒙的鼻音很重，听起来在生病。他身上穿着的那件大衣，还是他们上一次见面时穿的那件。

"不能。"沈安途拒绝得很果断，"而且如果我没记错的话，我两周前就给你订好了机票，为什么你还留在Z市？"

西蒙双目失神地望着他："我本来已经去了机场，但是在登机的前一秒又后悔了。Andrew，我很抱歉，非常抱歉……"

"好的，我接受你的道歉，还有事吗？"沈安途掏出手机看了一眼，想找个理由结束这次没有意义的对话，然而手机没有任何新消息提示。

"Andrew，我知道我们的关系不可能再回到过去了，我也不敢奢求。但是能不能让我继续留在你身边工作？没人比我更了解你的生活作息和工作风格，有我在你身边你会轻松很多。"西蒙的眼中闪着希冀的光。

"非常遗憾，我目前没有招两个秘书的打算。"沈安途回头，将身后无声无息站着的唐骏介绍给他，"介绍一下，这位是我的新秘书，a new Simon（一个新的西蒙）。"

唐骏一早就把车开到了两个人身后，然后下了车，一直默默守在沈安途身后。他的身份除了是沈安途的秘书，还是贴身保镖，他甚至有A国的持枪证明。

西蒙不敢相信地看着唐骏,胸口急促起伏:"不……不是秘书,不是秘书也行,就在锦盛,什么职位都可以!"

"那麻烦你去联系锦盛的人事部,看看最近有哪些空缺职位,再投递简历,经过笔试和面试,如果最终能通过考核,人事会给你通知。"说完,沈安途转身对唐骏说:"西蒙,我们走。"

"不!等等!"西蒙想要伸手拉住沈安途,却被唐骏一把抓住手腕。西蒙的个子有将近两米,唐骏比他矮一些,但气势完全不输。

沈安途回头,语气里已经有非常明显的不耐烦:"还有什么事吗?"

西蒙从唐骏手里用力抽回手臂,那双蓝眼睛里噙着悲伤:"Andrew,既然你不想再见到我,我以后都不会再来烦你。但是临走前,能不能请你给我一个拥抱,就当是诀别前施舍一个可怜人。"

沈安途犹豫了。过去和西蒙并肩作战的日子历历在目,是他把西蒙从国外带回来的,现在却要残忍地赶走他。如果只是一个拥抱,又有什么过分的呢?

"嘟嘟——"

正当沈安途转身面对西蒙时,他们不远处停着的一辆法拉利对着他们按响了喇叭。

沈安途朝那辆车看过去,不知道是不是他的错觉,他总觉得这辆车和自己的一辆法拉利很像。那辆车是去年他过生日时虞可妍送的,但因为外形太过显眼,所以沈安途很少用,一直停在车库里落灰。

不过这个念头只是一闪而过,沈安途觉得这辆车很可疑。他清楚地记得这辆车从他和唐骏下来就一直停在这里,动都没动过,像是没人似的,为什么又会突然对着他们按喇叭呢?

法拉利朝他们开了过来,由于车窗贴了防窥膜,从外面无法看清车里的人。沈安途警惕地打量着这辆车,视线从车身挪向车牌号。

沈安途半眯着的桃花眼突然瞪大,下一秒,他转身对西蒙冷酷地说:"不行,不要再来找我了,我接受你的道歉,但绝不原谅你。我会为你准备好明天的机票,这是最后一次了西蒙,如果你还是不肯回国,我也不会再管你。"

说完,他又语速很快地对唐骏道:"他交给你了,今晚不用送我。"

此时法拉利已经驶到了三个人身边,沈安途毫不犹豫地走过去拉开车门,利索地上了车,动作快到西蒙和唐骏根本看不见里面坐着的人是谁。两秒钟后,法拉利飞驰而出。

"等了我很久吗?"车内,沈安途问身旁的谢铎。

"没有很久,也就等了十多分钟。"谢铎皱眉看着他,"你怎么还把他留在身边?"

沈安途知道他在说西蒙,于是无奈地道:"这件事我会处理好的。话说你怎么会开我这辆车?要不是看到车牌号,我还以为是有偏执狂粉丝在跟踪我呢。"

谢铎冷笑:"你连自己的车都认不出吗?"

沈安途哈哈笑着把这事翻篇了。

沈安途现在所住的公寓离公司有点远,因为之前他常住的那栋别墅被石晓东的人翻了个底朝天,连地板都被掀开了,得重新装修。

晚上十一点,路上已经没有那么多车,法拉利在道路上行驶得非常平稳,让人有些昏昏欲睡。

沈安途又和谢铎说了两句话,谢铎看他困得不行,就提议他小睡一会儿,等到了再叫他。但这话刚说完,驾驶座上的陈煦突然开口:"谢总、沈总,出了一点小状况,得请你们系上安全带坐好,有人跟着我们。"

沈安途回头从后车窗看过去,只见离他们的车不远处跟着一辆低调的黑色轿车。他们拐弯那辆车也拐弯,跟了好几条街。

沈安途很快冷静下来,跟车应该是今天才出现的,因为此前唐骏没有发现任何异常。这也就是说,一直有人在暗中盯着沈安途的行程。但沈安途这段时间一直都是从公司到家两点一线,晚上参加宴会也是正大光明,没有任何可疑点。直到昨天晚上,沈安途带着谢铎提前从宴会离场,这大概让某人起了疑心。

谢铎安慰他:"没事,这辆车是你的,我和陈煦从头到尾都没有从车上下来过,他们应该没有发现我。"

沈安途眉头紧锁,满脸戾气:"陈煦,甩掉它。"

"是。"陈煦开始加速,用自己娴熟的车技不停地超车转弯。

后车渐渐消失不见,谢铎紧绷的神经松了下来,对沈安途道:"没事了。"

沈安途却没有任何反应,在发愣了将近半分钟后,对谢铎说:"我有一个想法。"

石晓东坐在自家的书房里,捏着手机抽着烟。房间里很安静,突然,铃声乍然响起。

"怎么样?"石晓东接通了电话。

"抱歉石总,他们发现了我。"对方的声音有些畏缩。

石晓东沉默片刻:"继续盯着他,就算不知道他和谁见了面,也至少要知道他去过哪里。"

"是。"

挂断电话后,石晓东又靠在椅子上静坐许久,然后掏出手机,从通信录里翻出一个没有任何备注的号码,发送了一条短信。

"什么时候方便?见个面。"

Part 4. 拍卖会

自从前几天晚上的跟车事件后,沈安途的行踪变得隐秘起来。他通常会先找个酒吧换身衣服,然后再换另一辆车离开。他刻意没有回自己家,而是继续住在谢铎的别墅里,天刚亮就要走,像个特工似的。

沈安途今天要前往一个慈善拍卖会,轿车很快到了目的地,沈安途下了车。他今天穿了一身黑色西装,乍一看款式很普通,但在灯光下会显现出奢华的纹路。此外他把头发染烫成栗色微卷,还戴了耳钉,像个走红毯的明星似的,一入场就收获了不少目光。

沈安途今晚是一个人来的，身边没个人可以说话，他有点不太习惯。好在他在座位上坐下后，就有人过来搭话。

"沈董，您也来参加拍卖会呀？"

"是啊李总。"沈安途记不清这个跟自己搭话的中年男人的名字了，只隐约记得他姓李。

"难得啊沈董，今晚您竟然一个人来？也没带个女伴？"李添冲沈安途暗示地眨了眨眼。

沈安途笑道："是啊，家里那位有事来不了。"

李添疑惑："家里那位？我记得您和虞总……"

沈安途摆手："当然不是她，换新人了。"

李添面露钦佩之色，刚要说话，身边突然站了一个人。

"麻烦借过一下。"

沈安途和李添同时抬头。

高大挺拔的身姿，梳得一丝不乱的头发，端正英俊的五官，手里还拄着拐棍。谢铎正居高临下地看着他们，伸手指了指里面的座位："我要进去。"

明明里面的座位从另一侧走更方便，他却偏偏要从沈安途这一侧过。

沈安途继续笑着同李总说话，晾了谢铎好半天。直到他再次开口："借过！"沈安途这才慢悠悠地站起身让谢铎往里走。

李添吓得脸都白了，赶紧站起身让路，心想这两个人的关系是真的差。谢铎面无表情地扫了沈安途一眼，看都没看李添，拄着拐棍缓步朝里走去，似乎很不满的样子。

李添看着谢铎在隔着两个人四五个座位的地方坐下，仍心有余悸。他小声对沈安途试探着说："谢总好像不高兴了……"

沈安途嗤笑一声："管他高不高兴呢。"

沈安途的声音不小，也不知道谢铎听见没有。李添忍不住偏头扫了谢铎一眼，见他目视前方好像什么也没听见，这才继续对沈安途道："对了，沈总听说没有，谢铎要和崇家的女儿联姻了。他们一旦联手，未来的发展不可估量啊。"

"哈!说得好像谁没有老婆似的。老子也要订婚了,年后就能结婚!"沈安途的声音很大,前后左右的人都好奇地看过来。

李添顿觉这两个人不愧是死对头,就连结婚都要你争我赶。

"沈凛这个人真是不知羞耻。"坐在谢铎身边的是敏佳连锁的负责人薛常,敏佳连锁曾经是锦盛的合作方,在沈安途出事后立刻转身跟瑞乾合作。他可算是把沈安途得罪了个干净,为了自保,只能抱紧瑞乾的大腿。

谢铎点头应和道:"确实。"

"我听说这段时间锦盛又抢了瑞乾不少生意?"薛常问。

"不过是瑞乾不要的东西罢了。"说完,谢铎拿起今晚拍卖会的列表清单看起来,一副不想再深聊的样子。

薛常却不肯罢休,他还没有问到最想问的。他警惕地四下看了看后,靠近谢铎小声道:"谢总,害您受伤的人抓到了吗?"

谢铎扫了他一眼:"没有。怎么了?"

"最近道上有些流言,不知道您听说没有。外面都在传,沈凛觉得自己的飞机发生事故是您暗中指使的,所以……"薛常观察着谢铎的表情,没把话继续说下去。

虽然这是流言,但几乎已经是人人都相信的事实了。因为在谢铎受伤的当天,谢家就放出消息要抓沈凛。沈凛要是没去公安局,落到谢家人手里,还不知道会是什么下场。谁想沈凛回来后不仅没有收敛,反而趁着谢铎受伤,变本加厉地抢瑞乾的生意。

薛常认定谢铎必然对沈凛深恶痛绝。

此时主持人已经上台,拍卖会正式开始。谢铎收起清单,把自己的声音掩盖在主持人的说话声下。

"我不要流言,我要证据。薛总要是能帮忙查到什么线索,我谢铎有重谢。"

今晚的拍卖会拍卖的都是古代的字画，还有一部分古乐器，筹得的所有资金都会捐赠给Z市贫困儿童教育基金会。

最先出场的拍卖商品是几幅清朝的字画，这个时候的拍卖氛围还很平和。可是当一款唐代的彩釉动物埙出场后，现场气氛陡然变得激烈起来，因为谢铎和沈安途开始竞价了。

"1543号起拍价30万。31万、32万……50万！"

刚开始大家竞价还比较保守，但沈安途很不耐烦，一口气将价格提到50万。在场的观众一看是沈凛出价，都不敢再跟，没想到接下来谢铎便举了牌。

"60万！好的，60万一次……70万、80万……"

沈安途和谢铎轮番竞价，两个人隔着中间四五个人遥遥相望，眼神相撞仿佛都能碰出火花，夹在他们两个人中间的几个人连大气都不敢出。

"180万一次，180万两次……好的！180万，恭喜这位先生！"

随着拍卖师敲下拍卖槌，谢铎以180万得到了这枚埙。众人拍手恭喜，只有沈安途懒懒地靠在椅背上，要笑不笑地望着谢铎。

今晚拍卖会上的这一幕被记者拍下，第二天就上了新闻，配图正是沈安途竞价失败后看向谢铎的嘲讽笑脸。还有些小报编辑列举了这两个人三年来的交手过程，把他们比作刘邦、项羽，诸葛亮、周瑜，甚至还传这两个人同时爱上了崇家的独女崇诗睿，都争着求婚。总之极尽狗血之能事，之后沈安途自己看了都大呼精彩。

第十四章
今后

Part 1. 如有诚意，见面详谈

春节将至，锦盛的工作强度并没有因此减少，沈安途带头加班到深夜，手下的员工自然也不敢怠慢。每天的晨会，沈安途照例会表扬一部分员工，同时批评一部分工作懈怠的。今早，他的批评对象就是石晓东。

因为石晓东昨天才谈崩了一个项目，合作方离开的时候非常不高兴。

石晓东手下的年轻助手忍不住站出来解释："我们之前和元享谈得好好的，就等着双方到场之后签合同了。但是对方突然反悔要压价，明明之前都谈妥了，是他们出尔反尔！"

沈安途耐心地听他说完，然后扭头去看一旁的石晓东："石总在这个位置上坐了这么多年，这种事没遇到十次也有八次了吧？对方出尔反尔肯定是有原因的，这个时候先稳住人才是上策，怎么好好的把人给气走了？"

一会场的经理、主管都偷瞄沈安途和石晓东，异样的气氛弥漫在会议室里。

石晓东在心里冷笑：假模假样、惺惺作态，这难道不是你布的局？

瘦死的骆驼比马大，锦盛虽然近来遇到不少事，但再怎么样也是 Z 市数一数二的大集团，像元享这种小公司怎么敢如此嚣张，前一天还毕恭毕敬的，第二天立刻变了脸色要压价？石晓东笃定这是沈安途搞的鬼，如果放在过去他的确会忍一忍，先把人劝住再说。但他一想到这段时间沈安途压在他头上做的事就一肚子火，血压直线上升，当场和对方骂了个痛快。

"确实是我的问题，往后我一定注意。"石晓东咬牙吃了这个亏，现在必须服软，如果和沈安途硬来那就是着了他的道。

沈安途叹了口气，反过来安慰他："其实我也不是在责怪您，这的确不是您的问题。毕竟石总年纪也大了，让您跟那种人低头确实也不合适，以后这种项目还是交给别人去做吧。正好快过年了，石总您也别跟着我们年轻人瞎熬了，早点休假吧。我把年假给您批长一点，您觉得怎

么样？"

沈安途每说一句话，石晓东的脸色就难看一分。沈安途竟然比他老子沈开平还要绝，沈开平都没能做出"杯酒释兵权"这种事，他儿子沈凛倒是做了个痛快。但凭什么？他辛辛苦苦帮沈开平打江山，在沈开平手里没落到好，到头来还要在他儿子手下受气？

石晓东的呼吸急促起来，就这么瞪着沈安途，就连坐在角落里的助手都觉得他下一秒要站起来痛骂沈安途了，但最终他只是从牙缝里挤出一句："好。"

沈安途笑了，对会议室里的其他人道："我们继续。"

…………

会议结束，石晓东压着火气朝大门走去，身后的沈安途却叫住了他。

不出石晓东所料，沈安途先是向他道了歉，又说了些注意身体等毫无意义的话。等会议室的人都走光了，他终于摘下假惺惺的面具，压低声音道："说起来，我能顺利回到锦盛还多亏了石总呢。"

石晓东心一紧："此话怎讲？"

沈安途微微靠近他半寸，完全挡住了身后窗户照来的光，眼睛里漆黑一片。

"石总有所不知，飞机发生事故后，我根本不是在什么医院休养，我把谢铎给得罪狠了，他知道我出事后就第一时间把我关了起来。我好不容易和西蒙联系上，却发现你们根本不管我的死活，所以我才故意让他透露了点风声……"

石晓东的瞳孔猛然一缩。

"哈哈，石总果然很上道，竟然买通了国外的杀手团，真是做得漂亮啊。要不是这样，我又怎么能逃出来呢？多谢石总了。"

沈安途拍了拍石晓东的肩膀，大摇大摆地走了。而石晓东僵在原地，一个字也说不出。

石晓东浑浑噩噩地回到办公室，刁永洲和范鸿先后过来安慰他。但是石晓东看得清清楚楚，刁永洲对于自己的遭遇毫不上心，现在他可是沈安途的得力助手，沈安途什么项目都会优先给他。这次又是石晓东自己的问题，他随意安慰两句便走了。而范鸿，这个人心里的弯弯绕绕他三十年前就一清二楚，一边觉得出于道义必须安慰他，一边又生怕他和沈凛的斗争牵连到自己。

没一个好东西。

沈安途讥笑着说感谢的画面一次又一次地在脑海里回放，他的脸逐渐扭曲，变成一个张开血盆大口的怪物。

"石总？"李秘书突然推门而入，看见坐在办公桌后的石晓东时立刻低头认错，"抱歉，我敲了好久的门您都没动静……您之前让我注意郑巍的动静，就在刚才，我收到消息，郑巍他去公安局报警，说自己的妻子吴康雅失踪了。"

石晓东的脸色几次变换："知道了，你下去吧。"

他握紧手机，浑浊的眼睛里燃烧着仇恨的火。

"沈凛，是你逼我的。"

随着谢铎的身体逐渐康复，他也开始重新拾起一部分工作。收到这封匿名邮件的时候，他正在公司，准备去吃午饭。

"谢先生，听说您一直在找枪击案的主谋，我碰巧找到了一些线索，不知道您有没有兴趣？"

底下附带了一小段视频文件，点开后是一段深夜时分在酒吧门口的偷拍录像。画面最先出现的是沈安途，他没有任何遮掩，从衣着和侧脸都能看出身份，他径直走入了酒吧大门。

接着画面快进半小时，当画面恢复常速后，有这么一个男人进入了酒吧。他穿着随意，戴着帽子和口罩，走路时左脚有些跛。除此之外，他和其他进入酒吧的客人没有任何差别。

这是一段看上去十分正常的视频。

谢铎的食指在桌面敲了敲，随后接通内线电话叫来了陈煦。

"你帮我去食堂打一份套餐回来,我处理点事情。"

"是。"陈煦走了。

谢铎点开电脑桌面上的一个文件夹,里面是关于枪击案的掮客韦鑫的相关资料,在外貌描述里有这么一条——因早年在监狱里参与斗殴被打断左腿,留下残疾,至今走路不便。

办公室里外都很安静,因为大部分员工去吃午饭了,屋子里只有谢铎敲击键盘发出的清脆的声响。

"我凭什么相信你?如有诚意,见面详谈。"

Part 2. 尘埃落定

石晓东一点也不想跟谢铎见面详谈,但他没有时间了,警察已经去搜查郑巍的家了。他原本没打算对吴康雅做什么,他只想把她关到股东大会结束后再放出来。是吴康雅自己不肯配合,非嚷嚷着出去了就报警揭发他。除了继续关着她,他还能有什么办法呢?

石晓东在家中焦虑地徘徊。

三年前,沈开平临死前身体还算可以的那段时间,吴康雅天天来照看他,试图让沈开平心软,承认她这个女儿。但沈开平哪会同意,承认她就等于承认当年的丑事,那林淼等人必然会跟沈开平翻脸。沈开平不想得罪妻子的娘家,所以当即拒绝,还说了很多不像样的话。

因为身世的缘故,吴康雅一直以来都被人看低。她全部的希望都寄托在沈开平的身上,却没想到自己的亲爹到死都不肯认自己,她的一生就是个笑话。

当时石晓东就预感到吴康雅会是个关键的人物,于是他心念一动,拉了她一把。

从那天起,他私下里对吴康雅照顾有加,还给她介绍了现在的丈夫郑巍,他比沈开平更像个父亲。

他劝吴康雅忍一忍,暗示她等沈开平死了以后,他就会想办法帮她恢复身份,但没想到这个时候沈安途出现了。沈安途和沈开平一样,都很看重林淼一派在公司的地位,他更不可能承认一个妹妹来和他争继承权,于是石晓东只好继续劝吴康雅等待时机。

石晓东以为自己可以获得吴康雅的信赖,但沈开平的女儿怎么可能是温顺的绵羊?吴康雅一边接受着石晓东的帮助,一边又对他保持着戒心。她并不是一件称手的工具,石晓东无法只打感情牌让她做事,只能用利益引诱,比如沈安途的飞机事故。

石晓东承诺吴康雅,只要她想办法在飞机上动手脚,自己就会在沈安途死后公开她的身世。她将获得沈安途四分之一的遗产,同时还有一部分股份,到那时她就可以进入锦盛的管理层。

但就在股东大会召开的前几天,吴康雅秘密找到他,说要加更多的报酬。因为虞可妍开价说可以保她进董事会,如果石晓东不答应,就要把他做的事给抖出来。

石晓东不怕吴康雅说出沈安途飞机事故的实情,因为真正动手的是吴康雅自己。他担心吴康雅会说出他对沈开平做的事。

当初沈开平中风,石晓东有一份功劳——他在沈开平日常吃的补药里动了手脚。

沈开平生病后,吴康雅曾贴身服侍过一段时间。她发现了端倪,却一直没有告诉石晓东,直到现在才把这件事当成王牌拿出来和他谈判。

石晓东憎恨吴康雅的贪婪狡诈,明明自己之前这样帮助她,她竟然毫无感激之心,只想着要更多好处。股东大会至关重要,绝不能因为吴康雅出任何差错。于是一怒之下,石晓东让人假扮计程车司机将她带走并关了起来。

石晓东不敢说自己做得完美无缺,不知道哪天就会被查出线索。

还有沈凛,他在公司明目张胆地排挤自己就算了,明面上的欺辱石晓东也能忍,但是沈凛几乎每晚都要去酒吧失踪一段时间。他去了哪里,做了什么,是不是在用什么手段揭他的底?这一切都让石晓东焦虑无比。

他已经被逼到如此境地,只能放手一搏。

就在前两天,他得到消息,谢铎一直在找枪击案的主谋。他似乎认为枪击案与沈凛有关，他们之间的争斗更加白热化。这与沈凛之前透露的消息对得上，如果谢铎真的如此憎恨沈凛……

石晓东想到了一个对策。

不久，谢铎收到匿名发件人的回信："可以。"

谢铎又回："我要和你本人见面，不要随便找个人糊弄我。如果我看到证据是真的，条件随你开；如果我发现证据是假的，或者带证据来的人不对，后果任凭你想象。"

一个小时后，谢铎收到新邮件："成交。"

深夜，石晓东揣着U盘，裹着宽大的羽绒服，戴着墨镜和口罩，全副武装地出现在了某僻静郊区的别墅门口，前后还跟着几个保镖。

周围静悄悄的，别墅的大门没关，一推就开了。

保镖从门缝里观察了片刻，屋里亮着灯，没有明显异常，几个人这才小心翼翼地走进去。

这栋别墅看起来似乎没人居住，家具都没有几样。他刚进门，就看见一个身材高大，同样是保镖的男人站在门口。

保镖戴着墨镜，穿着黑白制服，健硕的肌肉线条非常明显。他说："谢先生在二楼书房等着，只能一个人上去。"

石晓东犹豫了一下，可是都这个时候了，已经由不得他退缩，并且谢铎抓了他也没好处，于是他对身后的保镖道："你们在楼下等我，静观其变。"

随后他环顾了一下周围，朝楼梯的方向走去。

书房门口也守着一个身材高大的保镖，石晓东的掌心开始出汗。保镖看见他后敲了敲门，在得到回应后推开了门，朝石晓东做了个"请进"的手势。

石晓东别无选择，只能咬牙走进去。

书房里只有两个人，一个是坐在办公桌后的谢铎，一个是门边的保镖。这个保镖同样戴着墨镜，穿着制服，黑色短发用发胶梳起，只是看上去有些瘦弱，不如刚才那两个有威慑力。

石晓东扫了一眼谢铎手边的拐棍，又扫了一眼门口那个瘦弱的保镖，心里有了琢磨。

"坐吧，石总。"谢铎说。

石晓东走到他对面的椅子坐下："谢总看到我并不意外啊？"

谢铎淡淡一笑："除了他身边的人，谁还能掌握到这种证据？话不多说，我想你也不愿意在我这儿多留，给我看看证据，没问题的话你马上就能离开这里。"

石晓东把U盘从口袋里掏出来，放在桌上推给他。谢铎拿过，把U盘插进桌上的笔记本电脑里。

"这里面是万宝酒吧的监控，有两段。第一段是他进了酒吧的厕所，出来的时候衣服就换掉了，还戴了口罩；第二段监控需要快进，沈凛在酒吧里坐下了，之后旁边就来了个人，这个人就是你们一直在找的掮客韦鑫，可以看出他们一直在交流。这绝对是真实视频，没有造假，你可以让人当场来验。"

电脑反射出来的荧光在谢铎的眼底闪动，他扫了一眼监控的时间，"沈凛"和韦鑫坐在一起聊了十多分钟，从23:02开始，直到23:15结束。

片刻后，谢铎面无表情地抬头看向石晓东："石总，这就是你的诚意吗？"

石晓东心一紧："什么意思？"

"这两个人，一个都没有露脸，我怎么知道他们到底是沈凛、韦鑫还是两个演员？"

"沈凛最近几乎天天都要去那个酒吧，但是一进去就再看不见人出来，他停在门口的车都是司机定时来开走的。他去了哪里，又做了什么，这难道不可疑吗？所以我让人跟了他几天，才得到了这个监控视频。"

石晓东这番话似乎说服了谢铎，于是他又问："那韦鑫呢？只要跛脚的都是韦鑫吗？"

石晓东咬牙："那就要看看谢先生能不能答应我的条件了。"

谢铎："请说。"

"我今天把视频交给你，就已经算是沈凛的敌人了，我需要保护，我要绝对的安全。我不能出国，在国外芬梅卡的势力只会让我的境况变得更糟。而在国内，锦盛始终比不上瑞乾，我希望我和我的家人能得到谢家的保护，而且现在就能让我们离开Z市。"

"没问题。还有吗？"

"有，我还要现金。"

"可以，我保证金额会让你满意。现在能说了吗？"

石晓东沉默片刻，最终还是从口袋里掏出一张纸条，上面写着一串手机号和一个地址："韦鑫可能会住的地址，我不保证他现在还住在这里，但这个号码可以联系到他。"

谢铎拿起那张纸条，眼神如射线一般将石晓东从头扫到尾："你为什么会知道他的住址和联系方式？"

石晓东深吸一口气，带着点孤注一掷的意味道："因为当初负责联系韦鑫的人……是我，沈凛让我做的……我之所以来向你举报他，也是因为我现在成了他的弃子……"

眼看谢铎的脸色产生了微妙的变化，石晓东立刻说："我承认你受伤我有一部分责任，但我已经坦诚到了这个地步，谢总可不能出尔反尔！"

谢铎看石晓东急得面红耳赤，突然笑了起来，冲石晓东一扬下巴："你回头看看。"

回头？回头看什么？

石晓东困惑地转身，视线在身后的房间里转了一圈，最终停留在门边的保镖身上。

只见那名保镖平直的嘴角缓缓上扬，然后伸手摘下了墨镜。

沈安途在石晓东惊恐的眼神里走到谢铎身后，眼睛里充满了得意。

他笑着对面如土色的石晓东道："石总，多谢了。"

接下来的一切就很容易了，谢铎向警方提交了证据，做了笔录。石晓东给的视频都是真实的，他找来的演员和沈安途的身形几乎一模一样。要不是谢铎有另外的视频可以证明从 23:02 到 23:15 这段时间沈安途在他的别墅，那警察就要把沈安途扣下了。

不久后，警方又在郊外一处偏僻的别墅里找到了吴康雅，石晓东的罪行被逐个揭露。当然，这都是后话了。

走出公安局的时候天已经大亮，沈安途有种不真实的缥缈感，很难相信一切竟然就这么尘埃落定，他终于亲手把石晓东送进了监狱。

即便一夜没睡也丝毫不觉疲倦，沈安途正要问谢铎接下来做什么，却发现谢铎正眼角带笑地看着自己。

"笑什么？"

"没什么，上车。"

沈安途跟在谢铎身后上了车。司机已经被谢铎遣走，现在车上只有他们两个人。谢铎坐在驾驶座上，问沈安途："想不想出去度假？"

沈安途有点蒙："想啊，什么时候？"

"现在。"

"现在？！"

Part 3. 月下安途

大年初四的时候，谢文轩收到了沈安途的短信，问明晚有没有空来谢铎的别墅吃饭。沈哥请吃饭谢文轩怎么会不愿意，沈安途手艺又这么好，他可太愿意了。

谢文轩掰着手指算了一下，春节假期一直放到年初六，初五玩一晚上，初六休整一天，初七上班，计划畅通。

算完后，他又问沈安途能不能喝酒，他最近非常需要酒精的安慰。因为在大年三十那天晚上，他包了市中心商业区的 LED 屏向程最表白，结果就换来人家一句——

"谢谢，你是个好老板。"

沈安途回复:"喝,我保证你喝到饱。"

谢文轩没有多想,只把这次吃饭当成一个庆祝会。因为就在春节前没几天的时候,沈安途和谢铎联手把石晓东"骗"进了监狱里。谢文轩后来从陈煦口中听到了完整版,其过程之精彩,让谢文轩当场吃完三把瓜子。

但之后这两个人就消失了,字面意义上的消失。

谢铎本来就因为受伤没有完全接管公司事务,给家里打了个电话说今年在外头过年就没了影。沈安途更绝,直接给自己批假,在给秘书发了条短信说"我出去玩几天年后见"后,就切断了所有联系方式,漂流瓶都联系不到他。

等一下,倒也不是完全失联。春节当天,谢文轩在斗地主群里发了几个大红包,那个时候沈安途上了线,抢完红包以后又不见了。

谢文轩用脚指甲盖想也知道,这两个人肯定是出去度假了。毕竟现在谢铎和沈安途之间完全没有了误会,又把仇人送进了监狱,锦盛也好了起来,这么多喜事凑在一起,的确应该好好出去玩几天放松一下。

于是到了年初五的晚上,谢文轩挺高兴的,出门的时候顺路在便利店买了几瓶二锅头带去了别墅。

"哥、沈哥,我来啦!"

谢文轩开开心心地摁响了门铃,等着他的亲亲沈哥给他开门。结果三秒钟后,门开了,开门的却是个窈窕的陌生美女。美女穿着高开衩的旗袍,姿态婀娜地往门框上一靠。

"对不起,我走错门了!"谢文轩礼貌地鞠躬,转身要走。

"站住,你是谢文轩吧,小弟弟?"美女长得好,声音也好听。

"小弟弟"谢文轩惊讶地转身:"请问姐姐是?"

这时沈安途出现了,他站在美女身后,对着谢文轩笑道:"在外面站着干什么?进来啊。这位是我'前任金主兼前任未婚妻',虞可妍。可妍,这位就是谢铎的堂弟,谢文轩。"

沈安途说完就走了，厨房里还在煮东西。

虞可妍侧身让谢文轩进屋，趁这个机会把他上下打量了一番，然后很满意地"嗯"了一声："不愧是谢家人，基因真好。"

谢文轩虽然没搞清楚现在是个什么状况，总之嘴甜就对了："谢谢姐姐，姐姐也是个大美女。"

虞可妍对这话非常受用，这时谢文轩手里拎着的塑料袋吸引了她的注意力。她问："哟，这带的是乔迁礼吗？我以为只用出钱就行了。"

谢文轩愣住："什么乔迁？什么礼物？"

虞可妍表示疑惑："你不知道吗？凛凛他……"

虞可妍话还没说完，一个欠揍的男声便插了进来："哟，小谢来啦，你沈哥过两天搬新家，你带了多少乔迁礼？"

周明辉双手插兜，一步一晃地走到玄关，身后还跟着一个陈煦。

"我们刚才打赌，你是谢铎的弟弟，北辰娱乐的大总裁，送的礼肯定是我们三个人里最多的。虞小姐说不可能，她说如果你比她送得多，她就当场再出一个相同金额的红包给我们平分；如果你比她送得少，那我就得出钱了。"

谢文轩慌了："你……你们怎么擅自打赌呢？我……我……"

"别那么多废话，快说带了多少钱！"

三个人见谢文轩迟迟没有动作，互相一使眼色，同时开始行动。周明辉和陈煦一人一边把谢文轩架住，然后让虞可妍搜身。

虞可妍狞笑着撸起袖子，趁着搜身的机会把谢文轩全身上下的油揩了个遍，谢文轩被摸得嗷嗷直叫，最后竟然只在他屁股兜里翻出一张用了一半的卫生纸。

"难道在塑料袋里？"

三个人又埋头扒拉塑料袋，把那三瓶二锅头翻来覆去研究了好几遍，也没找到一张钞票或是银行卡。

虞可妍思索片刻，突然拍手道："看他的微信和支付宝！也许他没打算给现金呢？"

于是三个人威胁谢文轩解锁了手机，打开微信和支付宝。谢文轩迫不得已露了家底——堂堂谢氏集团娱乐子公司的总裁，手机微信余额 1.03 元，支付宝余额 2.11 元，花呗欠账 49999 元。

虞可妍、周明辉和陈煦三个人同时将双手交叉放在胸前，六只眼睛露出凶光，审视着缩在墙角瑟瑟发抖的谢文轩。

"你沈哥的乔迁宴，你一分钱没带？只带了三瓶二锅头？"

谢文轩委屈得大哭，他明明只是单纯想来堂哥家吃一顿好的，结果被人揩了油不说，还让人看到自己凄惨的经济状况，往后还有没有脸过日子了？

好在此时，沈安途来救他了。

沈安途身上还穿着一件粉色的花边围裙，头发软软地贴在脸上，看上去很温柔。

他笑着说："你们就别欺负小轩了，我只跟他说来家里吃顿饭，没说我要搬新家了，他什么都不知道。"

"沈哥！"谢文轩喜极而泣，伸手就朝沈安途扑过去，然后半路被一个高大的阴影笼罩住。

谢铎不知什么时候突然出现在沈安途身前，就这么一动不动地阴着脸低头盯着谢文轩。

谢文轩刹车不及时，闷头撞在他堂哥胸前，被谢铎嫌弃地一把推开："去洗手吃饭。"

大家都走了，只留谢文轩一个人抱着三瓶二锅头泪流满面。

直到坐到饭桌旁，谢文轩都没缓过劲来。他问沈安途："怎么回事啊沈哥？怎么好好的突然要搬家？"

沈安途咽下一块虾肉："嗯，我离开了锦盛，算是彻底摆脱了沈凛的身份，换个新家换种心情，一切重新开始。"

"本来是想找个大酒店请你们吃饭的，但最近是过年，我们看上的酒店都满了。我自己家连厨具都没有多少，所以想着今天把你们请到谢铎的别墅来吃一顿饭。可能有点寒碜了，抱歉啊……"沈安途惭愧地说。

"有什么不好意思的，谁要不想吃这顿饭，现在就走。"谢铎说着用筷尖戳穿了一块虾肉。

被请来的四位客人都立即表示不介意，还连连感谢沈安途愿意邀请他们。

虞可妍笑得千娇百媚："唐骏给我打电话说你不见了的时候我就知道，你肯定是出去鬼混了。喏，乔迁礼。"

本来沈安途是不想收什么乔迁礼的，但虞可妍执着地说乐意给他送钱，于是沈安途也就大方地收下了。

"谢谢！"沈安途掂量着红包的厚度，满意地笑了。

接着是陈煦和周明辉的，没有虞可妍的多，却也不少。

这一晚几个人喝得都有点多，沈安途最后不得不偷溜到阳台上醒酒。

今晚的月光很好，从三楼可以看清楚楼下的风景。

其实谢铎这栋别墅的景致很不错，外面就有个人工的小花园，每隔一段时间会有专业人士来打理。不过也只是种了一片景观草皮而已，沈安途觉得谢铎应该在那块地上种点花花草草。

他正这么想着，谢铎就来了，还给他端了一杯蜂蜜水醒酒。

沈安途道了谢，接过蜂蜜水小口抿着，忽然听谢铎莫名其妙地来了一句："对不起。"

"啊？"沈安途以为自己醉到幻听了，这么高兴的时刻，谢铎说什么对不起？

谢铎没多解释，只是掏出手机按了几下，然后递给沈安途，让他自己看。

"这是……阳台的监控？"沈安途盯着谢铎的手机屏幕专注地看了几秒，猛地抬头朝身后某个精致的盆栽看去，此刻手机画面中的沈安途正直直地盯着镜头。

"我应该早点跟你坦白的，关于家里的监控，还有不让你出门这件事。刚开始是怀疑你演戏装失忆,后来发生了那么多事,我一直找不到好时机,抱歉。"

谢铎垂下目光,不知道是不是喝了酒的缘故,少有地情绪外露。

沈安途新奇地盯着他瞧,故意使坏说:"什么?你怎么还干了这么过分的事。想当初我为了报答你,还天天给你做饭呢!"

即便知道沈安途是故意的,谢铎也纵容着他胡乱给自己加了不少罪名,什么脾气太臭、发消息不秒回、不给他拉二胡的朋友圈视频点赞……

难得看谢铎吃瘪,沈安途乐了好一会儿才装模作样道:"好吧,看在你也是为了我的安全考虑的分上,我原谅你了。"

其实沈安途早借着画画的名义找出了房子里几乎所有的摄像头,但他偏不说实话。

谢铎无奈地看着他,两个人目光交织,相视一笑,一同望向头顶的月亮。

从今往后,明月当空,前路尽是安途。

番外一
度假

"想不想出去度假?"

"想啊,什么时候?"

"现在。"

"现在?!"

真的是"现在",谢铎现在就想去 L 国度假。

L 国的首都是世界著名的旅游胜地,自然风光格外好。谢铎有个朋友在 L 国首都有栋别墅,他们可以在那里暂住。

经过了这些天的波折,谢铎一刻也不想再等了。既然沈安途也同意,那他们现在就去度假。

从公安局出来后,谢铎开车带沈安途回家简单地收拾了一下行李,上午就坐在了候机厅里。因为是临时决定的,他们只买到了经济舱的机票。但这根本就不重要,沈安途一路上高兴得叽叽喳喳说个不停,全然不顾周围人看过来的目光。

飞机起飞已经是下午了,谢铎问沈安途要不要睡一会儿,毕竟昨晚他们一夜没睡,今天又奔波了一上午。

"好。"沈安途扭头看着谢铎,笑得眼睛里都能开出花来。

去 L 国要坐十几个小时飞机,两个人睡睡醒醒,一起看窗外的风景,聊一聊下飞机后的行程,时间便过得飞快。

下了飞机时间已经不早了,两个人赶到别墅后好好休息了一晚。第二天上午,两人一起出门去户外用品店购物,再租了一辆越野车,下午便出门露营了。

沈安途虽然也在网上看了些攻略,却远没有谢铎来得熟练。

谢铎开着车,顺着蜿蜒的公路一路前行,然后在山腰一处平坦的草地停下。谢铎告诉他,过去有段时间,自己常常来这里露营,因为入夜时的天空很好看。

沈安途下车打量四周,近处有树,远处有山,头顶的云缓慢舒卷。

他深吸一口气,感觉自己从里到外焕然一新。

"怎么样?"谢铎走到他身边,和他一起看远处的风景。

虽然现在是冬季,但L国因为地理位置的缘故四季如春,即便现在出来露营也不会太冷。

"简直太棒了!"沈安途赞道,脸上的快乐和放松显而易见。

谢铎头一次确认沈安途的愉快是真实的,他也很放松。

按照谢铎的指示,两个人一起撑起了帐篷和天幕,又搭好了灶台,燃起篝火……

等一切准备完毕,也差不多到了晚餐时间。两个人在烤架上放上锅,加入早就准备好的食材,聊着天等了一会儿,一大碗香喷喷的寿喜锅就可以吃了。

夜幕渐渐降临,在野营灯的照明下,谢铎和沈安途一边吃着寿喜锅,一边喝着啤酒。耳边是夜风穿过山间树林发出的沙沙声,连同着柴火燃烧发出的噼啪声,放松了多日来紧绷的神经。

吃完饭后,两个人关了灯,肩并肩坐在一起欣赏夜景。这里的星星的确很美,像铺满了夜幕的碎钻。

沈安途瘫在躺椅上,整个人陷入柔软的夜色里。他忽然好奇地问谢铎:"你怎么会喜欢露营的?"沈安途一直以为谢铎会喜欢更刺激一点的活动。

谢铎闭着眼睛道:"因为很安静。"

谢铎说得轻巧又简单,沈安途却立刻明白了他没说出口的那部分话的含义。

谢铎是谢家独子,从小就是众人追捧的对象。即便他表现得有些傲慢冷漠,也总有人不断地靠近他,在他耳边留下恶意或善意的话语。谢铎被迫困在嘈杂的迷雾里,背负着家族的期待,每一步都走得异常艰难。所以他偶尔会想去这么一处无人的静谧之地,把自己从泥沼里暂时抽离。

"所以之前都是一个人来的?"沈安途又问。

"嗯。"

"我在你身边会不会有点吵？"沈安途回忆起来，发现自己这两天格外话多。

"不会，"谢铎转头看向他，"恰恰相反。"

恰恰相反，谢铎需要安静，需要独处，却也因为无法被理解而更渴望认同和陪伴。这么多年以来，能看懂谢铎的，只有一个沈安途。

不过这些话谢铎都不必说清楚，因为沈安途就是沈安途，他总是会懂。

沈安途笑起来，像谢铎一样闭上眼睛："以后如果还需要人结伴露营，直接打我电话。"

"嗯。"

无言的默契随风而过，撩着篝火的火舌，奔向远方。

番外二
与长辈相处的实用手册

哪怕谢铎受伤事件已经过去了很久，哪怕沈安途已经退出了锦盛，谢长青和李薇还是对沈安途抱有很大的敌意。沈安途偶尔在谢铎的公司遇上他们，这二老都是扭头就走。

可怎么说谢铎也是沈安途最好的兄弟，他父母对沈安途有所不满，就算沈安途不介意，最终的压力都会由谢铎来承担。某次沈安途请谢铎吃饭，就听见李薇在电话里教训谢铎。

当时沈安途的新房还没装修好，为了图方便依旧暂住在谢铎的别墅里。某天吃晚饭时，他郑重地对谢铎道："要不我请你爸妈出来吃顿饭吧，我跟他们好好谈一谈，赔个罪。"

这个决定可不是心血来潮，沈安途已经在网上买了一本《与长辈相处的实用手册》，昨天刚到货。

谢铎听后皱起眉头："你有什么罪要赔？之前你是锦盛的总裁，做的一切自然要为锦盛考虑。我受伤的事又不是你造成的，你从来就没有对不起我们家，要赔什么罪！"

沈安途观察着他的表情，立刻换了一种说辞："也不是赔罪，就是想找个机会让二老对我改观嘛。我沈安途其实没那么差，别总是在你耳边说我不好，你听着难受，我也不可能开心不是？"

这个说法令谢铎无法拒绝，然而不出谢铎所料，谢长青和李薇一听到"沈凛"二字立刻翻脸，更别提答应去吃饭了，他们只好换个办法。

"你不是说是周明辉中午要来吃饭吗？他是谁？！"

李薇在看见沈安途的一刹那，气得脸都红了。谢长青怕她犯病，立刻带着她回了二楼卧室，临走前给了谢铎一个责备的眼神。

沈安途叹气，低头看了看自己这身仿佛大学生一般朴素无害的打扮，心想假借周明辉的名义来谢铎家登门拜访果然也不行，只是可惜了昨天他找虞可妍要的那片据说价格高达四位数的面膜……

"走吗？"谢铎连外套都没脱，显然已经料到会是这样的结果。

"那多不好啊,来都来了。"沈安途想了想,道,"反正也快中午了,我给二老把饭做了再走吧。"

谢铎以为沈安途在说笑,没想到他真的撸起袖子让管家带他去厨房。

张叔一听他一个客人要下厨房,立刻摆手,说等会儿会有专门的厨师来做菜,沈安途只要在客厅坐着就好。

沈安途一脸诚恳地道:"张叔,我今天本来就是想向二老表诚意的,现在他们不愿意见我,那好歹也让我给他们做一顿饭。您要是不放心,怕我在饭菜里动手脚,可以全程在一旁监督,您看行吗?"

"不不不,我不是那个意思……"张叔无可奈何,回头去看谢铎,意思是让谢铎帮忙劝着点,哪有客人来主人家里做饭的道理。可谢铎转头就去了二楼,摆明了是要随沈安途去了。

于是沈安途顺利地进入厨房,李薇一早就让人把食材准备好了,看起来是打算自己动手做菜。沈安途四下看了看,猜测她大概想做什么菜,接着便开始动起手来。

很快,身后的推拉门传来响动,沈安途勾起嘴角,头也不回地说道:"谢铎你在外面等着就行了,我自己一个人没问题的。"

"沈凛你在干什么?!"

沈安途惊讶地回头,丢下菜刀,手足无措地看向门口脸色难看的李薇:"抱歉伯母,我……我只是想为你们做点什么。"

"不需要!给我出去!"

沈安途故意曲解她的意思,拿起刀继续切菜:"我的厨艺还是不错的,您二老在楼上休息就行,等我做好了再去叫您。"

李薇毕竟也是老一派的高知,教养和礼仪让她在此刻想不出什么难听的话把沈安途赶走,只好愤恨地走上前,把沈安途手里的刀给夺了:"你走开,我自己做。"

沈安途继续厚着脸皮道:"好的,那我去摘葱吧,这样您做起菜来也会快点。"

李薇刚想让他别动,却发现他手法娴熟,动作仔细又轻快,确实是一副做惯了的样子。

就这么一犹豫,李薇失去了赶走沈安途的最好时机,这短暂的沉默仿佛已经是对沈安途留在厨房的许可。

李薇心里别扭极了,有气没地方撒。她心想:那么喜欢干活,就让你干个够。

于是等沈安途摘干净了葱,她又打发他切菜捣蒜、处理生肉。她本来是想为难沈安途的,但沈安途都做得很好,她竟没能挑出一点错来。

沈安途还反过来提醒她:"伯母,您注意着点油锅,火不能太大了。"

李薇一愣,赶紧把火调小。她正在做干煎大虾,这可是她的拿手好菜,即使闭着眼也知道什么时候该做什么。

此时油温差不多了,李薇一边胡思乱想,一边随手把弄好的虾倒进锅里,一不注意就让溅起的油吓了一大跳。

"哎呀!"

李薇刚惊叫出声,一个高大的身影便出现在她身前替她挡住了油锅,并迅速盖上了锅盖。

"伯母您没事吧?"沈安途目光关切地打量着李薇。

"没事……"李薇尴尬地低头,刚才她躲得快,没有被油溅到。但她的余光却瞥见了沈安途身上穿的浅色针织衫上的油点。

沈安途也顺着李薇的目光低头看过去:"没关系,回头去店里干洗一下就行。"他不甚在意地用手拂了一下,李薇又看见了他白皙的手背上的两个红点,那分明是热油溅上去被烫伤的。

"没关系。"沈安途还是笑,眼睛和嘴角都弯弯的,看起来脾气很好的样子,和外界传闻的、李薇预期中的沈凛完全不一样。

"怎么了?"谢铎突然推门而入,他应该是听见了刚才李薇的那声惊叫。

李薇心里"咯噔"一下,生怕沈安途借题发挥。然而沈安途只是转过身拿起锅盖去看虾的情况,没让谢铎看见他身上溅了油污的衣服和受伤的手背。

"没事,油差点溅出来而已。你去坐一会儿,我们马上就好。"

沈安途的语气很自然,谢铎没看出什么。他盯着沈安途的背影看了片刻,又和李薇对视两秒,很快便出去了。

李薇更生气了,亲生儿子半点不关心自己的亲妈,还不如厨房里的这个。

谢铎出去后,沈安途回头冲李薇笑了笑,没有再提刚才的事,而是说:"伯母,您看看接下来要怎么做,我不是很会煎虾。"

李薇犹豫了两秒,走上前去看锅里的情况:"这有什么不会的,变色了就行。"

干煎大虾很快出锅,李薇默默装盘,沈安途则在案板上切肉。两个人谁都没有说话,气氛却没有刚开始那么尴尬了。

李薇想了一会儿,还是决定开口:"不管你怎么讨好我,我都不可能改变对你的看法。"

沈安途平静地回答:"我知道,今天也是我硬逼着谢铎带我来的。您肯定觉得我脸皮挺厚的。"沈安途笑了一声,"但我跟谢铎认识有大半年了,关系也越来越铁,不是想让您改观,就是觉得应该来见见您二位,这是我一个小辈对长辈最基本的礼貌。"

态度诚恳,姿态放得很低,沈安途的话挑不出一点毛病。但李薇不愿意这么轻易放过他,谢铎之前明明很孝顺听话的,就因为他,谢铎才突然变得这么不正常。

"我看你也不是什么不讲道理的人,既然你什么都懂,那你就该离得谢铎远远的。你们根本不是一条道上的人,你要做什么我不管,可是你别带着谢铎一起。"

沈安途并没有因为这句话生气,他盯着李薇看了一会儿,低头把切好的鸡胸肉放进盘子里,突然换了个话题:"您真是个好妈妈。"

李薇听到这没来由的一句话,一时间愣住,问他:"什么意思?"

沈安途露出有些哀伤的神色："抱歉，我只是突然想起我已经过世了的母亲。"

李薇愣了愣，没有立刻接话。

沈安途笑起来，继续手里的活："我妈她眼光不好，命也不好，看上的男人没一个好的。我爸从我生下来那天起就没管过我，后来他和正牌妻子生的那个儿子死了以后，又非要认我。我妈不同意，他就策划了一起车祸。我妈就是这么没的，当时我刚刚初三毕业。"

沈安途嘴里说着话，手上做菜的动作一刻也没停。他完全接管了厨房，李薇倒是闲了下来。

"再后来我因为得罪了他，高考也没能参加，在外国瞎混了两年。幸好遇到贵人拉了我一把，我才能有学上，才能一步步走到今天，遇到谢铎。"

沈安途把自己的过去一笔带过，同时颇具技巧性地解释了虞可妍的身份。

他说得轻描淡写，却噎得李薇一句话也说不出来。

"所以您刚才那样维护谢铎，我还……真有点羡慕。毕竟这个世上，恐怕再没有人会这样护着我了。"

不久，午饭做好了，沈安途帮着李薇把饭菜端上桌。李薇的表情还和上午一样难看，却在开饭前离席了片刻，从医药箱里找出烫伤膏放在谢铎的手边。

谢铎拿着烫伤膏，正要问给他这个干什么，却听身边的沈安途说道："谢谢伯母。"

李薇没说话，但谢铎却敏感地察觉到了什么。他有点惊讶，沈安途真把李薇搞定了？

开车回家的路上，谢铎本想问沈安途跟李薇说了什么，李薇好像对他没那么反感了。但沈安途之前神经一直紧绷着，现在坐上车放松下来很快就睡着了。

等到了后来,谢铎又觉得事实不重要了,反复提起只会让沈安途以为自己很在意这件事,于是这件事就这么过去了。

直到一周后,李薇打电话给谢铎,不是劝谢铎远离沈安途,而是没头没尾地说:"家里进了一批V国的海虾,听说味道很好,你要不要拿一点回去?"

李薇此前从来没有往他这里送过什么食材,因为谢铎很少在家做饭。他站在客厅里,刚要拒绝,视线突然看向正在厨房里做菜的沈安途。他顿了一秒,改口说:"好,明天我们过去取。"

半晌,李薇在那头道:"嗯,来的时候提前告诉我一声。"

谢铎的嘴角泛起笑意:"好。"

番外三
兰草和大雨

1

　　沈安途自从离开锦盛后，工作就没那么忙了，闲下来的时间要么去新房看看装修进度，要么就在谢铎家到处搞事。他又把落了灰的二胡给翻了出来，再找出之前的网课，每天下午睡醒后就坐在阳台上拉二胡。

　　谢铎偶尔听一会儿，每次都坚持不过五分钟。但他看沈安途这么认真且执着，想着他会那么多乐器，慢慢学的话肯定会好起来的。

　　于是经过沈安途一个月坚持不懈的努力，他的二胡水平有了长足的进步——

　　他把阳台上谢铎养的一盆名贵兰草给拉死了。

　　今天谢铎休假，午睡起床后，他去了阳台，一眼就看见了那盆发黄的兰草。它旁边的另外两盆兰草也蔫蔫的没有精神。

　　它们是李薇之前在花展上买的，总共有十盆，给谢铎送来了三盆。谢铎还挺喜欢的，一直很小心地打理，不可能有问题。而这段时间，只有沈安途天天坐在这里拉二胡。

　　本来沈安途睡得正香，硬是被谢铎叫起来去看自己的"罪行"。沈安途又困又委屈，说自己二胡拉得可好了，还把演奏视频发到斗地主群里，谢文轩天天给他发大拇指的表情点赞。谢铎要是不信，他现在就可以当场演奏一曲。

　　谢铎嘴上说"信了信了"，让沈安途回去接着午睡。没过几天他就趁沈安途不注意把二胡给藏了起来，沈安途正要闹，谢铎带着他去了二楼。他把原先的一间客卧改成了琴房，里面放着一架沈安途曾经试过的斯坦威钢琴。

　　半个月后，谢铎看着阳台上生机勃勃的两盆兰草，内心非常欣慰。

2

　　外面在下大雨，玻璃墙淋了雨后看上去脏兮兮的。咖啡馆角落里的壁灯好像出了问题，窗外灰蒙蒙的，室内也是灰蒙蒙的。

在谢文轩面前的桌子上是一杯冷掉的咖啡,和两张歌剧表演门票。

因为前几天偶然听到程最和别人聊天,说她很想看今晚的某场歌剧,但是很不巧票已经全部卖光了。谢文轩动了很多人脉买到了两张最佳观看区的票,想约程最一起去看。可她却说自己今晚有工作,去不了。

谢文轩灰心地叹气。

他喜欢程最很多年了,看着她从一个演技青涩的女配角,一路拼搏到炙手可热的影后。谢文轩为了追求程最做了很多努力,学生时代努力学习,毕业以后努力工作。程最进入北辰娱乐后,他又尽全力为程最打造资源,就是为了自己能更接近她一些。但是好像……都是无用功。

谢文轩仔细回忆了一下自己最近的行为,难过之余,惊觉自己可能给程最带来了困扰。

如果热切的心意不能被对方接受,那就是沉重的负担。

也许是时候结束了。

谢文轩喝掉冷咖啡,正打算起身离开,突然有人坐到了他的对面。

"真巧啊小轩弟弟,你要走了吗?如果有空的话再陪我坐两分钟?"

虞可妍穿着一身显眼的红裙子突然闯进谢文轩的视野,热烈地照亮了灰暗的背景色。

谢文轩下午还有工作,但虞可妍刚来他就走显得不太礼貌。现在还有时间,可以再陪她一会儿,于是谢文轩招手又要了两杯咖啡。

"外面的雨下得可真大,把我裙子都弄湿了……这是什么?"虞可妍用纸巾擦着裙摆,余光突然瞥见了桌上的票,"哇!我想看这场歌剧很久了,但是没抢到票。"

谢文轩把门票推给她:"送你了。"

虞可妍十分惊讶,谢文轩解释说:"本来要跟朋友一起去的,但她有事去不了了,我一个人去也没什么意思。既然你喜欢,两张票就都送给你,你可以和朋友一起去。"

"你去吗?"虞可妍笑着问,"我身边没有喜欢看歌剧的朋友,如果你还想去的话,我们俩可以一起。"

谢文轩今晚本来就为了看这场歌剧把时间空了出来,如果虞可妍需要人陪的话,他倒是也可以。

"行啊。"谢文轩点头。

他抬头扫了一眼墙上的壁灯,不知道为什么,他觉得咖啡馆里的光线好像没有刚才那么暗了。

番外四
高中

1

"谢铎,谢铎?谢铎!"

谢铎猛地抬头,视线里是大团大团的白,他缓了好几秒才看清周围的景象——

教室、讲台、课桌、高中课本、老师和学生……

这是哪里?

"谢铎,老班叫你呢!嘿,刚刚你还跟我说话来着,转头就睡着了?真有你的,快起来,快起来!"

谢铎的大脑里一片混沌,前座一个眼熟的男生不停捶打他的肩膀。谢铎一时没想起来他是谁,身体却条件反射般地在他的后脑勺拍了一巴掌:"听见了,闭嘴。"

"班长跟我去领教具,其他同学安静自习。"

讲台上站着一位四十多岁的中年女教师,谢铎立刻认出了她,她是谢铎的高中班主任,叫金燕。

这里是Z中,高一(1)班的教室,他是班长。前面捂着脑袋龇牙咧嘴的人是他的发小周明辉,今天是开学的前一天下午,学生需要提前到班领书。

同时,今天也是他和沈安途相遇的第一天。

等等,这不是十三年前的事了吗?

谢铎记得自己刚刚还在书房里办公……

这是梦吗?还是他真的回到了过去?

夏末闷热的空气,新教室淡淡的灰尘味,学生们的窃窃私语,班主任不耐烦的训斥……周围的一切清晰又真实。

谢铎没有太多的思考时间,金老师已经从前门走出了教室。他坐在最后一排,连忙跟着从后门走出去。可他刚跨出后门门槛,就跟一个人撞了满怀。

谢铎看他一头撞在自己胸前,还吃痛地小声骂了句脏话,不满地抬头望向谢铎,那双熟悉又漂亮的桃花眼里闪过一瞬的惊讶。

"对不起。"

沈安途很快收敛了表情,浓重的阴郁重新堆回脸上。他推开谢铎,低头走进教室。

谢铎想起来了,十三年前他和沈安途确实有这么一撞,不过当时他没在意,话都没说一句就走了。

金老师在走廊上叫他,他收回视线,一路小跑出教室。

谢铎的心跳得很快,如果这真的是梦,他希望能晚一些醒来。

2

谢铎领了教具回来,发现沈安途正背着书包站在教室最后的角落里,他的桌子后面少了一张凳子。

"你别老盯着他看!你知道他是谁吗?"周明辉转过身对着谢铎压低声音,"沈开平,那个混混头子的私生子!"

谢铎扫了他一眼:"那我要是一直盯着他看会怎样?"

周明辉想了想谢家的背景,一时语塞:"确实也不能把你怎么样……但总之离他远点就对了。沈家人心术都不正,比如那个沈超,还有比我们低两个年级的沈明飞,而且你看他那个样子就挺不正常的……哦对了,前段时间沈家还有人跳河了你知不知道?"

"周明辉,你多高?"谢铎突然打断他。

周明辉表示困惑:"一米八啊,怎么了?"

"太高了,挡着我看黑板了。"

"啊?"周明辉一头问号。

谢铎指着沈安途面前的那张课桌说:"你去坐那个位子,让沈安途过来坐我前面,少一张凳子我去给你找。"

"你一米八三嫌我一米八高?!哎等等,沈安途是谁?那个人叫沈凛,我刚刚还让你别招惹他,你想干吗?"周明辉满脸不解。

谢铎站起来帮周明辉收拾东西:"快点,你跟他换座位,我之前订的限量版球鞋就送你了。"

周明辉立刻眉开眼笑："好说好说，我这就走。"

沈安途眼睁睁看着一个莫名其妙的家伙抱着一摞书占了自己的书桌，然后高傲地指了指他刚才坐的位子，说："你去那里坐，这个位子归我了。"

沈安途犹豫了两秒，抱着自己的东西去了周明辉的位子。这是倒数第二排靠窗的位子，他的后排空着，教科书整整齐齐地摆放在桌角，但是座位上没人。

沈安途很焦虑，周围都是他不认识的同学。可显然有些人认识他，因为他时常会撞见一些偷瞄过来的不善的目光，比如刚才那个跟他换座位的人。

也许之前和他们一起参加了军训会好一些，但因为他私自帮助沈奕星逃跑，沈开平关了他一个星期，正好错过了军训。

也许今天下午早点到教室也能和几个人搭上话，但沈超故意让司机开车先走没等他，所以沈安途不得不徒步走出别墅区打车，所以才迟到了这么久。

算了，再糟糕的日子也不是没有过，沈安途收拾好座位便开始低头看书。

片刻后，后门处传来动静。

沈安途回头，发现是之前他撞到的那个人。他搬来了凳子，又跟和自己换座位的人交流了两句。不知道他们说了什么，两个人还一起回头看沈安途。沈安途立刻收回目光，低头看自己的书。

然而很快那个人就走到沈安途身边，问他："同学，这是你的语文书吗？我朋友刚才收拾东西的时候发现多了一本。"

沈安途愣了一下，开始翻找自己乱糟糟的书堆，发现确实少了一本语文书。于是他接过书，低着头说："谢谢。"

"你叫沈凛是吧？"

沈安途仿佛被针刺中了一般猛地抬头,谢铎可以看见他眼底强烈的抗拒,他看上去想跟谢铎打一架似的。

"我叫沈安途,有事吗?"沈安途的语气很不好。

"我叫谢铎。"谢铎尽量让自己的声音听上去和往常一样冷静,"是班长,你来迟了,班主任刚刚交代了一些事情,比如怎么领取充值校卡,如果有什么不清楚的可以直接问我。"

谢铎说完便坐回了自己的座位。他见沈安途愣了一下,然后扭头对他说了一句"谢谢",之后转过身去没了动静。

3

开学第一天上午很快就结束,中午周明辉拉着谢铎去食堂吃饭。谢铎不顾周明辉眨到抽筋的眼睛,向沈安途发出邀请。

"一起去食堂吗?"

沈安途扫了一眼周明辉的脸色,摇头拒绝道:"我还不饿,你们先去吧。"

谢铎坚持:"走吧,一起去。"他看见了沈安途的动摇。

周明辉眼见教室里的人都走光了,食堂的饭菜马上要被抢光,而沈安途还在磨蹭,他又急又气,说:"赶紧的吧,要走就快走,不走就给句准话,你不吃饭我们还要吃饭呢!"

谢铎二话不说,先给了他后脑勺一巴掌:"好好说话,要是食堂没饭了我就请你们去外面吃。"

周明辉抱着脑袋咬牙切齿:"老谢我月考要是跌出年级前五十,肯定是被你打的。"

沈安途不知道谢铎为什么这么热情,他看上去很困惑,却还是跟着走了。

三个人到了食堂,发现一楼已经人满为患,只能去二楼。二楼因为菜价稍贵,排队的人比较少,菜也剩得挺多的。

一路上周明辉的嘴就没停过,隔着老长的队伍给谢铎报菜名,再根据周围学生端出来的餐盘挨个给评价,这个好像很好吃,那个好像也不错。谢铎偶尔给他几句回应,一回头,便看见沈安途一个人低头站在他们身后,脸色沉郁,不知道在想什么。

前面还有两个人就排到他们了,谢铎扶着沈安途的肩膀,把他推到自己前面:"你先。"

沈安途愣了一下,刚要说"不用",窗口打饭的大妈已经在催促:"同学要吃什么?"

沈安途一眼看中了餐台上最后一条红烧鱼:"要这个!"

等谢铎打了饭菜往外走的时候,发现沈安途并没有走远,就站在队伍的最后面乖乖地等他。他一看见谢铎就说:"谢谢。"

谢铎的眼里带着点笑意,问他:"你只会说谢谢吗?"

沈安途像是想反驳他,但是想了半天也没想出要说什么。好在此时周明辉已经找到了空位,在远处冲他们招手,沈安途忙不迭地过去。

谢铎跟在沈安途身后,目光变得幽深。

内向、敏感、不擅交际,对于别人的友善只会手足无措地说"谢谢"。而这样的沈安途会在十年后变得外向、狡猾、长袖善舞,浑身上下都长满了漂亮的毒刺。

谢铎很清楚是什么改变了沈安途,他不知道自己在这场"梦境"里能弥补多少,但这一次,他希望至少能不让沈安途那么痛了。

4

开学已经有两个月,沈安途还是不爱说话。如果不是谢铎偶尔拿数学题问他,他们大概一整天都不会有交流。

当初上高中的时候,谢铎完全不觉得这有什么,他比沈安途更爱安静和独处。但是在了解了沈安途曾经历了什么以后,谢铎总想让他开心一点。

物理竞赛的考试如期而至。

由于考试在外市,学校会安排大巴统一将学生送到考试地点。谢铎记得自己当初完全脱离了学校的统一安排,不仅没有跟车,也没有住统一的宿舍。不过这一次他全程跟着学校走,和沈安途分到了同一个房间。

沈安途依旧寡言少语,谢铎总想多说几句缓和气氛。可此时的沈安途和他并不熟悉,他甚至在沈安途的眼神里发现了一丝怀疑和戒备。

直到谢铎晚上无意中看见了沈安途身上大片的青紫,那绝对不是普通的伤痕,那是被人狠狠打出来的。

沈安途正在换衣服,他察觉到谢铎看过来的目光,立刻把衣摆往下扯了扯,希望谢铎没发现。然而——

"谁欺负你了?"谢铎压低声音问。

沈安途不知道谢铎的表情为什么突然变得这么吓人,但是他不想沈家的糟心事让谢铎不高兴。

"摔的……"

"你撒谎。"

沈安途整理好衣服,背对着谢铎,不知道该怎么回答才好。但谢铎很快再次开口。

"沈安途,要不要考虑住校?"

沈安途犹豫片刻后说:"我……我考虑一下。"

谢铎后来反思了一下,他确实操之过急了。他们现在只是刚认识两三个月的同班同学而已,依照沈安途现在的性格,他绝不可能信任谢铎。好在时间还很多,谢铎不用着急。

5

哪里有谢铎,哪里就是人群的中心。抛开家世背景,他的外貌和成绩都是拔尖的。他不需要交际,他只要站在那里,就会有人主动和他交际。而现在,谢铎站在了沈安途的身边。

男孩子的友谊很单纯,你给我抄一次作业、和我打一次球,我们就是兄弟。因为谢铎有意无意的推动,到了高一下学期,沈安途已不再是人人敬而远之的沈开平的私生子。他是班上学习成绩很好的第二名,是（1）班篮球队的小前锋，是谢铎的好兄弟。

又到了一节体育课，男生们在球场上疯狂，（1）班男生和同样上体育课的（6）班男生约了打球。但因为沈安途和谢铎配合得实在太好，（6）班毫无游戏体验，于是要求换人，他们想把谢铎和（6）班的大前锋进行替换。

本来就是普通的娱乐比赛，如果总是只有一方在赢也确实没什么意思，于是两个班都同意了这个决定。甚至连（1）班的男生都想知道，没了谢铎，沈安途还能不能发挥出色。

而事实上，沈安途确实依旧出色，只是再也进不了球。因为谢铎谁都不管，专防他一个人，沈安途只要投篮必被谢铎盖帽。谢铎比沈安途高，力气也比沈安途大。最关键的是，他足够了解沈安途。

于是一局还没结束，沈安途的心态就崩了个彻底。队友们见沈安途气到咬牙切齿，纷纷围上去安慰他说"沈哥，算了算了"。

沈安途发誓，在下课之前，他必要从谢铎手里进一个球。

两边的队员都感觉，这哪里是两个队的对抗，这分明就是两个人的对抗。

沈安途已经累得气喘吁吁，而谢铎还游刃有余。他就站在沈安途面前，要笑不笑地挑衅道："来啊。"

沈安途不肯服输，拼了命地运球。在下课铃响起的那一刻，他终于成功扣篮，但整个人也因为脱力直接倒在了地上。谢铎把他扶起来，要笑不笑地看着他。

沈安途顿时气得要命，揪着谢铎的领子就要揍他。同学连忙上前去劝架，好一会儿才将两个人分开。

就这样，谢铎和沈安途的关系终于一点一点好起来，全年级的同学都知道他们俩关系最铁。

6

沈安途最终还是选择了文科，他和谢铎一起仔细分析了一下自己的学习情况。沈安途属于文理成绩都不错的那种学生,但其实他理科学得很吃力,当初参加物理竞赛他花了很大的力气才勉勉强强拿到了二等奖。但反观他的文科,不用怎么太努力也能考得很好。

高中的时间过得飞快,一转眼他们已经进入高三。

虽然两个人不在同一个班级,沈安途和谢铎还是时不时会一起吃个饭,在周末约着打个球。沈安途比高一时爱笑多了,已经很好地融入了新班级。早操时谢铎偶尔碰见他,十次有九次他在笑,可谢铎却一天天忧虑起来。

"谢铎,你怎么了?你最近好像经常走神。"

午休时在图书馆的天台上,谢铎对上沈安途关切的眼神,回道:"没什么,离高考只有一百多天了,有点紧张。"

沈安途嘲笑他:"不会吧,谢总也会紧张的吗?"

自从知道谢铎家里很有钱后,沈安途就常常称呼谢铎为"谢总",这倒是和十年后的他不谋而合了。

谢铎当然不是在担心高考,他是在担心一周后的百日誓师大会。这是沈安途人生中最大的转折点,折磨他的苦难自此开始,谢铎无论如何都要阻止。

沈安途好不容易才敞开心扉,变得活泼开朗,这一次,谢铎不会让历史重演。

两天后,学校高三年级组发布通知,组织高考前的冲刺培训,学生可自愿选择在晚自习下课后多留半小时,由专门的名师解惑答疑。也由于放学时间太晚,参加培训的同学需要留校住宿。

刚收到这个消息的时候,沈安途特别高兴,跟谢铎说这样就可以有借口搬出沈家别墅了。

谢铎对着他笑,没有告诉他这是他们家捐了一栋楼的结果。

按照之前沈安途描述的时间节点,在距离高考的第102天,会有人在沈安途房间下的花园里说出沈丽君去世的实情。如果在此之前他就让沈安途搬出来，很大概率能避开这个局。

但谢铎还是失算了。

距离高考的第104天，中午沈安途说要回家收拾东西，晚上就住进学校。谢铎不放心，想跟着去，沈安途没让，但是他这一去就再也没有回学校。

谢铎等了一个下午，他给沈安途的手机发消息、打电话，都没有任何回复。他去问了沈安途的班主任，最后得到消息说是沈安途生病了在家休养，要请一段时间的假。

巨大的恐慌席卷了谢铎，他神情恍惚地回到教室，觉得眼前的整个世界都变得模糊起来。

他还是没有赶上吗？沈安途依旧被送去Y国了吗？他要到哪里才能找到沈安途？

这一刻，谢铎开始痛恨起自己高中生的身份。如果是十年后的他，就算沈安途被送到天涯海角，他也可以在最短的时间内找到他。但他现在只是个高中生，想在学校住宿都跟家里磨了很久，如果沈安途真的被送去了Y国，他要怎么劝说家里帮忙救沈安途回来呢？

谢铎一刻也待不下去了，借口说身体不舒服跟老师请了假，当天晚上就打车到了沈家别墅，按响了沈家的门铃。

面无表情的用人开了门，不耐烦地问他是谁。

"您好，我是沈凛的同学，他下午请假没来学校，我来给他送作业。"

当谢铎见到躺在房间里的沈安途时，几乎热泪盈眶。

谢铎锁上房门，走近缩在床上的沈安途，问他："你哪里不舒服？为什么不接我电话？我们不是说好今晚一起住校的吗？"

沈安途整个人蒙在被子里，没有说话。要不是被子还在微微抖动，谢铎都要以为他睡着了。

"沈安途？"

谢铎掀开被子,就看见了已经哭肿了眼睛的沈安途。

"跟我走!"

沈安途发狠地扑上去推他,眼泪掉在谢铎的手臂上,谢铎差点没拉住他。

"你冷静一点,沈安途!"

谢铎哪里见过这样歇斯底里的沈安途,他像是一只处在绝望中的小兽,在死亡之前拼尽最后一丝力气挣扎。

"谢铎你来干什么?你走!我不想见到你!谢铎你……呜呜!"

沈安途的吼声太大了,谢铎不知道门外有没有人在偷听。于是他用力把沈安途压在床上,捂住他的嘴,再盖上被子。

"嘘——没事了,没事了,沈安途,没事了。"

谢铎一遍又一遍地轻声安慰他,在被子裹紧的小片温暖的黑暗里,沈安途咬着牙,无声地大哭,滚烫的眼泪全部流进谢铎的掌心。

7

按照谢铎教的,沈安途去向沈开平道歉,并温驯地说道:"对不起爸爸,我不该听用人乱说话惹你生气,是我错了。"

沈开平对沈安途的态度很满意,于是沈安途得到了去学校住宿的许可。

在谢铎的帮助下,沈安途披上了沈凛的外壳,学会了跟人虚与委蛇。无论内心多么痛苦,他的脸上总能露出笑容。

只有当深夜和谢铎睡在一间宿舍时,他才会露出渗血的伤口。

"我不明白,我想不明白!谢铎,为什么好人的命都那么贱!就好像随手扒掉一根杂草,说没就没了。沈开平他凭什么?他凭什么安安稳稳地活在这个世上,有那么多钱,那么大的权力?为什么有那么多人听他的话?为什么他一句话就能决定别人的生死?他凭什么?!"

谢铎无法回答他,只能一遍遍地告诉他:"现在还不是时候,沈安途你那么厉害,你已经忍了那么久,不能现在放弃。"

这是一条黑暗的世界规则,当手上有了足够的筹码才能上赌桌,否则就只能被人踩在脚下。而在拥有足够的筹码之前,只能忍。

百日誓师大会上,沈安途作为文科代表上台演讲。他穿着Z中的校服,头发整理得干净利落,面带微笑,自信大方。他连稿子都不用拿,当着全体高三师生的面侃侃而谈。所有人都为他鼓掌,但其实他今早才在宿舍里哭过一场。

强行压住负面情绪的结果就是身体机能出现紊乱,沈安途开始整夜整夜失眠,就算睡着了也很快被噩梦惊醒。谢铎带他去医院,开了一点助眠的药物。医生告诉他们这是心理问题,吃药只是扬汤止沸。

谢铎当然知道吃药不好,但沈安途要复习参加高考,没空停下来休养,他必须睡觉。

好在吃了药以后,沈安途的睡眠状况有所好转。在谢铎无微不至的照顾下,他的精神终于好了起来。

8

高三的日子一天推着一天走,转眼就到了高考。沈安途和谢铎在不同的考区,他们在十字路口分手,约定考完以后在这里见面。

这就好像他们的人生,他们终究会在路口再次相会。

此后的人生就好像被人按下了快进键,谢铎看见他们以优异的成绩考取了同一所大学。他们一路相伴扶持,谢铎继承了瑞乾,帮沈安途抢到了锦盛,许多年后他们依旧是朋友……

万事顺遂,皆如所愿。

9

谢铎猛地抬头,在适应了房间里的强光后,他发现自己正趴在书房的桌子上。而沈安途就在他身边,手里拿着毛毯正要往他身上盖。

"我吵醒你了吗?"沈安途看起来有些担心,"最近是不是太累了?瑞乾又不是要倒闭了,没必要这么拼命吧。"

谢铎盯着沈安途看了一会儿,忽然笑了起来。

沈安途更加疑惑:"怎么了?"

谢铎摇头:"没什么,做了一个美梦罢了。"